**BERNHARD AICHNER • DUNKELKAMMER**

# BERNHARD AICHNER

# DUNKELKAMMER

## EIN BRONSKI KRIMI

btb

# EINS

Er wäre beinahe erfroren in dieser Nacht.
Keine Stunde länger hätte er die Kälte ertragen, sie hätte sich ganz tief in ihn hineingeschlichen, ihn langsam und leise kaputt gemacht.
Der Schnaps wäre seine vermeintliche Rettung gewesen. Er hätte so lange weitergetrunken, bis er nichts mehr gespürt hätte.
Er wäre für immer eingeschlafen. Ein Spaziergänger hätte ihn am nächsten Tag in seinem Zelt gefunden.
Am Boden festgefroren.
Nur noch ein Klumpen kaltes Fleisch.
Ein stilles Ende wäre es gewesen.
Kurt Langer.
Verstorben am 21. Jänner 2021.
Ein obdachloser Spinner, der eineinhalb Wochen am Waldrand in einem Zelt geschlafen hatte. Kurt Langer war überzeugt davon gewesen, dass ihm der Winter nichts anhaben konnte. Doch die Minustemperaturen hatten ihm wehgetan, er war den Steilhang hinuntergerutscht und schließlich über die Brüstung geklettert. Er zweifelte nicht daran, dass es der einzige Weg war, die Pechsträhne in seinem Leben zu been-

den. Er tat endlich, wozu er sich seit Tagen zu überreden versuchte. Kurt traf die Entscheidung gerade noch rechtzeitig, bevor er erfror.
Er nahm einen Stein und schlug das Fenster ein.
Wenig später wäre er bereits zu betrunken dafür gewesen, sich aufzuraffen und in dieses Penthouse einzubrechen.
Das Timing war perfekt.
Seit er sein Zelt nahe des Hangs aufgestellt hatte, war niemand in dieser Wohnung gewesen. Kurt hatte immer wieder hinübergeschaut, an keinem der zehn Tage hatte Licht gebrannt. Der Wohnblock schmiegte sich an den Hang, von der Straße konnte man die oberste Terrasse nicht einsehen. Ohne Blicke auf sich zu ziehen, schaffte Kurt es über die Brüstung. Ohne zu zögern, schlug er die Scheibe ein.
Das Glas brach.
Er war in Sicherheit.
Endlich hatte er ein Dach über dem Kopf.
Kein Wind, kein Schnee.
Doch es war kühl.
Mehrere Fenster waren gekippt, ein eisiger Luftzug wehte.
Schnell schloss Kurt die Fenster. Er bewegte sich beinahe lautlos. Obwohl er betrunken war, gelang es ihm, bedacht und vorsichtig vorzugehen. Das Adrenalin steuerte ihn. Er zog seine Schuhe aus, um keine Spuren zu hinterlassen. Er behielt seine Handschuhe an, nahm ein Kissen vom Sofa und schloss das Loch, durch das er seine Hand gestreckt hatte, um die Terrassentür von innen zu öffnen. Er klemmte das Kissen zwischen Scheibe und eine Stuhllehne.
Kurt machte alles richtig.
Er stand im Dunklen.

Nur ein bisschen Mondlicht erhellte den großen Raum.
Er drehte an den Reglern der Heizkörper, hörte das Wasser in den Leitungen, spürte, wie sie sich langsam erwärmten, dann setzte er sich. Holte die Schnapsflasche aus seinem Rucksack und trank. Für den Moment war er einfach nur zufrieden, weil er die Nacht im Warmen verbringen durfte. Er breitete sich einfach auf dem herrlich weichen Sofa aus und deckte sich mit einer Decke zu.
Trank die Flasche leer und schlief ein.
Vierzehn Stunden lang rührte er sich nicht.
Die Sonne schien ihm ins Gesicht, als er aufwachte. Ihm war heiß, er hatte immer noch die Handschuhe an, seine Winterjacke, er schwitzte, zog sich aus. Er brauchte einen kurzen Moment, um sich zu erinnern, wie er in diese Wohnung gekommen war. Der Einbruch, der Schnaps, dieses schöne Gefühl, endlich wieder einmal in Geborgenheit schlafen zu können.
Kurt schaute sich um.
Alles, was in der Nacht in Schwarz getaucht war, zeigte sich jetzt im Licht. Die cremefarbene Ledercouch, auf der er lag, der große Esstisch, eine Jugendstilkommode, ein imposanter Gläserschrank, alle Möbel schauten so aus, als wären sie von Wert. Genauso wie die Bilder an den Wänden. Antiquitäten und Kunst. Kurt ließ sich Zeit, studierte alles im Detail. Seine Blicke blieben an der Silberkaraffe und den Bechern auf der Kommode hängen, er überlegte, wem er all die Dinge verkaufen könnte, die er gleich in seinen Rucksack packen würde. Er schätzte den Wert der Halskette, die auf dem Couchtisch lag, und er malte sich aus, was er noch alles finden würde in dieser Wohnung. In Schubladen und Schränken.
Kurt freute sich.

Er sah es nicht sofort.
Dass irgendetwas nicht stimmte an diesem Ort. Es war ihm zuerst nicht aufgefallen. Dass da überall Staub war. Zentimeterhoch.
Der gedeckte Frühstückstisch. Vertrocknetes Essen.
Ein verdorrter Strauß Rosen.
Kurt versuchte es zu begreifen. Das unnatürliche Bild, das sich ihm bot, zu verarbeiten. Er nahm es wie in Zeitlupe in sich auf. Schüttelte den Kopf. Leckte sich mit der Zunge die Lippen ab. Im ersten Moment schob er es auf den Alkohol, machte seine Kopfschmerzen dafür verantwortlich, er schlug sich sogar ins Gesicht. Dann beugte er sich über die Titelseite der Zeitung, die vor ihm lag. Kurt schloss die Augen. Öffnete sie wieder.
Er fragte sich, ob er verrückt geworden war.
Es war das Datum.
Es waren die Fotos.
Ein Politiker, der schon lange nicht mehr im Amt war, schaute betroffen in die Kamera. Er stand zwischen Trümmern und sprach mit Journalisten. Kurt konnte sich noch an alles ganz genau erinnern. Diese Bilder hatten sich in seinem Kopf eingebrannt. Das Lawinenunglück in Galtür.
Die Zeitung war vom 27.02.1999.
Vier Tage vorher waren in einem Tiroler Bergdorf einunddreißig Menschen gestorben. Schneemassen hatten alles unter sich begraben, Häuser wurden zerstört, Familien auseinandergerissen, das Urlaubsparadies war über Nacht zum Inferno geworden. Überall nur Zerstörung und Schmerz. Die ganze Welt hatte damals darüber berichtet.
Reporter, Kameraleute und Fotografen.
Und Kurt war einer von ihnen.

Mit den ersten Journalisten war er ins Tal geflogen. Wie die Geier waren sie über das Dorf hergefallen, hatten gefilmt, Fotos gemacht, die Angehörigen der Toten vor die Linse gezerrt.
Kurt zitterte.
Der Blick auf die Zeitung katapultierte ihn zurück.
Damals war er ein erfolgreicher Pressefotograf gewesen.
Jetzt war er kaputt. Betäubte sich mit Alkohol. Gierte danach.
Er ging in die Küche.
Öffnete Vorratsschränke, suchte nach Schnaps.
Aber da war keiner.
Nur Frauenkleider, die am Boden lagen.
Ein Rock.
Eine Bluse.
Unterwäsche.
Fallen gelassen vor einundzwanzig Jahren und fünf Tagen.
Niemand hatte die Kleider aufgehoben. Keiner hatte den Tisch abgeräumt. Tassen und Teller abgespült. Unheimlich war es.
Am liebsten wäre er davongelaufen, doch er blieb. Er hasste sich dafür, dass er sich auf all das eingelassen hatte. Hektisch riss er die restlichen Schränke auf, suchte weiter nach Schnaps, doch da waren nur abgelaufene Lebensmittel.
Nudeln. Thunfisch. Cornflakes.
Nüsse. Haltbar bis 12/1999.
*Das kann doch alles nicht sein*, flüsterte er.
Bis zum Schluss wollte er es nicht wahrhaben.
Es nicht sehen. Dass vermutlich außer ihm noch jemand in der Wohnung war.
Ganz in seiner Nähe.
Kurt betrat das Schlafzimmer.

Er setzte einen Schritt vor den anderen.
Ging auf das Bett zu.
Er sah die vielen braunen Flecken auf den Laken.
Blut.
Ein Massaker musste es gewesen sein.
Kurt starrte den Körper an. Die ledrig braune Haut, die hervorstehenden Knochen. Für einen Moment vergaß er den Alkohol, er stand da, über der Leiche, und würgte. Zum zweiten Mal innerhalb einer halben Stunde wurde er in seine Vergangenheit zurückgeworfen. Es war so, als würde ihn das Schicksal mit Gewalt daran erinnern wollen, dass er früher ein besseres Leben geführt hatte.
Da waren glückliche Tage, die Fotografie, ein gefülltes Bankkonto, der Journalismus, für den er einmal brannte. Alles war wieder da. Denn der Anblick war ihm vertraut.
Anfang der neunziger Jahre in den Ötztaler Alpen.
Ein deutsches Ehepaar war beim Wandern über die Mumie gestolpert. Kurt war einer der Ersten, der von dem über fünftausend Jahre alten Körper Bilder machte. Ötzi. Die wohl bekannteste Leiche aller Zeiten. Kurt war hautnah dabei, verdiente ein Vermögen damit, seine Aufnahmen gingen um die ganze Welt.
Die Mumie von damals war gut für ihn.
Die Mumie, die jetzt vor ihm lag, war es nicht.
Sie hatte keinen Kopf mehr.
Jemand hatte ihn abgeschnitten.
Kurt verfluchte sich. Diese Nummer war eindeutig zu groß für ihn. Man würde zuerst die Wohnung auseinandernehmen und dann ihn, man würde ihn wegen Einbruchs belangen, ihm endlos Fragen stellen und ihn am Ende auf die Anklagebank zerren.

Kein Schnaps mehr, Gefängnis vielleicht.
Damit hatte er nicht gerechnet. Er geriet in Panik. Verzweifelt versuchte er ein paar klare Gedanken zu fassen.
Da waren nur Fragen.
Keine Antworten.
*Wer war diese Frau?*
*Was war mit ihr passiert?*
*Warum war ihr Körper nicht verwest?*
*Warum hatte niemand sie vermisst?*
*Warum hatte sie in all den Jahren niemand gefunden?*
*Wer schneidet jemandem einfach den Kopf ab?*
*Wie war das alles nur möglich?*
Kurt erinnerte sich daran, wie gut er einmal darin gewesen war, Schlüsse zu ziehen, den richtigen Antworten hinterherzujagen. Jetzt aber war er nur noch ein versoffener alter Sack. Träge und leer, er hatte keine Energie mehr, der Wunsch zu trinken war stärker als alles andere. Er stahl, log und betrog, wenn es nötig war, er hatte jedes Gespür für sich und die Welt verloren. Was früher für ihn ein Volltreffer gewesen wäre, bedrohte ihn jetzt.
Diese Leiche, die vor ihm lag.
Eine Mumie.
Er musste eine Entscheidung treffen. Abwägen, was klüger war. Bleiben oder abbrechen. Die Polizei rufen, oder einfach tun, wozu er hier war. Fieberhaft überlegte er, beinahe panisch lief er durch die Wohnung, suchte weiter nach Schnaps. Kurt war gerade dabei durchzudrehen, als er den Einkaufskorb in der Vorratskammer fand. Er stand in einem Regal neben Konservendosen.
Kurt hätte beinahe alles übersehen.

Eine Geldtasche.
Schokolade und Wein. Sechs Flaschen.
Er suchte einen Öffner, zog den Korken aus der ersten Flasche.
Kurt setzte an und trank. Einen langen Schluck.
Dann noch einen.
Langsam beruhigte er sich.
Dann öffnete er die Geldtasche.
Da waren Kreditkarten, ein paar Scheine und ein Ausweis.
Langsam hörte er auf zu zittern.
Eine Stunde noch dachte er nach. Trank.
Dann wählte er Bronskis Nummer.

# ZWEI

## KURT LANGER & DAVID BRONSKI

– War gar nicht so leicht, deine Nummer rauszubekommen.
– Wer spricht da?
– Ganz schön teuer so ein Gespräch nach Deutschland. Hab nur so ein billiges Wertkartentelefon. Außerdem ist es nass geworden letzte Nacht.
– Was soll das? Wer ist da?
– Ein Kollege von früher. Du erinnerst dich doch noch hoffentlich an mich.
– Kurt?
– Gut, deine Stimme zu hören, Bronski.
– Was willst du, Kurt?
– Was ich will? Mich mal wieder melden. Hab eben an dich gedacht. Ein bisschen über die alten Zeiten plaudern. Über die Arbeit. Und vielleicht habe ich einen Job für dich.
– Ich habe jetzt keine Zeit. Bin in der Dunkelkammer.
– Dunkelkammer? Du entwickelst immer noch selber?
– Ja. Und deshalb muss ich jetzt auflegen, die Negative müssen gleich aus dem Entwickler.
– Du sitzt also tatsächlich immer noch bei Rotlicht in deinem Kämmerchen und vergrößerst deine Bilder? Du bist

echt ein Spinner, Bronski. Wofür du drei Stunden brauchst, braucht man bei Photoshop drei Minuten. Warum tust du dir das an?
- Ist mein Hobby. Aber jetzt sag mir bitte einfach, was du willst, Kurt.
- Und was fotografierst du so? Hobbymäßig. Nackte Frauen?
- Sprich oder schweig, Kurt.
- Warum denn so abweisend? Wir haben uns doch immer gut verstanden, oder? Du und ich, Bronski. Wir waren ein gutes Team. Deshalb rufe ich dich auch an. Weil ich dir vertrauen kann. Und weil ich denke, dass du genau der richtige Mann bist für das hier.
- Wofür?
- Ich bin da auf etwas gestoßen. Eine große Nummer, Bronski. Das bringt ordentlich was ein. Du hast die Kontakte, du kannst das zu Geld machen.
- Nett von dir, Kurt, dass du an mich denkst, aber ich habe wirklich genug zu tun. Es ist besser, wenn du jemand anderen anrufst.
- Wenn du diese Bilder machst, kannst du ein paar Monate lang die Beine hochlegen. Das bringt richtig Kohle.
- Und warum erledigst du es dann nicht selber? Mach deine Bilder und verkauf sie. Dafür brauchst du mich nicht, Kurt.
- Doch, Bronski. Ich brauche dich.
- Sag mir wofür, oder ich lege jetzt auf.
- Ich bin leider nicht mehr im Geschäft. Du aber schon, wie ich gehört habe. Läuft prima bei dir, du scheinst Berlin ganz gut im Griff zu haben. Arbeitest jetzt für die ganz Großen. Wirst es mir nicht glauben, aber wegen dir hole

ich mir immer wieder mal die Zeitung am Kiosk. Und wenn ich dann ein Foto von dir sehe, freue ich mich. *Bronski hat es geschafft*, sage ich mir dann. Er fotografiert jetzt für eine seriöse, große deutsche Tageszeitung. Respekt, mein Lieber.
- Klingt besser, als es ist. Am Ende mache ich denselben Mist wie vor zwanzig Jahren. Aber jetzt sag schon. Was ist los mit dir? Warum fotografierst du nicht mehr?
- Bin ziemlich am Ende, Bronski.
- Soll heißen?
- Ich bin obdachlos. Seit über drei Jahren schon.
- Das ist nicht dein Ernst, oder?
- Doch. Und ich saufe. Spätestens in einer Stunde werde ich wieder so betrunken sein, dass ich mich nicht mehr daran erinnern werde, dass wir überhaupt miteinander telefoniert haben.
- Das tut mir leid, Kurt.
- Muss es nicht. Es ist nur wichtig, dass du jetzt nicht auflegst.
- Ich lege nicht auf.
- Ich hatte doch immer einen guten Riecher, oder?
- Ja, den hattest du.
- Ich wusste immer, wenn eine Geschichte etwas wert war. Und ich weiß es auch jetzt noch. Deshalb musst du nach Tirol kommen, Bronski. So schnell es geht. Ich weiß nämlich nicht, wie lange die Sache hier noch unentdeckt bleibt.
- Tirol? Was soll ich da? Das ist nicht mein Revier, Kurt. Das sollen die Jungs vor Ort machen, rentiert sich nicht.
- Doch, es rentiert sich.
- Sag mir, was du hast.

- Nein. Ich gebe dir die Adresse, und du setzt dich ins Auto. Wenn du da bist, bezahlst du mich, ich verschwinde, und du kannst deine Fotos machen.
- Ich soll die Katze im Sack kaufen?
- Keine Katze.
- Was dann?
- Erinnerst du dich an die deutsche Milliardärin, die vor zwanzig Jahren verschwunden ist? War eine Belohnung auf sie ausgesetzt. Wir haben damals davon geträumt, das Kopfgeld abzugreifen. Eine Million Mark.
- Ja, ich erinnere mich. Aber was hat das mit dir zu tun?
- Ich habe sie gefunden, Bronski, ich habe sie gefunden.

## DREI

Es war das Einzige, was ich wirklich wollte.
Meine Bilder entwickeln. Die Negativstreifen im Dunklen aus dem Gehäuse holen, sie auf eine Spule wickeln und in die Entwicklerdose legen. Chemie einfüllen, warten, fixieren, spülen. Nichts machte ich lieber.
Weit weg sein von der Welt. In meiner rot beleuchteten Kammer darauf warten, bis die Bilder, die ich aufgenommen hatte, zum Leben erwachten. Etwas Schönes auf Papier gebannt, behutsam belichtet, es war jedes Mal wie ein Wunder. Zuzusehen, wie aus dem Nichts etwas entstand. Mein Glück in Schwarz und Weiß.
Altmodisch und längst überholt.
Ich war ein analoger Spinner, wie Kurt sagte.
Einer, der einfach stehengeblieben war, den digitalen Weg nur zum Teil beschritt. Alles, was ich beruflich fotografierte, landete natürlich auf einer Speicherkarte, das musste schnell gehen, noch am Unfallort saß ich in meinem Wagen und schickte die Bilder von meinem Notebook in die Redaktion. Wenn es noch schneller gehen musste, jagte ich sie ohne Bearbeitung direkt von der Kamera ins Netz. Ohne Liebe fürs

Detail, ohne Anspruch, ich fotografierte einfach nur das Unglück der anderen, ich dokumentierte es. Wie ein Arzt vielleicht, der am Operationstisch steht, ein Rettungssanitäter, ein Feuerwehrmann. Ich war bei den Ersten am Unfallort. Am Tatort. Ich ging dorthin, wo Menschen starben. Wo es brannte, wo eingebrochen wurde, wo geraubt und geprügelt wurde, wo die Natur gegen den Menschen gewann. Katastrophen, Unruhen, Ausschreitungen. Ich machte Fotos.
Zuerst die, die ich machen musste.
Dann die anderen.
Meine Fotos.
Analog. Nur für mich. Mit einer alten Olympus 10, meiner allerersten Kamera und einem Ilford Film, 400 Iso. So hatte ich es vor einer Ewigkeit gelernt, so machte ich es immer noch. Auch wenn man mich auslachte. Kollegen, die mich fragten, was ich mit dem alten Ding wollte, warum um Himmels willen ich analog fotografierte. Sie verstanden es nicht. Und ich erklärte mich auch nicht. Für sie war ich ein Freak. Anfangs sprachen sie noch darüber, irgendwann ließen sie mich aber einfach in Ruhe, es interessierte niemanden, warum ich zusätzliche Bilder machte.
Es blieb mein Geheimnis.
Alles, was in meiner Dunkelkammer passierte.
Niemand wusste davon. Der Einzige, der vielleicht hätte ahnen können, was ich dort machte, war Kurt. Er kannte mich noch von früher. Mit ihm hatte ich darüber geredet vor vielen Jahren, er hatte mich nicht verurteilt, er hatte nur gegrinst. Gesagt, dass wohl jeder auf seine Art ein bisschen durchgeknallt sei. Er wunderte sich, aber er mischte sich nicht ein.
Kurt Langer.

Nach so vielen Jahren rief er mich an.
Was er sagte, schockierte mich. Machte mich neugierig. Er wusste, welche Tasten er drücken musste, damit ich zu laufen begann. Kurt kannte mich. Und ich kannte ihn. Es war ein Anruf aus einer anderen Welt, aber ich erinnerte mich. Kurt war kein Freund, aber er war immer einer von den Guten gewesen. Wir hatten viel zusammen erlebt, über zehn Jahre lang hatten wir uns gemeinsam auf der Straße herumgetrieben, er war so etwas wie mein Mentor gewesen, als ich damals ganz neu im Geschäft war. Kurt war immer kollegial, nicht so neidzerfressen und egoistisch wie andere Kollegen, ihm ging es immer nur um den Nervenkitzel, darum, dieses Gefühl mit jemandem teilen zu können.
Meistens war ich das.
Wir hatten Spaß an der Arbeit, wir tranken zusammen. Kurt mehr als ich. Er hatte immer schon einen Hang zum Übertreiben. Wo es hinführen sollte, interessierte ihn nicht, er wollte leben, aus dem Vollen schöpfen, solange es ging. Ein Leben im Rausch. Dass es irgendwann so enden musste, wusste er. Trotzdem berührte es mich.
Dass er jetzt obdachlos war.
Ich hörte es an seiner Stimme, dass er tatsächlich ganz unten angekommen war. Keine Arbeit mehr, keine Wohnung, da war nur noch dieser Spürsinn, für den er bekannt gewesen war. Sein Händchen für die ganz großen Geschichten und ein letzter klarer Blick, bevor er sich ins Delirium soff. Kurt hatte meine Nummer gewählt. Wahrscheinlich weil er wusste, dass ich ihm glauben würde. Auch wenn es noch so verrückt klang, was er sagte. Ich wusste, dass er mich nicht umsonst nach Innsbruck holen würde. In die Stadt, in der ich aufge-

wachsen war, in der ich mich verliebt hatte. Obwohl ich alle Brücken abgebrochen hatte, trieb es mich dorthin.

Zurück in die Vergangenheit.

Mein Leben spielte sich in Berlin ab, es gab nichts mehr, das mich mit früher verband. Da war nichts mehr, worüber ich hätte reden müssen. Ich hatte alles verloren und nicht wiedergefunden. Hatte mir erfolgreich eingeredet, dass ich es aufgearbeitet hatte, dass alles Bestimmung war, was geschehen ist. Ich hatte mich damit abgefunden, dass so etwas wie Glück auf Dauer für mich nicht vorgesehen war.

Tirol gab es für mich bis zu diesem Moment nicht mehr.

Doch dann stieß Kurt diese Türe wieder auf.

Mit seinem Anruf riss er mich aus meiner Welt dumpfer Behaglichkeit. Die Milliardärin, die damals verschwunden war, das Kopfgeld, das auf sie ausgesetzt war. Es war alles wieder da, Kurt hatte auf die richtige Taste gedrückt.

Meine Anfänge fielen mir wieder ein.

Mitte der neunziger Jahre.

Vom Kunststudenten wurde ich zum Bluthund.

Von jetzt auf nachher verdiente ich mein Geld mit dem Unheil von anderen. Ich machte Bilder davon. Rund um die Uhr war ich im Einsatz, immer wartete ich darauf, dass etwas passierte. Wenn andere weinten, freute ich mich. Wenn sie entsetzt waren, verdiente ich Geld. Ich war der Geier, der über den Toten kreiste. Mehr als zwanzig Jahre später war ich es immer noch.

*Fotos: David Bronski.*

Ich hatte irgendwann damit begonnen und konnte nicht mehr aufhören. Wie eine Sucht war es. Ganz harmlos fing es an, dann wurde ich von diesem Gefühl verschluckt. Ich hatte alles vergessen, was vorher gewesen war. Die Finsternis zog mich an, mehr als das Licht. Ich war wie ferngesteuert. Alles passierte einfach.

Am Ende des vierten Studienjahrs begann es. Ich musste Geld verdienen im Sommer, arbeitete als Aushilfe im Büro einer großen Zeitung in Innsbruck. Es war ein Job in der Bildredaktion, ich scannte Fotos ein, beschriftete und archivierte sie, es war ein langweiliger Sekretariatsjob, aber ich mochte, was ich tat. Es war schön, wieder eine Zeit lang in meiner Heimat zu verbringen, ein paar Wochen lang Wien den Rücken zu kehren. Die Stadt, in der ich studierte. Die Stadt, die im Sommer unerträglich war.

Ich freute mich, die Berge wiederzusehen.

Und Mona.

So lange war ich schon verliebt in sie gewesen, doch es hatte sich nie ergeben, dass wir uns näherkamen. Ich war nach Wien gegangen, sie war in Innsbruck geblieben. Nur in den Ferien sahen wir uns hin und wieder. Bis sie mir diesen Job vermittelte. Mit dem Chefredakteur sprach und sich für mich einsetzte. Mona nahm das Ruder in die Hand und steuerte. Obwohl sie erst fünfundzwanzig war, hatte ihr Wort Gewicht, insgeheim war sie die Seele der Redaktion, alle konnten sich auf sie verlassen, sie war die Sonne, die jeden Morgen aufging. Zumindest für mich.

Für so lange Zeit war es mein größter Wunsch gewesen, sie in die Arme zu nehmen, sie zu berühren, sie zu küssen. Ich wollte es. So wie Mona auch. Deshalb bin ich nicht in mein Studentenleben zurückgekehrt, als der Sommer vorbei war. Ich brach meine Zelte in Wien ab, nahm die Einladung zu bleiben, an. Alles ergab sich einfach so, ich hatte eine Chance bekommen und sie genutzt. Der damals fest angestellte Pressefotograf war schwer erkrankt, von heute auf morgen nicht mehr aufgetaucht, ein Loch wurde in die Redaktion gerissen, das ich füllen sollte.

Der Chefredakteur hatte mich gefragt, ob ich Freude daran hätte, einzuspringen. Ich hatte plötzlich ein Jobangebot, einen Grund zu bleiben. Dass man es mir zutraute, freute mich. Alle wussten, dass ich Kunst studierte, Schwerpunkt Fotografie, ich hatte die Ausrüstung, war technisch versiert, alles sprach dafür, dass es funktionieren konnte. Sie motivierten mich, verführten mich, obwohl ich damals noch absolut keine Ahnung von diesem Geschäft hatte, traute man es mir zu.

Ich sprang ins kalte Wasser.

Und ich genoss es.

Vom ersten Tag an war ich begeistert. Ich war plötzlich im ganzen Land unterwegs, ich fotografierte bei Pressekonferenzen, Eröffnungen, Verleihungen, ich machte Bilder von Unfällen, Polizei- und Rettungseinsätzen. Da waren keine leeren Worte mehr, alles, was ich auf Film bannte, passierte wirklich, aus Theorie wurde Praxis. Ich schrieb keine Arbeiten mehr, ich belichtete Filme und entwickelte sie, ich fühlte mich zuhause im Redaktionslabor, die Universität vermisste ich nicht. Den Wunsch, Künstler zu werden, verwarf ich. Das schnelle Geld lockte mich, ich verdiente plötzlich in einer Woche mehr, als ich als Redaktionsassistent in einem Monat verdient hatte. Ich hatte einer künstlichen Welt den Rücken gekehrt und war in der Realität angekommen. Und ich hatte Freude daran.

Da war das Lächeln von Mona bei der Redaktionskonferenz.

Die neuen Aufträge, die ich jeden Morgen bekam.

Die Wertschätzung der Kollegen.

Ich fühlte mich wie ein Cowboy, der gut bewaffnet durch die Gegend ritt, ich fotografierte alles, ich füllte das Archiv mit Landschaftsaufnahmen, Architekturfotos, ich machte Portraits von Menschen, die es irgendwann garantiert in die Zeitung schaffen würden, Wirtschaftstreibende, Kulturschaffende, Politiker aus allen Reihen, irgendwann wurden all diese Bilder gebraucht. Jeder Schuss ein Treffer. Landeshauptleute und Minister in unvorteilhaften Posen, Fotos von Gerichtsprozessen, Angeklagte, Richter und Staatsanwälte. Ich war richtig gut in meinem Job. Wenn jemand mit dem Auto verunglückte, wenn es brannte, wenn eine Tankstelle überfallen wurde, wenn ein Reisebus eine Schlucht hinunterstürzte, ich fotografierte es. Alles, was irgendwann gedruckt werden konnte. Ich machte jeden Moment zu Geld, der wichtig zu sein schien, ich dokumentierte jedes Unglück, jeden Tropfen Blut.
Ich gierte danach.
Der Chefredakteur sprach von einem Glücksfall. Regelmäßig hob er bei den Sitzungen die Zeitung hoch und schwärmte von meinen Bildern. Er streute mir Rosen, motivierte mich, immer noch mehr zu geben, ich schlief neben dem Polizeifunk, vierundzwanzig Stunden am Tag war ich auf Abruf, bis der Sommer vorbei war, war ich unabkömmlich geworden. Ich verdiente jede Menge Geld, Mona und ich kamen uns näher. Wir waren unzertrennlich, wir arbeiteten zusammen, wir schliefen im selben Bett, wir liebten uns. Weil wir uns tatsächlich geküsst hatten irgendwann. Alles, was ich mir gewünscht hatte, war in diesem Sommer in Erfüllung gegangen.
Ich stellte mir vor, dass ich mit Mona bei der Zeitung alt werden würde. Ich wollte unbedingt daran glauben. Die Zwi-

schenrufe meines Professors aus Wien ignorierte ich, seine Versuche, mich dazu zu bringen, meine Entscheidung noch einmal zu überdenken. Ich überhörte seine gut gemeinten Ratschläge, widersprach ihm in Gedanken, als er sagte, ich würde mein Talent verschwenden, meine Gabe nicht richtig nutzen. Ich wollte nicht, dass er an meiner Entscheidung rüttelte, alles sollte so bleiben, wie es war. Es fühlte sich gut und richtig an. Der neue Job. Das neue Leben mit Mona.
Fünf Jahre lang war ich der König der Welt.
Zufrieden mit allem.
Wunschlos, weil ich alles hatte.
Bis mir irgendwann alles genommen wurde.
Mein Glück.
Das Leben in Tirol.
Plötzlich war es zu Ende.
Aus der Traum.
Nachdem das Entsetzliche passiert war, fanden wir nicht zu einer gemeinsamen Sprache zurück. Mona und ich. Wir verdrängten es. Liefen einfach davon. Nach Berlin.
Ein Anfang in einer neuen Stadt hatte es sein sollen. Wir wollten es beide. Wir taten alles dafür, damit wir es schaffen. Neue Jobs, neue Wohnung, neue Landschaft. Aber es funktionierte nicht. Wir hatten es uns leichter vorgestellt. Hofften, dass sich die dunklen Wolken über uns verziehen würden, aber so kam es nicht.
Wir scheiterten.
Und Berlin blieb mir fremd.
Obwohl ich mittlerweile schon seit vierzehn Jahren dort lebte, war ich immer noch nicht zuhause an diesem Ort. Obwohl ich mich wahrscheinlich besser in dieser Stadt auskannte als

viele, die dort geboren wurden, fand ich keinen Zugang zu ihr. Ich kannte jeden Stadtteil in- und auswendig, in den ersten Wochen war ich jeden Meter mit dem Rad abgefahren. Mit dem Stadtplan in der Hand erarbeitete ich mir jeden Winkel, ich lernte die Straßennamen. Prägte mir alles ein. Ämter, Behörden, alle öffentlichen Gebäude, schnelle Wege, Parks, Rotlichtviertel, Touristenhotspots, ich las Bücher über diese Stadt, besuchte Museen.
Ich lernte Berlin auswendig.
Ich sollte für eine von Deutschlands erfolgreichsten Zeitungen arbeiten, man hatte mich zum Vorstellungsgespräch geladen. Ich war perfekt vorbereitet, als ich zum ersten Mal das Büro der Chefredakteurin betrat. Regina hieß sie. Coole Frau, mein Alter, Beine am Schreibtisch, ich mochte sie. Und sie mochte mich. Regina brauchte keine zwei Minuten, um mich einzustellen, sie sagte, dass sie sich darüber freue, einen so erfahrenen Fotografen an Bord begrüßen zu dürfen. Sofort bot sie mir das *Du* an, wir tranken ein Glas von dem Tiroler Schnaps, den ich ihr mitgebracht hatte, dann schüttelte sie meine Hand und stellte mich der Redaktion vor. Alles war ganz einfach. Dieser Moment, vor dem Mona und ich uns so gefürchtet hatten. Neue Menschen. Neue Namen. Neues Leben.
Ich fotografierte.
Mona arbeitete in einer Kneipe in Berlin Mitte.
Wir gaben uns Mühe.
Doch am Ende scheiterten wir.
Die Arbeit blieb die einzige Konstante. Der Tresen, hinter dem Mona stand. Und die Bilder, die ich machte. Alltag war es, der uns Sicherheit gab. Beinahe fühlte es sich an wie früher. Wir waren abgelenkt, schoben das eigentliche Problem

zur Seite, verdrängten es. Wir wollten beide nicht wahrhaben, dass unsere Beziehung wie ein Buch war, das wir zu Ende gelesen hatten.
Wir vermieden es, darüber zu reden.
Judith. Unser Schmerz. Die Leere, die laut war.
Mona schenkte Bier aus, ich drückte auf den Auslöser.
Tat, was ich am besten konnte.
Fotos machen. Jahrelang.
Bis Kurt anrief.

# VIER

## DAVID BRONSKI & REGINA MASEN

- Und?
- Was soll das, Bronski?
- Du hast die vielen schönen Bilder also bekommen.
- Natürlich habe ich sie bekommen. Aber ich frage mich, was verdammt noch mal du mir da geschickt hast?
- Du bekommst die Fotos exklusiv. Musst nur ein bisschen tiefer in die Tasche greifen als sonst.
- Langsam, Bronski. Du sagst mir jetzt zuerst, wo du bist. Wer das ist auf den Bildern. Und warum ich noch nichts davon gehört habe. Unsere Polizeireporter wissen nichts über diese Leiche.
- Niemand weiß davon. Noch nicht. Wir sind mehr oder weniger die Einzigen, die wissen, dass diese Frau tot ist. Dass sie umgebracht wurde. Und wo sie abgeblieben ist.
- Sprich nicht in Rätseln. Sag endlich, um was es da geht.
- Verrückte Geschichte. Hat sich einfach alles so ergeben. Wenn du mir gestern um diese Uhrzeit gesagt hättest, dass das alles passieren würde, hätte ich dich ausgelacht. Ich fange tatsächlich gerade an, an das Schicksal zu glauben. So viele Zufälle gibt es nämlich nicht im Leben.

- Rede endlich, Bronski, oder ich reiß dir den Arsch auf. Wenn du uns mit dieser Nummer in Schwierigkeiten bringst, hast du ein Problem mit mir, versprochen.
- Ich kümmere mich nur darum, dass du Auflage machst. Kennst mich ja mittlerweile, oder? Bronski hat alles unter Kontrolle.
- Na dann, erzähl mal, du Genie.
- Ein alter Freund hat mich gestern Abend angerufen. Hat mich gebeten, nach Tirol zu kommen. Hat mir gesagt, dass er da eine Story für mich hat. Etwas, das gut in unser Blatt passen würde. Also habe ich alles liegen und stehen lassen und bin sofort los. Berlin–Innsbruck in sechseinhalb Stunden. Ich wurde zweimal geblitzt, aber es hat sich gelohnt. Ich habe schon lange keine so unfassbaren Bilder mehr gemacht.
- Du bist in Innsbruck?
- Ja. Fällt mir schwer diese Stadt zu hassen. Ist einfach wunderschön hier. Du weißt ja, dass ich hier aufgewachsen bin, oder?
- Es ist mir scheißegal, wo du aufgewachsen bist, Bronski. Ich will wissen, was mit deinem Freund los ist. Wer ist der Mann? Was hat er damit zu tun? Man findet doch nicht einfach so eine Leiche, oder?
- Er ist obdachlos. Ist hier eingebrochen. Er war wohl kurz davor zu erfrieren. Ist echt scheißkalt da draußen.
- Er hat sich also intuitiv genau die Wohnung mit der Leiche ausgesucht? Scheint ein gutes Händchen zu haben, der Mann.
- Ich sagte doch, dass das alles Schicksal ist. Es hat einen Grund, warum ich hier bin. Warum er mich angerufen hat.

– Dich und nicht die Polizei. Genau das ist der Punkt. Hier hört nämlich der Spaß auf, Bronski. Du hattest in der Wohnung nichts zu suchen. Du hast dich strafbar gemacht, ich kann dir da nicht helfen, wenn dieser Schuss nach hinten losgeht.
– Ob ich hier bin oder nicht, interessiert keine Sau. Die gute Frau ist schon lange tot, ob sie noch ein bisschen länger hier unentdeckt rumliegt, interessiert niemanden.
– Du willst mir jetzt aber nicht sagen, dass du immer noch in dieser Wohnung bist, oder?
– Doch. Ich sitze im Wohnzimmer. Die Leiche liegt drüben im Schlafzimmer.
– Was redest du da?
– Während ich hier noch ein Glas Wein trinke, kannst du ja schon mal überlegen, wie viel du mir für diese Bilder bezahlen willst.
– Drehst du jetzt völlig durch?
– Kurt hat Gott sei Dank noch eine Flasche für mich übrig gelassen. Ohne Alkohol wäre das hier alles schwer zu verkraften.
– Kurt?
– Der Freund von früher.
– Zuerst wird also jemand umgebracht, dann brecht ihr in die Wohnung ein, du fotografierst alles, machst es dir am Tatort gemütlich und rufst mich an. Ist ein bisschen viel auf einmal, findest du nicht?
– Du hast vergessen zu erwähnen, dass ich Geld von dir will. Viel Geld.
– Bist du betrunken?
– Nicht wirklich. Es ist nur so, dass ich so etwas in all den

Jahren noch nie gesehen habe. Die Frau ist völlig mumifiziert. Irgendein Psychopath hat ihr den Kopf abgeschnitten. Ist schon krass, wenn man das so aus der Nähe sieht.
- Wie lange liegt die Leiche schon da?
- Das kann ich dir genau sagen. Ich gehe davon aus, dass sie am Morgen des 27.02.1999 umgebracht wurde.
- Du sprichst von der Zeitung am Frühstückstisch, oder?
- Ja. Aufgrund der zwei Gedecke und der Klamotten am Boden nehme ich an, dass sie vor dem Frühstück noch Sex hatte. Nach dem Kaffee musste sie dann sterben. Pech für sie, Glück für den Mörder. Seit damals ist nämlich niemand mehr in der Wohnung gewesen. Hier steht alles still. Ist wie ein Museum. Könnte eine Kunstinstallation sein.
- Ist es aber nicht, Bronski. Und deshalb musst du da raus. Man darf dich da nicht finden, wenn irgendein Nachbar die Polizei ruft, dann war es das für dich.
- Wie gesagt. Um mich musst du dir keine Sorgen machen. Du sollst mir jetzt besser sagen, wie viel dir die Fotos wert sind.
- Ach, komm schon, Bronski. Das sind nur Fotos von einer Leiche. Zugegebenermaßen etwas Besonderes, aber am Ende können wir das nicht drucken.
- Natürlich könnt ihr. Es gibt genügend Material, auf denen die Leiche nicht ganz zu sehen ist. Nur Andeutungen, ein Bein, ein Arm, das blutige Laken, sehr dezent alles, ich weiß doch, wie das Spiel funktioniert.
- Was ist mit dem Kopf?
- Ist leider nirgendwo zu finden. Hat wohl jemand als Souvenir mit nach Hause genommen. Aber das macht die ganze Sache nicht billiger für dich.

- Wie viel willst du?
- Zwanzigtausend.
- Spinnst du?
- Ich kann die Bilder auch der Konkurrenz anbieten.
- Kannst du nicht. Ich bin es nämlich, die seit vielen Jahren darauf schaut, dass du nicht verhungerst. Ich bin die, die dich füttert, also werde auch ich diejenige sein, die dir diese verdammten Bilder abkauft. Niemand sonst, verstehst du das?
- Sie gefallen dir also doch?
- Fünftausend und keinen Deut mehr. Ich handle mir damit jede Menge Schwierigkeiten ein, Polizei und Staatsanwaltschaft werden das gar nicht lustig finden, dass wir am Tatort Spuren verwischt und Fotos gemacht haben.
- Wir haben keine Spuren verwischt. Zumindest nicht allzu viele. Außerdem musst du ja niemandem sagen, woher du die Bilder hast. Das fällt unter Quellenschutz. Du wirst dich bestens mit der Kripo arrangieren, niemand sonst wickelt die Pressesprecher so um den Finger wie du. Kannst ja einen Deal mit denen machen. Veröffentlichung erst, nachdem die Spurensicherung hier raus ist und sie die erste Meldung rausgeben. Während die anderen nur Außenaufnahmen vom Haus zeigen, bringst du die exklusiven Bilder vom Schlafzimmer und diesem abgefahrenen Museum hier. Auf den Spuren des Totenkopfmörders. Dir fällt sicher eine lustige Schlagzeile ein.
- Warum sollen wir über einen Mord in der österreichischen Provinz berichten? Ich denke, wir haben genug Leichen hier in Deutschland. Ich muss dir doch nicht unnötig Geld in den Rachen stopfen, um meine Zeitung zu füllen.

- Doch, musst du. Erstens höre ich es an deiner Stimme, dass du richtig heiß bist auf die Geschichte. Und zweitens haben wir hier einen herrlichen Deutschlandbezug. Um genau zu sein, gibt es eine direkte Verbindung nach Leipzig.
- Und welcher wäre das?
- Unser Opfer ist prominent. Ich habe einen Ausweis gefunden. Du wirst Deutschland zum Staunen bringen, wenn das hier an die Öffentlichkeit kommt.
- Jetzt mach endlich den Mund auf, Bronski.
- Fünfzehntausend.
- Zuerst will ich wissen, was du hast.
- Du erinnerst dich doch noch bestimmt an Zita Laufenberg.
- Nein.
- Die Milliardärin, die vor zwanzig Jahren verschwunden ist. Da warst du doch schon im Amt, oder? War eine große Geschichte damals, hat man sogar hier in der Provinz mitbekommen.
- Natürlich erinnere ich mich. Ich kann nur nicht glauben, was du mir jetzt hier auftischen willst.
- Die Frau auf den Fotos ist Zita Laufenberg. Nackt und ohne Kopf. Seit zwanzig Jahren verschollen hier in ihrem Liebesnest in Tirol.
- Wie kannst du dir so sicher sein, dass sie es ist?
- Ich sagte doch, dass ich ihren Ausweis hier vor mir liegen habe. Außerdem stehen ihre Initialen auf dem Türschild der Wohnung. Z L. Kann kein Zufall sein. Außerdem ist sie genau in diesem Winter verschwunden damals, eindeutiger geht es nicht.
- Du verschwindest jetzt sofort aus der Wohnung, Bronski. Du warst niemals dort, hast du das verstanden?

- Du gibst mir das Geld?
- Zehntausend.
- Zwölf.
- Von mir aus, aber jetzt hau bitte von dort ab. Miete dich irgendwo ein und halte die Augen offen. Ich möchte, dass du in der Nähe bleibst und keinen Unsinn machst, bis die Verstärkung bei dir auftaucht.
- Verstärkung?
- Svenja Spielmann.
- Das ist nicht dein Ernst, oder? Du schickst mir eine aus der Kulturredaktion?
- Ich habe gerade niemand anderen. Aber Svenja macht das schon.
- Sie auf diese Geschichte anzusetzen ist völliger Irrsinn.
- Das lass mal meine Sorge sein. Sie schreibt und du fotografierst. Du wirst meine Entscheidungen nicht in Frage stellen, Bronski.
- Sag später nicht, dass ich dich nicht gewarnt hätte.
- Halt jetzt die Klappe und mach dich vom Acker. Wenn Svenja da ist, dann werdet ihr die Polizei anrufen und euch auf die Lauer legen. Ich will Bilder von außen, ich will sehen, wie sie die Leiche wegschaffen, ich will, dass ihr mit den Nachbarn redet, und dass ihr den Typen findet, für den sie sich damals ausgezogen hat. Ihr spult das volle Programm ab, verstanden?
- Wir sollen selbst bei der Polizei anrufen?
- Wer denn sonst, Bronski? Weiß ja keiner davon. Ich will die Fotos jetzt veröffentlichen und nicht noch weitere zwanzig Jahre darauf warten müssen. Ihr werdet einfach in eine Telefonzelle spazieren und einen Einbruch melden.

Die Polizei wird kommen und die Leiche finden. So einfach ist das.
- Von mir aus.
- Guter Junge. Und bitte gib diesem Kurt genug von dem Geld, das ich dir eben in den Rachen geworfen habe. Ich will nicht, dass der Typ irgendwann auftaucht und sich verquatscht. Sag ihm, er soll am besten eine Zeit lang verschwinden. Wäre unangenehm, wenn er erzählt, dass er dich in die Wohnung gelassen hat. Ist also auch in deinem Interesse, dass er den Mund hält.
- Schon erledigt. Von Kurt haben wir nichts zu befürchten.
- Eins noch, Bronski.
- Was denn?
- Bitte sorg dafür, dass ich das hier nicht bereue.

# FÜNF

Ihr Mann machte sich Sorgen um sie.
Es war so wie immer, wenn sie wegfuhr und er Angst davor hatte, dass sie vielleicht nicht mehr zu ihm zurückkommen könnte. Robert umarmte sie, wollte sie nicht gehen lassen, doch Anna lächelte nur. Sie beruhigte ihn. Log ihn an. Sie müsse für einen Fall dringend nach Österreich, sagte sie.
Ein Klient bestehe darauf, dass sie sich persönlich darum kümmere. Sie verschwieg ihm dabei aber, um wen es sich handelte. Sie verlor kein Wort darüber, dass Bronski sie angerufen hatte, dass er wieder dabei war, durchzudrehen.
Anna küsste ihren Mann auf die Stirn und fuhr.
Mit einem unangenehmen Gefühl im Bauch nach Tirol.
Robert hatte sich in all den Jahren immer noch nicht damit abgefunden, dass sie ohne mit der Wimper zu zucken bereit war, sich in Gefahr zu bringen. Einfach, weil es ihr Job war.
Privatermittlerin.
Die Detektei war ihr Leben. Der Wachschutz. Zwölf starke Männer arbeiteten für sie, alle hatten Respekt vor ihr, sie war eine der wenigen Frauen in der Branche. Dass ihr Mann sie regelmäßig anflehte, vorsichtiger zu sein, nahm sie hin. Dass

er ihr sagte, dass es nicht normal sei, in der Privatsphäre anderer Leute herumzuschnüffeln. Immer wieder prophezeite er ihr ein schlimmes Ende. Sie hatte mit den Clans zu tun, war für die Sicherheit an den Türen der Clubs verantwortlich, sie koordinierte alles, sie kannte Leute, die man besser nicht kennen sollte. Roberts Sorgen waren also berechtigt. Ein Jahr zuvor war sie angeschossen worden, neun Wochen hatte sie im Krankenhaus gelegen, Anna hörte trotzdem nicht auf. Sie versprach ihrem Mann, zu überleben. Immer wieder zu ihm zurückzukommen, für ihn und die Kinder ausgiebig asiatisch zu kochen, ihm mit ihren großen Detektivinnenhänden über den Rücken zu streicheln.
Robert musste sich einfach damit abfinden.
Anna konnte nicht anders.
Deshalb fuhr sie auch nach Tirol.
*Bitte hilf mir*, hatte Bronski gesagt.
*Natürlich*, hatte Anna geantwortet.
Er hatte kaum ein Wort herausbekommen.
Konnte nicht klar denken.
Wie früher war es. Als Bronski noch ein Kind war.
Der kleine Bruder.
Er war von der Schule nach Hause gekommen, Klassenkameraden hatten ihn verprügelt. Bronski hatte sich hilfesuchend an seine ältere Schwester gewandt. Immer war es so gewesen.
David und Anna.
Sie hielt die Familie zusammen, sie war dafür verantwortlich, dass Bronski nicht so endete wie Kurt. So oft war er schon knapp davor gewesen, sich fallen zu lassen und nicht mehr aufzustehen. Mit dem Saufen anzufangen, mit anderen Drogen. Aber Anna hatte es verhindert. Wegen ihr war er nach Berlin

gezogen, sie hatte ihn und Mona damals dazu überredet, sie wollte ihn in der Nähe haben. Wollte für ihren Bruder da sein.
*Bronski.*
Eigentlich hieß er David.
Doch alle nannten ihn beim Nachnamen. Auch Anna.
Irgendwer hatte irgendwann damit begonnen, und dabei war es dann geblieben. Weil David es so wollte. Bronski klang härter, weniger verletzlich als David. Unnahbarer. Ein ganzes Leben lang schon versteckte er sich hinter seinem Namen. Anna hatte sich zwar immer darüber gewundert, aber sie hatte es nie in Frage gestellt. Er hatte sogar Mona dazu gebracht, ihn die meiste Zeit so zu nennen. Nur wenn sie allein waren, sagte sie David zu ihm. So wie Anna.
Wenn sie ganz zu ihm durchdringen wollte.
*Bleib bitte ganz ruhig, David.*
*Wir werden herausfinden, was dahintersteckt.*
*Anna hatte eindringlich ins Telefon geflüstert.*
Er drohte wieder in dem Loch zu verschwinden, in das er vor knapp zwanzig Jahren gefallen war. In dem Moment, in dem Anna den Hörer abgehoben und die Stimme ihres Bruders gehört hatte, wusste sie, dass es etwas damit zu tun haben musste. Bronski musste es gar nicht aussprechen, Anna hatte es gespürt.
Der Schmerz war wieder da. Die ganze alte Geschichte.
*Ich habe etwas gefunden,* hatte Bronski gesagt.
*In der Geldtasche einer Toten.*
Und Anna hörte zu.
Völlig wahnsinnig klang es, was Bronski erzählte.
Trotzdem kommentierte sie es nicht, sie machte sich Notizen, versuchte einfach nur seine Gedanken zu ordnen.

Eine verlassene Wohnung.
Die Leiche ohne Kopf.
Ein Foto in einer Geldtasche.
*Es ist Judith,* hatte Bronski gesagt.
*Das Baby auf dem Foto.*
Zuerst wollte Anna es nicht glauben.
Kurz zweifelte sie. Obwohl sie es immer gewesen war, die ihm erklärt hatte, dass er die Hoffnung nicht aufgeben durfte.
*Dein kleines Mädchen lebt,* hatte sie immer gesagt.
Anna hatte es nicht ertragen, ihren Bruder so zu sehen. Im Innersten verletzt. So traurig, dass er sich manchmal kaum bewegen konnte. Unerträglich waren diese Tage und Wochen, in denen die Vergangenheit auf ihn einschlug. Nur Annas Worte sorgten dafür, dass er weiterhin funktionierte.
*Irgendwann wirst du sie wieder in den Arm nehmen.*
*Wir werden eine Spur von ihr finden.*
*Du darfst nicht aufhören zu hoffen, David.*
Anna beschwor ihn. Auch wenn sie manchmal selbst nicht mehr an das glaubte, was sie ihrem Bruder einbläute, sie blieb dabei.
Und ihr Starrsinn wurde belohnt.
Plötzlich passierte es. Da war eine Spur.
Ein Polaroid.
Bronski hatte es mit seinem Handy abfotografiert und ihr geschickt. Sie öffnete die Datei, starrte das Foto an und versuchte, es zu begreifen. Ein kaum fassbarer Zufall war es. Dass Bronski genau dort eingebrochen war. Dass Kurt die Leiche gefunden und ihn angerufen hatte. Sie war wie elektrisiert von dem, was ihr Bruder erzählte.
Anna fragte sich, warum gerade Zita Laufenberg etwas mit

dem Verschwinden von Bronskis Tochter zu tun gehabt haben sollte. Unglaublich war es.
Unvorstellbar.
Aber sie erkannte Judith sofort.
Diese unglaublich spektakulären Augen.
Ein grünes. Und ein blaues.
Wie bei David Bowie.
Eine Merkwürdigkeit der Natur.
Mona und Bronski hatten sich darüber gefreut, anstatt beunruhigt zu sein. Sie mochten Bowie, mit einem Lächeln nahmen sie das Geschenk an, das ihnen gemacht wurde. Sie hatten sich dieses Kind so sehr gewünscht, wollten für immer zusammen glücklich sein. Sie hatten Pläne, redeten Abende lang darüber, dass sie sich eine neue Wohnung nehmen würden, dass sie sich rechtzeitig um einen Kita-Platz kümmern wollten, dass sie dieses Leben zu dritt jeden Tag feiern wollten. Schön war es für Anna, dabei zuzusehen.
Anna freute sich, dass auch Bronski nun eine eigene Familie hatte. Dass das Glück nun endgültig bei ihm eingezogen war. Bronski war so positiv damals, er sprühte vor Optimismus, lächelte die kleinen Probleme, die sie hatten, einfach weg. Er verschwieg, dass Mona schlecht schlief, dass sie oft stundenlang wach lag in der Nacht, seine Freude deckte das alles zu. Anna hatte nichts davon mitbekommen, dass es Mona schlecht ging. Dass sie am Limit war. Dass sie es längst überschritten hatte.
*Wir haben alles im Griff,* hatte Bronski gesagt.
Er hatte sich die Welt schöngeredet. Dass diese Welt acht Wochen später schon in sich zusammenbrechen sollte, damit hatte Anna keine Sekunde lang gerechnet. Judith war vier

Monate alt, als Bronski sie das letzte Mal im Arm gehalten hatte. Als sie mit Mona und ihm im Bett gelegen und friedlich geschlafen hatte.
Nur hundertvierundzwanzig Tage lang hatte Bronski eine Tochter.
Hatte Mona sie gestillt.
War alles wie ein Geschenk.
Danach war alles nur noch ein Alptraum.
Judith war verschwunden. Von einem Augenblick auf den anderen wie vom Erdboden verschluckt. Hilflos musste Anna zusehen, wie Bronski fast durchdrehte vor Sorge. Wie Mona sich zerfleischte. Wie die Verzweiflung der beiden von Tag zu Tag größer wurde. Weil man irgendwann davon ausging, dass das Kind tot war.
Es gab keine Spur, keiner der Ermittler glaubte mehr daran, dass Judith irgendwann wieder auftauchen würde. Dass das Unmögliche passieren sollte, wurde als äußerst unwahrscheinlich eingeschätzt.
Zwanzig Jahre lang.
Doch dann war da plötzlich dieser Hinweis.
Ein Lebenszeichen.
Ein Foto von Judith, wo es nicht hätte sein sollen.
Deshalb war Anna war auf dem Weg nach Tirol.
Mit Vollgas über die Autobahn.
*Bin auf dem Weg,* sagte sie.
Aus dem Auto rief sie Bronski mehrmals an.
Beruhigte ihn. Sorgte dafür, dass er keine Dummheiten machte.
Anna beeilte sich.
*Bis gleich*, sagte sie.

# SECHS

## MONA BRONSKI & HERMANN WALDSTETT

- Hermann Waldstett. Ich bin der leitende Ermittler in Ihrem Fall. Es tut mir leid, aber ich muss Ihnen noch einige Fragen stellen.
- Bitte fragen Sie.
- Ich möchte Sie darauf aufmerksam machen, dass ich unser Gespräch jetzt aufzeichne.
- Warum?
- Aufnahme läuft. Vernehmung von Mona Bronski, wir befinden uns in der psychiatrischen Abteilung des Landeskrankenhauses Tirol, heute ist der 22.12.1998.
- Ein Verhör?
- Wir treten auf der Stelle. Deshalb ist es wichtig, dass Sie mir alles noch mal genau erzählen. Jede Einzelheit ist wichtig.
- Mein Mädchen. Sie müssen es finden.
- Ja. Aber die Zeit drängt, Frau Bronski. Ihre Tochter ist seit zweiundsiebzig Stunden abgängig, die Chancen sie zu finden, sinken von Stunde zu Stunde. Wenn Sie uns nicht noch etwas Brauchbares liefern, können wir nichts mehr für sie tun.
- Ich habe Ihnen doch schon alles gesagt.

- Ich weiß. Trotzdem möchte ich gerne noch mal alles mit Ihnen durchgehen. Vielleicht haben wir ja irgendetwas übersehen.
- Sie glauben mir nicht, oder?
- Beschreiben Sie mir noch mal die Situation. Wie ist es dazu gekommen?
- Sie verschwenden hier Ihre Zeit. Sie sollten da draußen sein und nach meiner Tochter suchen. Judith ist ganz allein. Da ist niemand, der sie beschützt.
- Sie hätten sie doch eigentlich beschützen müssen.
- Ich weiß.
- Sie sind für das alles verantwortlich. Dass Judith nicht mehr da ist. Dass sie vielleicht sogar tot ist.
- Arschloch.
- Sagen Sie es mir. Warum haben Sie es getan?
- Verschwinden Sie.
- Nein, das werde ich nicht tun. Ich werde so lange bleiben, bis Sie mir sagen, was Sie mit Ihrer Tochter gemacht haben.
- Ich habe gar nichts gemacht.
- Warum haben Sie uns nicht beschrieben, wie die Frau aussah?
- Ich erinnere mich nicht mehr.
- Sie haben sich geweigert, mit unserem Phantombild-Zeichner zusammenzuarbeiten. Das macht kein gutes Bild, Frau Bronski.
- Ich habe mich nicht geweigert. Ich habe nur nichts zu sagen. Es ging alles so schnell, ich war völlig neben der Spur. Ich weiß nicht mehr, wie sie ausgesehen hat.
- Vielleicht haben Sie die Frau ja nur erfunden.
- Habe ich nicht.

– Es ist Ihnen alles über den Kopf gewachsen. Sie konnten nicht mehr, es war eine Kurzschlussreaktion. Ich bin mir sicher, dass Sie dem Kind nichts antun wollten.
– Ich habe ihr nichts getan. Niemals könnte ich das. Warum sagen Sie das?
– Weil ich weiß, wenn jemand lügt.
– Ich lüge nicht.
– Sie haben ausgesagt, dass Sie tagelang nicht geschlafen hatten, Ihr Mann war beruflich sehr eingespannt, das Baby hat ununterbrochen geschrien. Sie haben zu einem meiner Kollegen gesagt, dass Sie keine Kraft mehr hatten, dass Sie Judith am liebsten aus dem Fenster geworfen hätten.
– Das habe ich doch nicht ernst gemeint.
– Sie hatten getrunken. Ihr Mann sagt, Sie waren völlig zugedröhnt, als er nach Hause kam. Wein und Schlaftabletten, Sie waren kaum noch ansprechbar.
– Wie oft soll ich es Ihnen denn noch sagen, ich habe meinem Baby nichts angetan.
– Sie haben ausgesagt, dass Sie Ihr Kind einer wildfremden Frau in die Hände gedrückt haben. Irgendwo in der Bahnhofsgegend. Sie haben es einfach weggegeben, einer Unbekannten anvertraut. Sie müssen doch zugeben, dass das völlig verrückt klingt.
– Ich wollte nicht, dass etwas passiert. Das, wovon Sie reden. Was Sie mir mit jedem Wort unterstellen. Ich hatte plötzlich Angst davor, dass ich so etwas wirklich tun könnte. Angst vor mir selbst, verstehen Sie?
– Was war mit Ihrem Mann? Warum haben Sie ihn nicht um Hilfe gebeten?
– Er war nicht da. Hat fotografiert. Er war unterwegs.

– Sie hätten ihn anrufen können.
– Hätte ich nicht. Ich konnte nicht mehr. Ich stand am Bahnsteig und war kurz davor, Judith einfach fallen zu lassen.
– Sie wollten Ihr Kind vor den Zug werfen?
– Nein. Sie hören mir nicht zu. Ich habe nur darüber nachgedacht. Ich war verzweifelt, ich konnte kaum noch die Augen offen halten, ich hatte die Gedanken in meinem Kopf nicht mehr unter Kontrolle. Ich wollte Judith nur beschützen. Ich habe die Frau gebeten, dass sie sich kurz um mein Baby kümmert. Ich wollte nicht, dass meinem Baby etwas passiert.
– Sie hatten sich das Leben als Mutter anders vorgestellt, oder? Judith war ein Schreikind. Kann sehr anstrengend sein. Sie waren erschöpft, Ihr Mann hat Sie mit dem Kind allein gelassen. Sie haben sich bemüht, aber es nicht geschafft. Sie haben einfach aufgegeben. Kommt öfter vor, als Sie denken.
– Nein, so war das nicht.
– Sie haben rotgesehen. Das schreiende Kind zum Schweigen gebracht. Sie haben das ständige Gebrüll nicht mehr ertragen. Sie wollten, dass es für immer still ist, stimmt's?
– Hören Sie auf damit.
– Sie sollten sich endlich eingestehen, dass wir nach einer Leiche suchen und nicht nach dieser Fremden, der Sie das Baby angeblich in die Hand gedrückt haben.
– Nicht angeblich. Es war so. Finden Sie diese Frau. Bitte.
– Ihnen ist klar, dass Sie nicht besonders glaubwürdig sind. Sie sind hier auf der Psychiatrie, und deshalb bestimmt nicht die Einzige, die hier Wahnvorstellungen hat.
– Ich bin nur hier, um zu schlafen.

– Sie haben Angst davor, dass wir die Leiche finden, oder? Deshalb spielen Sie hier dieses Theater. Sie wollen nicht wahrhaben, was Sie getan haben. Sie wollen auf Unzurechnungsfähigkeit plädieren, wenn die Bombe platzt, richtig? Wenn man Sie wegen Mordes anklagt. Wegen Mordes an Ihrem eigenen Kind.
– Nein, so ist es nicht. Ich wollte nur, dass sie kurz auf Judith aufpasst. Ich konnte doch nicht damit rechnen, dass diese Frau einfach mit meinem Baby verschwindet.
– Diese Frau, an die Sie sich nicht mehr erinnern können.
– Es war am Bahnhofsvorplatz. Ein Zug musste gerade angekommen sein, sie war eine von vielen. Unscheinbar. Ende Zwanzig, beiger Mantel, sie hatte eine Mütze auf. Eine Frau in meinem Alter. Mehr weiß ich nicht mehr.
– Es gibt leider keine Zeugen, die das bestätigen können. Wir haben mit unzähligen Leuten gesprochen, aber niemand kann bestätigen, was Sie sagen.
– Sie hat mein Kind gestohlen.
– Hat sie das? Jeder normale Mensch hätte das Baby doch sofort zur Polizei gebracht und sich um Sie beide gekümmert. Das Jugendamt hätte sich eingeschaltet. Wenn Ihre Geschichte wahr wäre, müsste ich mich jetzt nicht mit Ihnen unterhalten, und Sie wären mit Ihrem Kind und Ihrem Mann zuhause, und nicht in der Klapse.
– Sie hat Judith entführt. Wer weiß, was sie mit meinem Baby gemacht hat, Sie müssen Judith finden. Bitte hören Sie nicht auf, nach ihr zu suchen.
– Ich glaube nicht daran, dass Ihre Tochter noch lebt. Ich bin davon überzeugt, dass sie umgebracht wurde. Und zwar von Ihnen.

- Nein.
- Ich habe auch mit Ihrem Mann darüber geredet. Ich denke, er sieht es ähnlich.
- Unsinn. David kennt mich. Er weiß, dass ich Judith nichts getan habe.
- Weiß er das wirklich? Haben Sie sich nicht gefragt, warum er Sie noch nicht besucht hat? Denken Sie, dass er das alles einfach so hinnimmt? Er hinterfragt das Ganze genauso wie ich. Warum Sie so etwas getan haben sollen. Warum Sie Ihr Kind einer Fremden anvertraut haben sollen. Er zweifelt daran. Als ich ihn heute Morgen gesprochen habe, hatte ich den Eindruck, dass er sehr wütend auf Sie ist. Wütend und entsetzt. Er wird Ihnen das wohl nie verzeihen.
- Hören Sie auf, sich in unser Leben einzumischen.
- Ihr Mann ist meine letzte Hoffnung. Ich denke, er ist der Einzige, der Sie dazu bringen kann, die Wahrheit zu sagen. Also konzentriere ich mich jetzt auf ihn. Ich werde so lange auf ihn einreden, bis er sich ganz von Ihnen abgewandt hat. Dann sind Sie allein und werden keinen Grund mehr haben, zu lügen.
- Was sind Sie nur für ein Mensch.
- Ich bin Polizist.
- Sie sind ein gefühlloses Stück Scheiße.
- Schon möglich. Trotzdem werde ich dafür sorgen, dass Sie eine Zeit lang hierbleiben. Psychiatrie oder Gefängnis. Hauptsache, Sie bekommen Ihre Strafe.
- Wenn Sie nicht gehen, fange ich an zu schreien. Jetzt auf der Stelle.
- Spielen Sie wieder Theater für uns?
- Nein. Das hier ist echt.

# SIEBEN

Einundzwanzig Jahre war es her.
Und es war so, als wäre es gerade erst passiert.
Mona sah mich nicht an. Sie starrte nur an die Wand, als ich sie damals in der Psychiatrie besuchte.
Wiederholte dieselben Sätze.
Wie ein Mantra war es.
*Es tut mir so leid, David.*
*Du musst sie finden, David.*
*Ich habe ihr nichts getan, David.*
Immer und immer wieder.
Auf der geschlossenen Abteilung ihre Tränen.
Ihre Verzweiflung.
Mona war vollgepumpt mit Medikamenten, weiß im Gesicht und schuldzerfressen. Man hatte sie ruhiggestellt, weil sie sich mit einem Polizisten angelegt hatte. Sie hatte herumgebrüllt, um sich geschlagen, sie war verzweifelt. Mehr als ich es jemals sein konnte.
Mona hatte einen Fehler gemacht.
Sie hatte ihr Glück einfach losgelassen, es aus der Hand gegeben. In einem Moment, in dem sie nicht mehr weiterwusste,

hat sie alles verloren. Alles hatte sich gegen sie verschworen. Mona hatte sich schuldig gemacht. Weil ich nicht für sie da gewesen war. Weil ich es nicht gesehen hatte. Es nicht hatte wahrhaben wollen. Sie nicht gehört hatte.
*Ich kann nicht mehr.*
*Habe keine Kraft mehr, David.*
*Bitte hilf mir.*
Doch ich half ihr nicht.
Ich war mir sicher, dass sich alles einspielen würde, dass sie sich erholen und wieder Kraft finden würde.
Ein ignoranter Dreckskerl war ich.
*Wir schaffen das schon,* hatte ich zu ihr gesagt.
Ich hatte so getan, als wäre alles in bester Ordnung. Habe nicht hingesehen. Erst als Judith weg war, begriff ich, wie schlimm alles für Mona gewesen sein musste. Wie hilflos sie gewesen war. Ich habe es in ihren Augen gesehen. In der Psychiatrie.
Kaputt war alles.
In ihr. Und auch in mir.
Ich wollte sie umarmen, sie berühren, ich wollte wissen, warum sie es getan hatte. Ich wollte sie schütteln, ich wollte mit meiner Faust auf die Wand einschlagen. Ich wollte es verstehen, aber ich verstand es nicht. Ich war wütend. Und sprachlos. Ich hasste sie. Liebte sie. Ich vertraute ihr, und ich zweifelte. Alles im selben Moment.
Weil dieser Polizist mich verunsicherte.
Er war davon überzeugt, dass Judith tot war.
Wollte mich gegen Mona aufbringen, er drängte sich zwischen uns. Doch am Ende tat ich, worum Mona mich bat. Ich glaubte ihr. Auch wenn sich alle gegen sie stellten. Die Polizei, die Medien, sogar Bekannte und Freunde, die ganze Welt verschwor

sich gegen sie. Mona wurde als Lügnerin hingestellt, in den Augen aller war sie die Mutter, die ihr Kind umgebracht und sich eine völlig absurde Geschichte zurechtgelegt hatte. Alle waren überzeugt davon, dass die Frau, der Mona angeblich das Kind in die Hand gedrückt hatte, gar nicht existierte.

Gemeinsam mit Anna suchte ich nach ihr, drei Tage lang verbrachten wir auf der Straße, vor dem Bahnhof, als die Polizei die Suche längst schon abgebrochen hatte, redeten wir immer noch mit Hunderten von Menschen. Aber niemand konnte uns helfen, keiner konnte Monas Geschichte bestätigen. Es gab keinen Beweis für ihre Unschuld.

Ich hatte nur ihr Wort, an dem ich mich festhielt.

Unerträglich waren diese ersten Wochen. Das leere Kinderzimmer, die Stille. Ich zerbrach beinahe daran. An dem Schmerz, der mich auffraß, an der Verzweiflung, die von Tag zu Tag größer wurde, an der Erkenntnis, dass unsere Suche nach Judith sinnlos war. Jeder Gedanke an sie war wie ein Messerstich, ich vermisste sie so sehr, dass ich nicht schlafen konnte, nicht essen, in jeder Minute, in der sie nicht da war, starb ein Stück von mir. Ich konnte nichts dagegen tun. Nur an sie denken. Sie nicht vergessen in all den Jahren, die vergingen.

Mein schönes Leben, es war nur noch eine Erinnerung.

Das Leben zu dritt. Es war zu Ende.

Mona begann sich vor meinen Augen aufzulösen.

Sie wollte nicht mehr leben, sah keinen Sinn mehr darin, ohne Judith auf der Welt zu sein.

Ich flehte sie an, nicht aufzugeben. Zu mir zurückzukommen. Wochenlang sagte ich zu ihr, dass ich ohne sie nicht weitermachen kann. Ich flößte ihr Hoffnung ein. Hoffnung, Judith wiederzusehen. Hoffnung, mit der Schuld leben zu können. Ich redete auf sie ein, bis sie mich hörte und mit mir weiterlebte. Oder so tat.

Unbehelligt von der Polizei, weil es keinen Beweis für diese wahnwitzige Theorie gab, dass Mona eine Mörderin war. Es gab keine Leiche, Judith blieb verschwunden, man konnte sie nicht verurteilen dafür, dass sie in einem Moment der Schwäche der falschen Person vertraut hatte. Alle, die sie anklagten, mussten ihre Geschichte akzeptieren.

Ein Unglück war es.

Jemand hatte Judith entführt.

Eine Fremde.

Anstatt Mona zu helfen, hatte sie uns das Wichtigste genommen.

Das wollte ich glauben.

*Ich habe unserem Kind nichts getan, David.*

All die Jahre habe ich mich an diesem Satz festgehalten. Ohne Gewissheit zu haben. Ich habe jeden anderen Gedanken immer sofort aus meinem Kopf verbannt. Die Vorstellung, dass ich mit der Mörderin meiner Tochter zusammenlebte. Die Vorstellung, dass Judith irgendwo in einem Fluss ertrunken war. Dass sie in einer Mülltonne erstickt und auf einer Deponie gelandet war.

All diese Gedanken dachte ich nicht.

Ich hoffte auf ein Wunder.

Einundzwanzig Jahre lang

Und dann war da plötzlich dieses Foto.

Es konnte nicht länger als ein paar Wochen nach Judiths Verschwinden aufgenommen worden sein. Wahrscheinlich von der Frau, die Judith damals mitgenommen hatte. Diese eine,

die nicht so reagiert hat, wie alle anderen es getan hätten. Die Judith behalten hatte. Das Baby auf dem Foto mit den roten Bäckchen und dem hübschen Pyjama. Es lag in einem sauberen Bettchen. Jemand hatte Judith einfach gestohlen. Sie vielleicht verkauft. An reiche Leute.
Reiche Leute wie die Laufenbergs.
Zita Laufenberg.
Die Mumie im Schlafzimmer.
In ihrer Geldtasche steckte das Foto.
Laufenberg musste die Menschen gekannt haben, die Judith entführt haben. Selbst konnte sie es nicht gewesen sein, da sie damals bereits Mitte Vierzig war. Oder?
Mona aber sprach immer von einer Frau Ende zwanzig.
Ich verstand es nicht.
Versuchte es zu begreifen.
So gerne hätte ich einfach auf einen Knopf gedrückt und die Antworten auf meine Fragen erhalten. Ich wollte wissen, wo Judith jetzt war. Ob sie noch lebte. Was man ihr angetan hatte. Warum die Frau im Schlafzimmer so brutal ermordet worden war. Ob ihr Tod etwas mit Judiths Verschwinden zu tun hatte. Und wer sich zum Zeitpunkt des Mordes um Judith gekümmert hatte.
Ich schwor, es herauszufinden.
Um jeden Preis.
Während ich auf Anna wartete, informierte ich mich im Internet.
Ich las alles, was ich über diese Familie herausfinden konnte.
Ein paar Stunden lang war es noch ruhig.
Dann brach die Hölle los.

# ACHT

## ALBERT LAUFENBERG & FRANZ WEICHENBERGER

- Ich will sie sehen.
- So einfach ist das leider nicht, Herr Laufenberg.
- Jetzt sofort. Sie lassen mich jetzt in meine Wohnung, sonst drehe ich durch. Ich will sie endlich wiedersehen.
- Beruhigen Sie sich, Herr Laufenberg. Ich möchte doch nur, dass Sie vorbereitet sind. Der Leichnam Ihrer Mutter ist, wie soll ich sagen, in einem besonderen Zustand. Der Anblick kann durchaus verstörend sein. Denken Sie noch einmal darüber nach, ob Sie das wirklich wollen.
- Ich warte seit zwanzig Jahren auf diesen Moment. Ich möchte endlich damit abschließen. Endlich Gewissheit haben.
- Das Bild, das Sie von ihr in Erinnerung haben, hat aber nichts mit dem zu tun, was Sie gleich sehen werden.
- Ich habe keine Angst vor ein paar Knochen. Ich habe schon wesentlich Schlimmeres gesehen, glauben Sie mir.
- Keine Knochen. Ihre Mutter ist nicht verwest. Durch die besonderen klimatischen Verhältnisse in dieser Wohnung ist sie mumifiziert.

– Wie bitte?
– Die Fenster müssen gekippt gewesen sein, es herrschte ständiger Luftzug. Zudem war Ihre Mutter nackt. Sie ist quasi vertrocknet, anstatt zu verwesen. Kommt immer wieder mal vor.
– Was reden Sie denn da?
– Das hier ist kein normaler Tatort. Das ist etwas ganz Besonderes, so etwas ist mir in all den Jahren noch nicht untergekommen.
– Man erkennt sie also noch? Nach der ganzen langen Zeit? Ihr Gesicht? Es ist alles noch da?
– Nein. Das ist genau der Punkt, an dem es heikel wird. Es ist nämlich so, dass der Mörder Ihrer Mutter den Kopf abgetrennt hat. Und so wie es aussieht, hat er ihn dann auch mitgenommen, wir konnten ihn bisher nirgendwo finden.
– Was erzählen Sie mir denn da?
– Ich erzähle Ihnen, dass das hier der Tatort eines Gewaltverbrechens ist. Und dass es klüger wäre, wenn Sie nicht darauf bestehen würden, diese Wohnung zu betreten.
– Bitte sparen Sie sich das. Ich möchte jetzt endlich da rein.
– Sagen Sie nachher nicht, dass ich Sie nicht gewarnt hätte. Kann einen ordentlich mitnehmen, so etwas. Aber wenn Sie unbedingt wollen, dann kommen Sie. Die Spurensicherung ist zwar schon beinahe fertig, trotzdem bitte ich Sie, nichts zu berühren. Gehen Sie ausnahmslos auf der ausgebreiteten Folie, und fassen Sie die Leiche nicht an. Klar?
– Klar.
– Na dann. Hier ist Ihre Mutter.
– Um Gottes willen.
– Wir werden die DNA noch abgleichen, aber aufgrund der

Sachlage hier am Tatort, gehen wir mit sehr großer Wahrscheinlichkeit davon aus, dass es sich bei der Toten tatsächlich um Zita Laufenberg handelt.
- Das ist grausam.
- Ja, das ist es.
- Wer hat sie gefunden?
- Das war wohl ein Zufall. Jemand hat hier eingebrochen und zweifelsohne auch hier übernachtet. Wir gehen davon aus, dass es ein Obdachloser war, der es auf Wertsachen abgesehen hatte. Dass er hier eine Tote findet, damit hat er wohl nicht gerechnet.
- Das kann doch alles nicht wahr sein.
- Sie haben recht, ist etwas bizarr, das alles.
- Wer macht so etwas?
- Das werden wir herausfinden, versprochen. Wir sind zwar Provinzpolizisten, aber den einen oder anderen Fall haben wir auch schon gelöst. Sie können also ganz beruhigt sein.
- Verzeihen Sie, aber ich muss hier raus.
- Wie Sie meinen. Ich muss Ihnen draußen allerdings noch ein paar Fragen stellen.
- Welche Fragen denn?
- Ich suche einen Mörder, da drängen sich bestimmte Dinge einfach auf.
- Sie machen sich doch nicht ernsthaft Hoffnungen, dass Sie den Täter nach so langer Zeit noch finden werden? Was ich damals mit meinen Mitteln nicht möglich machen konnte, wird Ihnen heute wohl auch nicht gelingen.
- Abwarten. Ich kann sehr beharrlich sein. Außerdem habe ich ein gutes Gefühl bei der Sache. Es gibt zahlreiche Hinweise in der Wohnung, die uns weiterhelfen. Mit großer

Wahrscheinlichkeit wissen wir, wann genau Ihre Mutter getötet wurde. Wir gehen außerdem davon aus, dass sie mit ihrem Mörder Sex hatte. Wir suchen also nach ihrem damaligen Geliebten. Können Sie mir da weiterhelfen?
- Das ist doch absurd. Meine Mutter hatte doch keinen Geliebten. Schon gar nicht in Tirol. Sie hat das alles gehasst hier. Die Berge, die Menschen. Zumindest hat sie das mir gegenüber immer behauptet, wenn ich sie mit in den Skiurlaub nehmen wollte.
- Sie hatten also keine Ahnung, dass sie hier in Tirol war?
- Nie im Leben wäre ich darauf gekommen. Es ist völlig verrückt, dass sie die ganze Zeit in dieser Wohnung war.
- So wie es aussieht, ist sie also damals gar nicht entführt worden. Sie hat hier heimlich jemanden getroffen, ist höchstwahrscheinlich mit dem Täter in Streit geraten, die Situation ist eskaliert, und er hat ihr den Schädel eingeschlagen.
- Ihr wurde der Schädel eingeschlagen?
- Ich rate nur. Scheint mir aber irgendwie naheliegend zu sein. Über die genaue Todesursache können wir aber erst reden, wenn die Leiche Ihrer Mutter obduziert wurde.
- Ich glaube, ich muss mich übergeben.
- Tun Sie sich keinen Zwang an. Ich habe schon viele kotzen sehen. Man sollte sich dafür wirklich nicht schämen.
- Haben Sie ein Taschentuch für mich?
- Leider nein. Aber noch eine Frage habe ich. Warum waren Sie eigentlich so schnell hier? Sie leben doch in Leipzig, oder? Ist ein interessanter Zufall, dass Sie genau dann hier unterwegs sind, wenn die Leiche Ihrer Mutter gefunden wird.
- Wir sind im Skiurlaub hier.

- Wir?
- Meine Frau und ich.
- Privat oder im Hotel?
- Hotel.
- Warum gehen Sie in ein Hotel, wenn Sie doch eine schicke Wohnung hier in der Stadt haben?
- Diese Wohnung war nie dafür vorgesehen, bewohnt zu werden.
- Sondern?
- Investment.
- Ich verstehe. Trotzdem frage ich mich, wie es sein kann, dass das Apartment in all den Jahren nie betreten wurde. Warum hat niemand die Leiche entdeckt? Und wie kann es sein, dass Sie nicht wussten, dass Ihre Mutter die Wohnung nutzt?
- Wir haben viele Wohnungen.
- Das heißt?
- Vielleicht achthundert insgesamt. Vierzig allein in Tirol. Ich liebe dieses Land, wir haben sehr früh hier investiert. Hat sich rentiert.
- Sie lassen die Immobilien leer stehen?
- Ja. Ist einfacher für uns, als zu vermieten. Und der Wertsteigerung tut das keinen Abbruch. Wir kaufen die Wohnungen und verkaufen sie irgendwann weiter.
- Ihre Mutter hat die Firma aufgebaut, richtig?
- Meine Mutter war eine sehr tüchtige Frau.
- Sie haben nach ihrem Verschwinden die Firma übernommen, korrekt?
- Ja.
- Verzeihen Sie, dass ich es so direkt anspreche. Aber es schaut

so aus, als hätte sich das Ganze für Sie trotz all der Tragik rentiert?
- Ich weiß, worauf Sie hinauswollen. Und ich bin Ihnen auch gar nicht böse, dass Sie mir das einfach so ins Gesicht sagen. Ich würde an Ihrer Stelle wahrscheinlich genau dasselbe denken. Aber um es Ihnen gleich in aller Offenheit zu sagen, ich habe mit alldem hier nichts zu tun. Ich bringe keine Menschen um. Und ich schneide auch keine Köpfe ab.
- Sie hätten aber ein sehr schönes Motiv.
- Stimmt. Aber ich war das nicht. Ich habe meine Mutter geliebt.
- Ich soll Ihnen das einfach so glauben?
- Ja.
- Fällt mir schwer.
- Früher oder später werden Sie herausfinden, dass ich die Wahrheit sage. Es ist mir genauso wichtig wie Ihnen, dass der wahre Täter gefunden wird. Wenn ich Ihnen also irgendwie weiterhelfen kann, dann sagen Sie es bitte. Derjenige, der ihr das angetan hat, soll dafür bezahlen.
- Das wird er.
- Wenn Sie für den Moment keine weiteren Fragen an mich haben, würde ich jetzt gerne gehen. Das alles nimmt mich sehr mit.
- Ich möchte Sie bitten, in Innsbruck zu bleiben.
- Selbstverständlich. Seien Sie versichert. Ich werde bleiben, solange es nötig ist.

# NEUN

Anna parkte in einer Seitenstraße.
Sie rief Bronski an und drückte kurze Zeit später die Eingangstür der Wohnanlage auf. Anna fuhr mit dem Lift nach oben und betrat das Penthouse von Zita Laufenberg. Niemand hatte sie gesehen, die meisten Menschen im Haus schliefen noch. Sie umarmten sich. Lange und leise. Beinahe wortlos verstanden sie sich. David und Anna. Er war erleichtert, dass sie da war, und sie war müde nach einer langen Fahrt. Heimlich trafen sie sich in der Wohnung, in der Albert Laufenberg knapp achtundzwanzig Stunden später seine Mutter wiedersehen sollte.
*Danke, dass du gekommen bist,* sagte Bronski.
*Lass uns sauber machen,* sagte Anna.
Sie wollte keine Zeit verlieren. Mit Bedacht kümmerte sich Anna um alles. Bevor die Polizei kommen würde, musste sie dafür sorgen, dass keine Spuren zurückblieben, nichts, das auf ihren Bruder hinwies, das verriet, dass Bronskis Geschichte irgendwie mit dieser Frau im Schlafzimmer verknüpft war. Niemand sollte erfahren, dass es um zwei vermisste Menschen ging, und nicht nur um einen. Judith Bronski und Zita Lau-

fenberg. Sie hatten nichts miteinander zu tun gehabt, lebten damals siebenhundert Kilometer voneinander entfernt in völlig verschiedenen Welten. Trotzdem hatte sich herausgestellt, dass sie sich kannten. Dass die Tote irgendwie mit Judith in Verbindung stand. Was völlig unmöglich schien.
Doch so musste es sein.
Bronski und Anna zogen erste Schlüsse, sie vermuteten, spannen verrückte Gedanken. Mehrere Verbrechen mussten damals passiert sein. Entführung. Mord. Erpressung vielleicht. Anna fantasierte vor sich hin, sie versuchte Erklärungen zu finden, während sie die Wohnung scannte. Sie nahm alles genau ins Visier, zuerst die Leiche im Schlafzimmer, und dann alle anderen Dinge. Die kaputte Küchentür, den gedeckten Frühstückstisch, die Kleider am Boden und die Geldtasche, die Kurt im Einkaufskorb in der Abstellkammer gefunden hatte. Das alles bedeutete etwas. Erlösung für Bronski vielleicht. Endlich Aussicht auf ein bisschen Wahrheit. Gewissheit. Anna spürte es. Sog alles in sich auf.
Mit Bedacht machte sie einen Plan.
Sagte ihrem Bruder, was zu tun war. Klar und deutlich.
Sie entschied, was weiter passieren sollte, weil Bronski nicht mehr dazu fähig war. Er war müde, hatte kaum geschlafen, er hatte keine Kraft mehr. Seine Gefühle waren übermächtig, sie lähmten ihn. Er brauchte seine Schwester, sie ordnete alles, legte sich die Dinge in Gedanken zurecht, sie malte sich aus, was die Polizei am Ende herausfinden würde. Was passieren würde, nachdem sie die Wohnung verlassen hätten. Welche Schlüsse man ziehen würde. Anna schlich durch die Wohnung und flüsterte es vor sich hin.
*Es war ein Obdachloser, der eingebrochen war.*

*Er fand die Leiche.*
*Und er schoss auch die Fotos.*
*Er wischte alles ab, was er berührt hatte.*
*Dann verschwand er.*
*Er war der Einzige, der hier war.*
Keine Spur mehr von Bronski und Anna. Dafür sorgte sie. Anna übernahm die Führung. Und Bronski war dankbar dafür. Sie wischten dort, wo kein Staub mehr lag, an allen Stellen, die Kurt und er berührt hatten, sie machten dort sauber, wo die beiden Männer gelegen, gestanden oder gesessen hatten. Mit Annas mitgebrachtem Desinfektionsspray und Tüchern ließen sie alle Spuren verschwinden. Fingerabdrücke, Speichel, Schuppen, Haare. Bronski tat, was seine Schwester ihm sagte, er hinterfragte es nicht, er folgte ihr, war froh, nicht allein sein zu müssen. Er konnte mit ihr teilen, was er fühlte. Nur Anna verstand, was in ihm vorging. Nur sie wusste, wie dieses Thema in den letzten zwanzig Jahren an ihm genagt hatte. Wie schwer alles war.
*Ich bin hier, um zu helfen,* sagte sie.
*Ich weiß nicht, was ich ohne dich machen würde,* sagte er.
Bronski vertraute ihr. Niemand war so gut wie sie, wenn es darum ging, zu schnüffeln, zu graben, Zusammenhänge herzustellen, wo es keine gab. Anna hatte sich in Berlin einen Namen gemacht, sie war effizient, diskret, und sie hatte keine Angst. Sie war ein Fels. Anna war kräftig, wog knapp hundert Kilo, war einen Meter achtzig groß und strahlte eine beunruhigende Selbstsicherheit aus. Sie hatte keine Angst vor den Machotypen, mit denen sie es zu tun hatte, sie war verlässlich und verschwiegen, man respektierte sie. Kurzhaarfrisur, Kampfausbildung, zweifache Mutter und liebevolle Ehefrau.

Leidenschaftlich, impulsiv, aber strukturiert, Anna wusste, worauf es ankam. Sie begriff schnell. Stellte Fragen.
Sie setzte die Puzzleteile zusammen.
Die Wohnungstür. Und die Schlüssel.
Sie wollte von Bronski wissen, ob die Tür versperrt gewesen war. Und wo er den Schlüssel gefunden hatte, um sie hereinzulassen. Anna hörte ihrem Bruder zu und sah es vor sich. Der Mörder musste ein Vertrauter gewesen sein, es konnte sich nicht um eine Zufallsbekanntschaft gehandelt haben, er hatte einen eigenen Wohnungsschlüssel, weil der von Zita am Schlüsselbrett hing. Er hatte von außen abgeschlossen und war gegangen, nachdem er Zita Laufenberg umgebracht hatte. Ihren Kopf trug er wahrscheinlich in einer Plastiktüte unter dem Arm. Seelenruhig war er aus der Wohnung spaziert, all die Jahre war er unbehelligt geblieben, nur Staub hatte sich angesammelt. Staub, den keiner wischte.
Das Verbrechen war ein Geheimnis geblieben.
Der brutale Mord blieb genauso unentdeckt wie das Foto von Judith.
Sie mussten herausfinden, ob der Mörder es übersehen oder ob er es absichtlich zurückgelassen hatte. Anna hatte noch keine Ahnung, was es zu bedeuten hatte, aber sie wusste jetzt endlich, wonach sie suchten und mit wem sie reden mussten.
Es gab viel für sie beide zu tun.
Bronski sollte sich vorerst um seinen Job kümmern, er sollte seinen Deal erfolgreich unter Dach und Fach bringen und mit seiner Kollegin Svenja offiziell recherchieren, Befragungen durchführen, mit Nachbarn reden, mit der Polizei, mit Hinterbliebenen. Anna wollte den Geliebten finden, der Familie der Toten unauffällig auf den Zahn fühlen, Dinge ausgraben,

die sie vielleicht verbargen. Sie mussten den Vorsprung nutzen, den sie hatten. Sie durften nicht auffallen, die Sache mit Judith nicht öffentlich machen, niemand sollte erfahren, dass sie darüber Bescheid wussten, dass Zita Laufenberg das vermisste Baby von damals kannte. Nur wenige Wochen nach Judiths Verschwinden war sie getötet worden.
Die Dinge hingen irgendwie zusammen.
Sie mussten nur noch herausfinden, wie.

# ZEHN

## SVENJA SPIELMANN & DAVID BRONSKI

- Warum ist eigentlich deine Schwester hier?
- Geht dich nichts an.
- Bist du immer so charmant?
- Was willst du von mir, Svenja?
- Wir arbeiten zusammen. Wäre von Vorteil, wenn du dich benehmen könntest wie ein Mensch. Könntest dir was von deiner Schwester abschauen, scheint eine sehr nette Person zu sein.
- Ich möchte mich nicht mit dir unterhalten. Lass mich einfach in Ruhe. Du machst deinen Job, ich mache meinen.
- Das ist also nicht der Beginn einer großen Freundschaft?
- Nein, ist es nicht.
- Bronski und Spielmann. Wir sind bestimmt ein tolles Team.
- Sind wir nicht. Ich bin nämlich überzeugt davon, dass du hier nichts verloren hast. Du hast keine Ahnung von dem, was hier abgeht. Das ist keine Theateraufführung, kein Konzert, keine Ausstellungseröffnung. Das hier passiert wirklich. Sei mir nicht böse, aber es war eine Schnapsidee von Regina, eine von der Kultur zu schicken. Das kann nicht gut gehen.

– Kannst dich ja überraschen lassen. Vielleicht habe ich ja doch meine Qualitäten. Das mit dem Anruf bei der Polizei habe ich schon mal ganz gut hinbekommen, finde ich. Habe sogar bayrischen Dialekt imitiert. Hat Spaß gemacht.
– Spaß?
– Ich muss zugeben, ich war ziemlich nervös. Die haben das bestimmt aufgenommen und hören sich das jetzt hunderte Male an. Aufregend ist das.
– Denkst du, das hier ist ein Spiel?
– Nein. Trotzdem schadet es wohl nicht, ein bisschen Freude an seinem Job zu haben. Ich würde gerne mit einem Lächeln an die Sache herangehen. Könnte dir auch nicht schaden.
– Du verstehst es nicht, oder? Wir werden beide unseren Job verlieren, wenn wir jetzt einen Fehler machen. Wir sind auf ganz dünnem Eis unterwegs, also reiß dich bitte zusammen und versau es nicht.
– Mach dir keine Sorgen, ich mache das hier schon ziemlich lange. Bin kein Frischling, deine Ansprachen kannst du dir also sparen.
– Na dann haben wir das ja geklärt.
– Du bist ziemlich kaputt, Bronski.
– Weiß ich.
– Aber du bist ein toller Fotograf. Sollte ich dir zwar nicht sagen, aber du bist einer der Besten in der Redaktion. Ich schaue mir schon länger an, was du so machst. Deine Bilder haben Seele, sind gut komponiert, du hebst dich eindeutig von den anderen ab.
– Redest du immer so viel?
– Nur, wenn ich mich bemühe, nett zu sein.

- Ich wollte kein Lob. Ich wollte dich nur daran erinnern, dass da oben eine Leiche ohne Kopf liegt. Und dass das eine ziemlich große Nummer ist, die wir da gerade durchziehen. Regina wäre uns bestimmt sehr dankbar, wenn wir uns jetzt auf unsere Arbeit konzentrieren.
- Ist mir klar. Trotzdem müssen wir nicht in Depression verfallen, während wir warten, oder? Wobei, mit dir in deinem Auto eingepfercht zu sein tatsächlich nicht zu meinen Jahreshighlights zählt.
- Kurze Auszeit, ok?
- Aber warum denn? Jetzt wird es doch gerade erst interessant.
- Ich mache kurz meine Augen zu. Zehn Minuten, dann bin ich wieder online.
- Ernsthaft? Du willst jetzt schlafen?
- War eine lange Nacht, ich habe kein Auge zugetan. Weck mich einfach, wenn die hier anrollen. Kann ja nicht mehr allzu lange dauern.
- Na, bravo. Bronski pennt. So wie es aussieht, habe ich es wirklich mit einem Profi zu tun.
- Schlafen ist definitiv besser, als mit dir zu quatschen.
- Die Kollegen haben mich vor dir gewarnt.
- Und?
- Ich wollte es ja nicht glauben, aber so wie es aussieht, hatten sie recht. Du bist ein richtiges Arschloch, Bronski.
- Können wir gerne so stehen lassen. Aber jetzt möchte ich noch zehn Minuten lang meine Ruhe, danach können wir gerne loslegen und uns so gut wie möglich aus dem Weg gehen. Du reimst dir eine Geschichte zusammen, und ich werde die Bilder dazu machen. Blaulicht, Uniformierte, Kripo, Spu-

rensicherung, Gerichtsmediziner, Beamte in weißen Overalls und der Abtransport der Leiche. Das volle Programm, wir bekommen gleich richtig viel Arbeit, umso wichtiger ist es, dass ich noch kurz meine Augen schließe.
- Damit das alles auch wirklich reibungslos abläuft, wirst du mir bestimmt gleich sagen, was ich hier für eine Aufgabe habe, richtig?
- Ganz genau. Du wirst mit den Nachbarn reden. Sobald die Bullen im Haus sind und alle mitbekommen haben, was passiert ist, beginnst du an den Türen zu klingeln. Du wirst irgendjemanden finden, der dir etwas über Zita Laufenberg erzählen kann. Du wirst den Leuten so lange auf die Nerven gehen, bis wir etwas Brauchbares in der Hand haben. Und du wirst auch mit den Jungs von der Kripo reden, wir brauchen etwas, das wir zitieren können. Einer von denen wird den Mund aufmachen, du wirst sehen. Du musst nur hartnäckig sein.
- Ich fasse es nicht.
- Ist noch was unklar?
- Du denkst wirklich, dass du hier der Einzige bist, der Ahnung von seinem Job hat, oder? Du willst mir tatsächlich erklären, was ich zu tun habe? Wie ich meine Geschichten erzählen soll? Wenn du mir wirklich so kommen willst, dann wird das tatsächlich nicht lustig mit uns beiden. Kannst dich auf Gegenwind einstellen.
- Hör bitte auf mich zu nerven und halt für fünf Minuten deine Klappe.
- Weißt du was, Bronski?
- Was denn noch?
- Du kannst mich mal.

# ELF

Er war ein arroganter, selbstgefälliger Drecksack.
Alles, was Svenja Spielmann über Bronski gehört hatte, bestätigte sich. Er war frustriert und leer, ein Bluthund, der in die Jahre gekommen war.
Svenja mochte ihn nicht.
Er war kalt und abweisend, er hatte sie gedemütigt, ihr freundliches Entgegenkommen ignoriert, ihre Bereitschaft friedlich zusammenzuarbeiten in den Wind geschlagen. Svenja war ihm entgegengekommen, gebracht hatte es nichts.
*Bronski ist völlig kaputt,* hatten die Kollegen gesagt.
Er war wie eine Uhr, die irgendwann auf den Boden gefallen ist.
Sie solle sich nicht zu viel erwarten, hatte man zu ihr gesagt. Bronski sei zwar ein guter Fotograf, aber sozial eine Zumutung, völlig unfähig mit Menschen umzugehen, Beziehungen zu pflegen. Svenja verachtete ihn vom ersten Augenblick an, trotzdem war sie neugierig geworden. Sie wollte wissen, wer dieser Mann war, ein Bauchgefühl trieb sie an, sie duldete seine schroffe Art, bot ihm Paroli. Svenja war angestachelt, es ärgerte sie, dass Bronski sie nicht respektierte, dass er sich be-

nahm wie ein Tölpel. Sie war wütend, wollte ihn beschimpfen, ihm erklären, was sie konnte, wozu sie fähig war, was sie im Laufe ihres Berufsalltags schon alles erlebt hatte, sie wollte es ihm an den Kopf werfen, doch sie entschied sich dagegen.
*Du bist es nicht wert, Bronski.*
Svenja zischte es ihm zu und stieg aus dem Wagen.
Er wollte sie aufhalten, ihr wahrscheinlich noch weitere Tipps geben, wie sie ihre Arbeit zu machen hatte, aber sie ertrug es nicht. Die Vorstellung noch eine weitere Minute lang mit ihm in diesem Wagen sitzen zu bleiben, verursachte ihr Schmerzen. Deshalb ließ sie ihn zurück, versaute ihm seinen Kurzschlaf, zwang ihn, sich selbst darum zu kümmern, den richtigen Moment nicht zu verpassen. Svenja hörte, wie Bronski fluchte. Sie schaute ihm aus sicherer Distanz dabei zu, wie er sich auf die Lauer legte, wie er seine Objektive auspackte, wie er begann aus dem Hinterhalt seine Bilder aufzunehmen. Der ankommende Streifenwagen, die Beamten, die ausstiegen, klingelten, im Haus verschwanden. Er hielt alles fest.
Das volle Programm, so wie Bronski es angekündigt hatte.
Erneut hatte er eine große Geschichte an Land gezogen. Der verrückte Fotograf, über den es hieß, dass er bereit war, alles für ein gutes Bild zu tun. Svenja hatte das nie verstanden. Dass sich Menschen in Gefahr brachten, nur um beruflich zu glänzen, dass ihnen die Arbeit über alles ging, dass sie alles dafür opferten. Kein Privatleben, keine Beziehung, keine Freunde, so wollte Svenja nicht enden, dafür war sie nicht Journalistin geworden. Egal, wie brisant die Geschichte war, sie hatte irgendwann beschlossen, nicht über ihre Grenzen zu gehen, sie würde nichts tun, das ihre Zukunft gefährdete. Das war es nicht wert. Bronski war es, der eine Menge Geld verdienen

würde, nicht sie. Ihr würde man für ihre Geschichte, so gut sie auch sein mochte, nur auf die Schulter klopfen. Svenja hatte keinen Deal mit Regina. Sie spielte nur Feuerwehr, musste sich mit diesem sexistischen Proleten herumschlagen, sie war nicht in Tirol, weil sie das unbedingt wollte. Sie hatte einfach nur *Ja* gesagt, weil sie Angst um ihren Job hatte. Eine engagierte Mitarbeiterin wollte sie sein, eine, die sich mit Elan der Kündigungswelle entgegenstemmte und bereit war, die Komfortzone zu verlassen. Svenja Spielmann, die seit einigen Jahren nur noch über die deutsche Hochkultur berichtete, hatte sich dazu überreden lassen, über Mord und Totschlag in der Provinz zu schreiben. Die Kultur war tot. Es wurde zu wenig Platz im Blatt dafür freigemacht, fix angestellte Redakteure standen vor der Kündigung. Um ihren Job zu retten, schlich sie also rund um das Haus, in dem die prominente Leiche lag. Sie machte sich vertraut mit ihrem neuen Aufgabenbereich, freundete sich mit der Tatsache an, Bronski noch länger an der Backe zu haben.
*Du bleibst im Wagen,* hatte er gesagt.
*Vergiss es,* hatte Svenja gesagt.
Es war eine Kampfansage.
Sie würde ihm nichts schenken. Sie hatte beschlossen, Respekt von ihm einzufordern. Sie wollte sich wehren. So lange bis dieser Prolet es begreifen würde. Sie war diejenige, die studiert hatte, Kunstgeschichte, sie war mit einem Architekten verheiratet gewesen, sie wusste, wie man Konversation führte, wie man mit Worten umging, sie füllte die Zeitung mit Inhalt, nicht er. Sie sorgte dafür, dass man verstand, worum es ging. Sie erklärte den Leuten, was auf seinen Bildern zu sehen war. Sie übersetzte, unterhielt die Menschen, brachte

es auf den Punkt. Sie arbeitete für eine ordentliche Zeitung, man bemühte sich um Seriosität. Trotzdem musste man Auflage machen. Deshalb schrammte man manchmal gerne an der Grenze zum Boulevard entlang. Und deshalb waren auch gute Titel wichtig.
*Horrorfund im idyllischen Tirol.*
*Mumie ohne Kopf im Alpenparadies.*
*Vermisste Millionärin aufgetaucht.*
Svenja spann bereits herum, während sie darauf wartete, dass die Show richtig losging. Sie tippte in Gedanken die ersten Zeilen, sie überlegte, wie sie die Geschichte erzählen und was unter Bronskis Fotos stehen sollte. Sobald Regina mit der Staatsanwaltschaft einen Deal gemacht hatte, sollte es schnell gehen, sie musste vorproduzieren, auf Knopfdruck hatte sie zu liefern, alle Hintergrundinformationen musste sie vorher sammeln, dann aufbereiten und konsumierbar portionieren. Svenja wusste, wie das Spiel funktionierte, auch wenn sie es sich nicht gerne eingestand, aber am Ende war es egal, ob sie über die Eröffnung der Elbphilharmonie berichtete oder über einen brutalen Mord in der österreichischen Pampa. Es ging um das Handwerk, und das beherrschte sie zweifelsfrei perfekt.
Den richtigen Moment abwarten.
Mit den richtigen Leuten reden.
Svenja beobachtete alles.
Wie Polizisten das Haus stürmten.
Und wie Bronski sie beim Stürmen fotografierte.
Ruhig und gelassen wartete sie auf den richtigen Augenblick, dann setzte sie ihr schönstes Lächeln auf und warf sich in die Schlacht. Svenja Spielmann zückte ihren Notizblock und stellte sich den Beamten entgegen, die sie daran hindern wollten, das

Haus zu betreten. Sie zeigte ihren Presseausweis, sprach davon, dass sie zufällig in der Gegend war und dass sie gehört habe, dass hier ein Mord passiert sei. Sie überrumpelte die Beamten, sammelte ein Zitat nach dem anderen, Svenja war in Hochform. Irgendwie gelang es ihr, sich an den Uniformierten vorbei ins Haus zu schleichen. Ganz selbstverständlich stieg sie die Treppen nach oben in den zweiten Stock, klingelte wahllos an Türen, und verschaffte sich Einlass. Nach kurzer Zeit schon öffnete ihr eine ältere Dame die Tür.
*Rainer* stand auf dem Türschild.
Svenja erklärte, was passiert war, warum die Polizei im Haus war, sie stellte der neugierigen Frau in Aussicht, in der Zeitung zitiert zu werden, vielleicht würde man sogar ein Foto von ihr drucken. Svenja bat sie um ein Interview. Es war ganz einfach. Sie grub bereits tief im Dreck, als die Polizei im Penthouse noch dabei war, zu begreifen, was passiert war. Klatsch und Tratsch, Geschichten vom Hörensagen, Frau Rainer begann aus dem Nähkästchen zu plaudern. Intime Details einer Hausgemeinschaft.
Lange her sei das alles gewesen, sagte sie. Aber sie erinnerte sich. An die Dame, der das Penthouse gehörte. Eine sehr reiche Deutsche, vor einer halben Ewigkeit sei sie ihr ein paarmal im Treppenhaus begegnet. Frau Rainer berichtete, dass die Wohnung vor dreißig Jahren gekauft worden war, dass sie seitdem aber meistens leer stand. Nur manchmal sei jemand da gewesen. Irgendein Verwalter. Und dann die Besitzerin selbst. Meistens mit einem Mann. Was die beiden da oben getrieben hatten, wusste Frau Rainer nicht. Nur Vermutungen habe sie angestellt. Ein geheimes Liebesnest sei es wohl gewesen, immer nur für ein paar Tage wurde die Wohnung benutzt. Ein Stroh-

feuer war es wohl, denn irgendwann blieb die Wohnung verschlossen, keiner mehr kam. Die Betriebskosten wurden bezahlt, niemand wunderte sich. Noch drei andere Wohnungen im Haus standen leer. Das sei völlig normal, sagte sie.
Herta Rainer plauderte vor sich hin.
Svenja musste sie nur anstupsen, ihr das Gefühl geben, dass alles, was sie sagte, es wert war, in einer großen deutschen Zeitung abgedruckt zu werden. Svenja machte Fotos mit dem Handy, sie wollte Bronski nicht extra bemühen, es war ihr Volltreffer, nicht seiner. Es war ein Glück, dass sie genau an diese Frau geraten war. Vor mehr als zwanzig Jahren war Frau Rainer nämlich in Frühpension gegangen, sie hatte Zeit, sich um die Dinge im Haus zu kümmern, Informationen zu sammeln, sich mit den anderen Mietern und Besitzern auszutauschen. Sie war der Blockwart, das vierte Auge, ihr entging nichts. Und deshalb hatte sie auch eine Antwort auf Svenjas letzte Frage parat. Wer dieser Geliebte war, wollte sie wissen. Mit wem hatte sich die Besitzerin im Penthouse getroffen. Wie sah er aus.
Frau Rainer musste lachen.
Sie war stolz darauf, dass das Wissen, das sie in all den Jahren angesammelt hatte, noch einmal von Nutzen sein konnte.
*Ich habe den Vornamen*, sagte sie.
*Das ist ja großartig*, meinte Svenja.
Konstantin hieß er.
Die alte Dame erzählte, wie sie einmal mit ihm Lift gefahren war. Er hatte sie nicht angesehen, den Kopf gesenkt gehabt, er wollte wohl nicht erkannt werden. Frau Rainer war ausgestiegen, im Treppenhaus aber noch stehen geblieben. Sie hörte, wie er oben klingelte, wie die Tür aufging und wie Zita Laufenberg

ihn begrüßte, ihn bei diesem exotischen Vornamen nannte. Sie erinnerte sich auch daran, dass sie ihn gefragt hatte, ob er direkt aus seinem Restaurant gekommen sei. Frau Rainer hatte zwar den Namen des Lokals vergessen, aber sie war sich sicher, dass es sich um ein Restaurant in der Innenstadt gehandelt hatte.

Svenja schrieb mit.

Sie jubelte. Bedankte sich.

Dass es so einfach sein würde, hatte sie nicht gedacht. Dass sie beim ersten Gespräch schon etwas Relevantes erfahren würde. Natürlich war ihr klar, dass vieles von dem, was Frau Rainer von sich gab, Unsinn sein konnte, aber die Möglichkeit bestand, dass sie daraus etwas machen konnte. Aus dem Vornamen und dem Wissen, dass er ein Speiselokal in der Stadt geführt hatte. Die Chance bestand, dass sie ihn vor der Polizei finden würde. Den Mann, der sich mit Laufenberg vor ihrem Tod getroffen hatte. Wenn Svenja Glück hatte, war es sogar der Jackpot und tatsächlich der Mörder.

Svenjas Gedanken rasten.

Sie hatte Feuer gefangen.

Dieser Kotzbrocken mit der Kamera hatte sie angestachelt.

Sie wollte ihm zeigen, was sie konnte.

Es war ein Spiel. Und sie hatte Spaß daran.

Sie bedankte sich bei Frau Rainer und klingelte an der nächsten Tür.

Dann an der nächsten. Svenja machte ihren Job.

Und sie machte ihn richtig gut.

# ZWÖLF

## ANNA DRAGIC & DAVID BRONSKI

- Was ist mit der Leiche?
- Wurde eben abgeholt.
- Du hast dich ruhig verhalten? Hast deine Bilder gemacht und sie nach Berlin geschickt, richtig?
- Du musst mir nicht sagen, was ich tun muss, Anna. Ich bin hier nicht das Problem.
- Wer dann?
- Svenja Spielmann. Diese Frau ist ein Alptraum. Rennt hier herum, als wären wir an einem Spielfilmset. Sie nimmt das alles hier nicht ernst, wenn sie so weitermacht, dann ist hier bald jedem klar, dass wir es waren, die das alles angezündet haben.
- Ach, komm schon, David. Sie macht das schon. Ich habe mich mit ihr unterhalten, sie scheint eine von den Guten zu sein.
- Ich habe keine Zeit, mich um sie zu kümmern.
- Das musst du nicht, David. Bitte beruhige dich.
- Wir dürfen hier nicht auffallen, da waren wir uns doch einig, oder? Doch sie rennt herum, als wäre das hier ein Laufsteg oder eine Opernpremiere. Sie zieht sich an wie ein Paradiesvogel. Sie macht alles kaputt, Anna.

- Gar nichts macht sie kaputt. Sie macht nur ihre Arbeit. Genauso wie du. Die Polizei geht garantiert davon aus, dass der anonyme Anrufer, der den Mord gemeldet hat, auch bei euch angerufen hat. Es ist völlig normal, dass ihr da seid, dass Svenja Fragen stellt und du Fotos machst. Also, mach dir bitte keine Sorgen.
- Wir müssen Judith suchen.
- Das machen wir.
- Wir müssen mit dem Sohn reden. Er war gerade hier. Ein gewisser Weichenberger von der Kripo hat ihn in die Mangel genommen. Ich habe versucht ihn abzufangen, aber er ist in sein Auto gestiegen und war weg.
- Svenja redet mit ihm.
- Spinnst du? Es geht um Judith. Einer von uns beiden macht das. Niemand sonst.
- Ach, komm schon, David. Je schneller wir herausfinden, wie das alles zusammenhängt, desto besser. Svenja ist bereits an ihm dran. Sie hat herausgefunden, in welchem Hotel er wohnt, sie wird ihn zum Reden bringen.
- Woher weißt du das alles?
- Ich habe vor zehn Minuten mit ihr telefoniert. Lass sie einfach machen, Bronski.
- Nein. Es geht um meine Tochter. Es geht darum, dass er meine Fragen beantwortet und nicht die von Svenja. Er soll mir sagen, was es mit diesem Foto auf sich hat. Wie es in die Geldtasche seiner Mutter kam. Wenn es nötig ist, werde ich es aus diesem Typen herausprügeln, das verspreche ich dir.
- Gar nichts wirst du. Du bist offiziell nur hier, um Fotos zu machen. Wir schauen, was Svenja herausfindet, danach können wir immer noch mit ihm reden. Wir wirbeln noch

keinen Staub auf. Du versprichst mir jetzt, dass du dich zurückhältst. Sonst bin ich nämlich weg, und du kannst das alles hier alleine machen. Mein Mann freut sich bestimmt, wenn ich früher nach Hause komme.
- Bitte, Anna. Ich muss sie finden.
- Das wirst du. Aber jetzt musst du erst mal schlafen, Bronski. Bist ja völlig durch den Wind. Du ruhst dich jetzt ein paar Stunden lang aus, dann machst du weiter. In der Zwischenzeit kümmern wir uns um die Sache.
- Ich kann jetzt nicht schlafen, Anna.
- Doch, du kannst.

## DREIZEHN

Ich wollte so tun, als hätte ich alles im Griff.
Ich hatte mich gewehrt, obwohl ich kaum noch die Augen offen halten konnte. Ich versuchte zu verbergen, dass ich verzweifelt war. Alles in mir war in Aufruhr, kaputt, zerrissen, angespannt. Was passiert war, hatte mich völlig aus der Bahn geworfen. Trotzdem hatte ich funktioniert. Obwohl alles in mir danach geschrien hatte, loszustürmen und Judith zu suchen, schoss ich Fotos, jedes Detail in der Wohnung hielt ich fest, jeden Zentimeter Haut fotografierte ich. Bilder von der Leiche. Bilder von der Wohnung. Von den Beamten. Ich dokumentierte ein Verbrechen. Reine Routine. Und doch schlug mein Herz so laut wie schon seit Jahren nicht mehr.
Es vibrierte.
Machte mir Hoffnung.
Das Polaroid, das ich gefunden hatte, elektrisierte mich.
Anstatt zu schlafen starrte ich es die ganze Nacht lang an. Während ich auf Anna gewartet hatte, war alles in mir wieder in Bewegung geraten. Alles, was festgefroren war, was verklebt und ineinander verkeilt war, es rührte sich wieder. Meine Hilflosigkeit, meine Ängste, meine Wut, alles prasselte

plötzlich auf mich ein. Nach so vielen Jahren spürte ich endlich wieder etwas, ich hatte nichts mehr unter Kontrolle.
Ich taumelte.
Dann brach ich zusammen.
Die Müdigkeit schlug mich zu Boden. Ich hörte auf mich zu wehren, tat, was Anna mir sagte. Ich fuhr in mein Hotel und sperrte mich auf meinem Zimmer ein. Legte mich hin und schloss die Augen. Ich versuchte es. Wollte schlafen, um endlich wieder klar zu denken, doch es ging nicht. Ich konnte es nicht. All die Gedanken einfach abschalten, das Bild von Judith für kurze Zeit einfach ausblenden, es funktionierte nicht.
Deshalb stand ich auf und öffnete die Minibar.
Ich nahm all die kleinen Fläschchen heraus.
Setzte mich damit auf das Bett.
Ich trank wieder. Wollte mich betäuben, wegrennen, verschwinden. Ich wollte an nichts mehr denken, nichts entscheiden müssen, ich wollte einfach nur dasitzen und weiter dieses Foto anstarren.
Judith.
So lange war es her, so unmöglich war es geworden, in diese Zeit zurückzufinden, in der ich glücklich war. Vor vielen tausend Tagen war alles abgestorben in mir. Und ich schämte mich dafür. Dass ich tief in meinem Inneren aufgehört hatte, an ein gutes Ende zu glauben. Ich hatte nicht mehr nach ihr gesucht. Insgeheim hatte ich sie aufgegeben. Nachdem Mona mich verlassen hatte, blieb nichts mehr von diesem Glück übrig, an dem ich mich so lange festgehalten hatte. Da war nur noch Selbstmitleid, ein normales Leben war unmöglich geworden. Eine neue Liebe. Weil die alte zerbrochen war.

Hinuntergefallen und auseinandergeschellt.
David und Mona.
Es hatte einfach aufgehört.
Obwohl wir all die Jahre gekämpft hatten. Unsere Liebe am Leben halten wollten. Wir waren gescheitert, obwohl wir gemeinsam nach Berlin gingen, um neu anzufangen. Ein Neustart war es, der alles andere hatte vergessen lassen sollen. Wir hatten es uns so sehr gewünscht, ich hatte darauf vertraut, dass Mona stark genug sein würde. Aber ein zweites Mal lag ich falsch, wieder bekam ich nichts davon mit. Was in ihr vorging, wie sehr sie immer noch alles belastete. Ich dachte, sie wäre über den Berg, zwei Jahre zuvor hatte sie ihre Medikamente abgesetzt.
Keine Antidepressiva mehr.
*Es geht mir gut,* hatte sie gesagt.
Und ich wollte ihr glauben.
Bis zum Schluss habe ich unserer Liebe vertraut. Keine Sekunde lang hatte ich damit gerechnet, dass etwas passieren könnte. Dass sie mir von einem Moment auf den anderen mein ohnehin schon beschädigtes Herz aus dem Leib reißen könnte. Mona hat es einfach getan. Still und leise hat sie meinen Brustkorb geöffnet, hineingegriffen, es herausgenommen und auf die Straße geworfen.
Mit ihr gemeinsam ist es unten auf dem Asphalt angekommen. Aufgeschlagen.
Auseinandergeplatzt.
An einem Dienstagabend ist es passiert.
Die Nachricht kam über den Polizeifunk.
Unfall in der Torstraße. Wahrscheinlich Selbstmord.
Keine Namen wurden genannt, es hieß nur, dass Straßen ge-

sperrt wurden, und dass zahlreiche Einsatzkräfte unterwegs waren. Wenn ich nicht frei gehabt hätte, wäre auch ich losgefahren. Wenn ich nicht auf Mona gewartet hätte. Wir wollten gemeinsam kochen, den Abend miteinander verbringen. Doch sie kam nicht.
Mona kam nie wieder.
Nur Bilder blieben.
Für immer in meinem Kopf.
Unauslöschlich.
Ein Kollege von einer anderen Zeitung zeigte mir die Fotos. Es waren Bilder, die niemals veröffentlicht worden wären, aber er hatte sie gemacht. Genauso wie ich sie gemacht hätte. Weil es mein Job war, weil man sie vielleicht doch noch irgendwann hätte verkaufen können.
Eine Frau um die vierzig, mitten auf der Kreuzung.
Sie war gesprungen. Musste sofort tot gewesen sein. Aber als wäre das nicht genug gewesen, war sie noch von einem LKW überrollt worden. Mona im freien Fall.
Zerschellt und zerquetscht.
Ich sah es immer noch vor mir.
So viele Jahre später.
In diesem Hotel in Innsbruck.
Ich öffnete ein Fläschchen nach dem anderen.
Erinnerte mich daran, wie sie mich anriefen damals. Polizisten, die am Unglücksort gewesen waren. Ein Beamter, den ich kannte. Er war erschüttert, wollte es mir schonend beibringen, ich konnte es in seiner Stimme hören, er suchte nach Worten. Ich spürte das Unheil.
*Es geht um deine Frau, Bronski.*
*Es ist etwas passiert.*

*Ich weiß nicht, wie ich es dir sagen soll.*
*Schaut nicht gut aus.*
*Sie ist tot, Bronski.*
Mona hatte mich allein gelassen.
Sie hatte es nicht mehr ertragen. Immer wieder hatte sie mit dem Gedanken gespielt. Der Wunsch zu verschwinden begleitete uns beide. Doch ich blieb. Weil dieser unendlich kleine Funken Hoffnung, Judith irgendwann doch noch einmal wiederzusehen, mich am Leben hielt. Dieser Funke, den Mona an diesem Tag ausgelöscht hatte. Es war unerträglich. Zu begreifen, dass sie nie mehr neben mir aufwachen würde. Dass der Polizist, der mich angerufen hatte, einen Irrtum absolut ausschließen konnte.
*Ich bin mir absolut sicher, dass es Mona ist.*
*Sie ist vom Dach eines Hochhauses gesprungen, Bronski.*
*Der LKW-Fahrer konnte nicht mehr bremsen.*
*Du solltest dir das nicht anschauen, Bronski.*
Ich zögerte.
Obwohl ich schon so viel gesehen hatte in meinem Leben.
So viel Blut. So viele Tote. Trotzdem wusste ich nicht, ob ich es ertragen konnte. Ob ich zum Unfallort fahren sollte oder nicht. Ich hatte panische Angst davor, sie zu sehen, während der ganzen Fahrt zum Unfallort hoffte ich noch, dass sich vielleicht doch noch alles aufklären würde. Ich träumte, betete, raste durch Berlin.
Und dann sah ich sie.
Alles verlöschte.
Tat so furchtbar weh.
Sie zu berühren.
Neben ihr zu knien und ihre Hand zu nehmen.

Zu weinen. Von den Beamten weggezerrt zu werden.
Zuzusehen, wie man sie wegbrachte.
Dazustehen und zurückzubleiben.
Leer war plötzlich alles.
Und still.
Ich ertrug es nicht. Schob es von mir weg. Ein paar Minuten lang wollte ich noch so tun, als wäre es nicht passiert. Ich schaute mich um, redete mit dem Polizisten, der mich angerufen hatte, er zeigte mir, von wo sie gesprungen war, deutete mit gesenktem Kopf nach oben.
Ein angesagter Privatclub war es.
Ich fuhr mit dem Lift nach oben.
Während man Mona zur Gerichtsmedizin brachte, lenkte ich mich ab.
Völlig sinnlos war es, was ich tat, aber ich wollte ihr noch einmal nahe sein, verstehen, warum sie es getan hat. Fühlen, was sie gefühlt hatte, bevor sie gesprungen war. Ich war hilflos. Unter Schock. Wie ferngesteuert bewegte ich mich durch die noblen Räumlichkeiten. Ich fragte mich, wie sie es geschafft hatte, dort hineinzukommen, nur die oberen Zehntausend hatten dort Zutritt. *Nur für Mitglieder,* hieß es.
Trotzdem war man freundlich zu mir.
Man hatte mitbekommen, was passiert war, dass jemand gesprungen war. Die Mitarbeiter bemühten sich um mich, weil sie verstanden hatten, dass ich der Mann der Toten war. Die Polizei war bereits hier gewesen, hatte die Gäste befragt. Augenzeugen hatten sie springen sehen. Von einer Tragödie sprach man, sie sprachen mir mein Beileid aus, trotzdem wurde weitergetanzt, weitergetrunken. Mona hatte mit diesen Leuten nichts zu tun gehabt, sie war nur mit dem Lift nach

oben gefahren, hatte sich einfach ein Gebäude ausgesucht, das hoch genug war.
Man zeigte mir die Dachterrasse.
Da war ein Pool, eine Bar, überall waren Menschen.
Laute Musik.
Mona musste über die Brüstung geklettert sein.
Keiner hatte es mitbekommen. Der DJ spielte Abba.
Und ich begann zu weinen.
Mitten in Berlin.
In der Stadt, die mir fremd geblieben war.
Nur Anna und ihre Familie waren immer ein Lichtblick gewesen. Ihre Kinder. Ronja und Paul. Wie sehr sie sich freuten, wenn ich sie besuchen kam, wenn ich mit ihnen in ihrem Zimmer am Boden saß und spielte. Wie gut es tat, zu sehen, dass Liebe auch unbeschwert sein konnte. Dass Glück auch über lange Zeit möglich war. Anna und ihr Mann Robert lebten es mir vor. Sie machten mir Hoffnung. In den Tagen nach Monas Tod hielt sie mich davon ab, mich auch umzubringen. Rührend kümmerte sich Anna um mich, und auch in all den Jahren danach hörte sie nie damit auf, für mich da zu sein. Nur wegen ihr blieb ich am Leben.
Anna war so unendlich positiv.
Wenn es überall dunkel war, sah sie noch Licht, sie spornte mich an, motivierte mich. Als Mona schon längst begraben war, zwang sie mich, damit aufzuhören, mir selbst leidzutun. Ein zweites Leben sollte ich führen, einen Neuanfang wagen, eine andere Frau kennenlernen, vielleicht sogar noch ein Kind mit ihr bekommen. Anna und Robert redeten es mir ein. Auch die Kollegen in der Kneipe, meine Chefredakteurin, sie alle meinten es gut mit mir.

Ich sei zu jung, um allein zu bleiben, sagten sie.
*Du musst endlich loslassen.*
*Du bist nicht der einzige Mensch, der jemanden verloren hat.*
*Reiß dich zusammen, Bronski.*
*Verlieb dich.*
Ich versuchte es.
Weil ich wusste, dass sie recht hatten. Doch ich konnte es nicht. Ich wollte niemanden in meiner Nähe haben. Niemand anderen als Mona. Es ging nicht. Nur Mona hätte verstanden, was in mir vorging. Nur mit ihr wollte ich zusammen sein. Ich verbrachte meine Zeit mit einer Toten. Sechs Jahre lang nur die Gedanken an sie. An Judith.
Ich konnte nicht anders, ich war es Mona schuldig.
Musste hinsehen.
Immer weiter dieses Foto anstarren.
In diesem Hotelzimmer in Tirol ihre Stimme hören.
*Hilf mir, Papa.*
*Du musst mich finden, Papa.*
*Bitte hör nicht auf, nach mir zu suchen, Papa.*
Mittlerweile die Stimme einer jungen Frau.
Ich trank.
Bis all diese kleinen Fläschchen mit Schnaps leer waren.
Dann leerte ich die zwei Biere, die noch in der Minibar waren.
Dann das Fläschchen Weißwein, den Rotwein, dann noch den Sekt. Ich stand nur auf, um auf die Toilette zu gehen.
Langsam begriff ich, was alle anderen längst wussten.
Es war eine stille Erkenntnis.
Ich war am Ende.
Schon seit langem.
Eigentlich war ich gar nicht mehr am Leben.

An dem Tag, an dem Judith damals verschwunden war, hatte ich begonnen, mich aufzulösen.
Nichts mehr von mir war übrig.
Nichts mehr Gutes.

# VIERZEHN

## ALBERT LAUFENBERG & SVENJA SPIELMANN

- Ich rede nicht mit Journalisten.
- Schade. Ein Exklusiv-Interview in unserer Zeitung würde Ihnen nämlich entgegenkommen. Wesentlich mehr als die Spekulationen, die meine Kolleginnen und Kollegen anstellen werden, sobald die ganze Sache hier an der großen Glocke hängt.
- Welche Spekulationen?
- Sie wissen doch, was jetzt auf Sie zukommt, oder? Zuerst verdächtigt man doch immer die Familienangehörigen, in den allermeisten Fällen sind die Täter im direkten Umfeld der Ermordeten zu finden. Die Kripo wird sich garantiert an Ihnen festbeißen, die werden Ihnen das Leben schwermachen, und die Öffentlichkeit wird das natürlich mitbekommen. Man wird Sie höchstwahrscheinlich vorverurteilen, Sie wissen ja, wie die Menschen sind. Deshalb würde es wohl ein gutes Bild abgeben, wenn Sie sich gleich öffentlich äußern. Würde nicht gut aussehen, wenn Sie sich weigern, über den Tod Ihrer Mutter zu sprechen.
- Ich weigere mich doch nicht.
- Nicht?

- Was wollen Sie denn von mir?
- Ich verspreche Ihnen, dass ich fair mit Ihnen sein werde.
- Sie müssen mir gar nichts versprechen. Lassen Sie mich doch bitte einfach in Ruhe meinen Rum trinken. Ist doch schlimm genug, was passiert ist, oder? Sie müssen nicht noch in der Wunde bohren, es tut so schon weh genug.
- Das kann ich mir gut vorstellen. Ist bestimmt schwer zu ertragen, das alles. Wie ich gehört habe, wurde Ihrer Mutter der Kopf abgetrennt.
- Um Himmels willen, woher wissen Sie das?
- Ist mein Job, das zu wissen.
- Ich verstehe das alles nicht.
- Jemand muss sehr wütend auf sie gewesen sein. Einen Menschen zu töten ist nämlich eine Sache, aber das Opfer dann noch zu verstümmeln, eine andere. Ist bestimmt auch nicht ganz leicht, das zu bewerkstelligen. Ich schätze mal, dass ein Sägemesser verwendet wurde. Ein Küchenwerkzeug vielleicht.
- Was reden Sie denn da? Diese Details dürften Sie doch eigentlich gar nicht kennen. Die Kripo ist doch noch im Haus? Die werden doch kaum so wahnsinnig sein und solche Informationen vorab an die Medien geben.
- Ich habe Ihnen doch gesagt, dass Sie die Dinge jetzt nicht mehr in der Hand haben. Alles ist in Bewegung, die Leute reden, machen sich Gedanken, bilden sich Meinungen. Sie sollten diese Gelegenheit wirklich nutzen und mit mir reden. Noch haben Sie alles unter Kontrolle, Sie können bestimmen, was in der Zeitung steht und was nicht. Sie können das Schlimmste verhindern.
- Ich wüsste nicht, was ich Ihnen erzählen könnte.

– Sie sind also dabei?
– Von mir aus.
– Exklusiv?
– Ich werde das bestimmt kein zweites Mal machen.
– Das Gespräch wird aufgezeichnet. In Ordnung?
– Wie Sie wollen. Aber machen Sie schnell, ich bin sehr erschöpft. Was heute passiert ist, übersteigt alles, was ich mir jemals vorstellen konnte. Was ich gesehen habe, ist entsetzlich. Was mit meiner Mutter passiert ist. Ich habe zwar schon viele Jahre lang getrauert, war mir sicher, dass etwas Schreckliches geschehen ist, trotzdem wirft mich das jetzt völlig aus der Bahn.
– Hatten Sie ein gutes Verhältnis zu ihr?
– Mehr als das. Meine Mutter und ich, wir haben nicht nur gemeinsam das Unternehmen geführt, wir waren ein Herz und eine Seele.
– Tatsächlich?
– Mir ist klar, wie das klingt, aber in unserem Fall war es wirklich so. Seit ich denken kann, war meine Mutter der wichtigste Mensch für mich. Als sie verschwunden ist, ist eine Welt für mich zusammengebrochen.
– Was ist mit Ihrer Frau? Sie ist also nur der zweitwichtigste Mensch in Ihrem Leben?
– So habe ich das nicht gemeint. Natürlich ist meine Frau der Mittelpunkt von allem, sie ist meine große Liebe, wir sind seit fünfundzwanzig Jahren zusammen, wir haben zwei wunderbare Kinder miteinander. Trotzdem war das Verhältnis zu meiner Mutter prägend für mich. Sie hat mich großgezogen, mir gezeigt, was man alles erreichen kann, wenn man an seine Ziele glaubt.

- Sie handeln mit Immobilien, richtig?
- Ja. Und das seit mittlerweile vierzig Jahren. Sehr erfolgreich.
- Sie haben nach der Wende mit Geld aus dem Westen zahlreiche Immobilien in Ostdeutschland erworben. So wie es aussieht, hat Ihre Mutter die Gunst der Stunde damals genutzt.
- Sie haben sich gut informiert.
- Ja. Und deshalb weiß ich auch, dass das Geld, mit dem Sie damals gearbeitet haben, aus durchaus obskuren Kreisen gekommen ist.
- Ach, bitte verschonen Sie mich jetzt mit diesen alten Geschichten.
- Bikerszene, Prostitution, Drogen.
- Das ist doch schon gar nicht mehr wahr, so lange ist das her. Das Investment wurde zurückbezahlt, es gibt seit Ende der Neunziger keine Verbindung mehr zu diesen Leuten, dieses Kapitel ist dem Himmel sei Dank abgeschlossen. Zudem sollten Sie wissen, dass es nie irgendwelche Ermittlungen in unsere Richtung gab, wir haben mit bestem Gewissen gehandelt, und als uns klar wurde, mit wem wir uns da eingelassen hatten, haben wir die Geschäftsbeziehungen sofort beendet.
- Woher kannte Ihre Mutter diese Leute?
- Ich kann mich nicht mehr daran erinnern, ich weiß nur, dass meine Mutter es zustande brachte, das Kapital dieser Leute innerhalb weniger Jahre zu verfünffachen. Sie hatte ein goldenes Händchen.
- Sie haben Geld für diese Leute gewaschen, oder?
- Unsinn.

– Vielleicht war ja jemand sauer auf Ihre Mutter. Hat bestimmt nicht jedem gefallen, als die lukrativen Geschäfte im Osten plötzlich vorbei waren.
– Sie zimmern sich da gerade eine Räubergeschichte zusammen. Die ehemaligen Geschäftspartner meiner Mutter haben mit ihrem Tod nichts tun, glauben Sie mir.
– Aber das würde doch optimal passen. Die Methode. Vielleicht wollte man sie ja damals dazu bewegen, die Geschäftsbeziehungen wieder aufzunehmen. Sie hat abgelehnt und musste sterben.
– Das ist doch völliger Unsinn.
– Ist es das?
– Es gefällt mir nicht, in welche Richtung sich dieses Gespräch entwickelt.
– Das tut mir leid. Ich möchte nur alle Möglichkeiten in Betracht ziehen, mit Ihnen gemeinsam überlegen, wer für den Tod Ihrer Mutter verantwortlich sein könnte. Ich bin hier, um zu helfen.
– Sind Sie das?
– Lassen Sie den Gedanken doch einen Moment lang zu. Dass es so gewesen sein könnte. Vielleicht ist es ja wirklich so einfach. Sie hat sich mit den falschen Leuten eingelassen und teuer dafür bezahlt. Klingt für mich absolut nachvollziehbar. Das Motiv wäre dann Habgier, kommt in Ihrem Business wohl öfter vor, oder?
– Wenn Sie nur das Geschäftsgebaren unserer Firma anprangern wollen, ist das Gespräch hiermit beendet.
– Verzeihen Sie mir. Aber ich muss Ihnen auch solche Fragen stellen, Vermutungen in den Raum stellen. Wenn ich es nicht mache, werden es andere tun, und das wissen Sie.

– Diese Vermutungen sind falsch. So kann es nicht gewesen sein. Wir haben das damals endgültig beendet. Gütlich, verstehen Sie. Hat uns viel Geld und Nerven gekostet. Meine Frau und ich haben wegen dieser Dinge viel durchmachen müssen, wir mussten mit öffentlichen Anfeindungen leben, die Medien haben beinahe unseren Ruf ruiniert. Eine unglaubliche Zeit war das. Aber wir haben es ausgestanden, haben an die Zukunft geglaubt. Meine Frau, meine Mutter und ich. Wir waren auf dem richtigen Weg.
– Doch dann ist Ihre Mutter verschwunden.
– Ja. Von einem Tag auf den anderen war sie weg. Wie vom Erdboden verschluckt. Eine Katastrophe war das.
– Sie haben damals vermutet, dass sie entführt wurde, oder?
– Ich ging hundertprozentig davon aus. Es war allen klar, dass ein Verbrechen passiert sein musste. Niemand verschwindet einfach so.
– Sie haben damals eine hohe Belohnung ausgesetzt, für denjenigen, der den entscheidenden Hinweis bringt.
– Ja, aber es hat leider nichts gebracht.
– Es wurde auch nie Lösegeld gefordert, oder?
– Nein.
– Ihre Mutter war freiwillig in der Wohnung. Es sieht danach aus, dass sie hier Urlaub gemacht hat. Ist doch so, oder?
– Ja. Danach sieht es aus.
– Wenn Ihr Verhältnis so gut war, wie kann es sein, dass Sie nichts davon wussten? Wenn sie vorhatte für mehrere Tage nach Tirol zu fahren, hätte sie Ihnen das doch eigentlich mitteilen müssen, oder?
– Stimmt. Ich verstehe das auch nicht. Ich weiß nicht, was sie hier wollte.

- Angeblich hatte sie eine Affäre.
- Ich kann mir das schwer vorstellen.
- Sie haben den Tatort ja gesehen. Die Kleider auf dem Boden, das zweite Gedeck am Frühstückstisch, es sieht alles danach aus, als hätte Ihre Mutter Besuch gehabt.
- An einen unbekannten Liebhaber glaube ich nicht. Sie hat über alles mit mir gesprochen, auch über ihr Liebesleben. Sie war immer stolz darauf, wenn sie vorübergehend wieder jemandem den Kopf verdreht hat. Sie hat sich dadurch jung gefühlt, wollte uns zeigen, dass sie durchaus noch in der Lage ist, die Firma zu führen. Wenn sie in Tirol ein Verhältnis gehabt hätte, wüsste ich das.
- Vielleicht war es ja jemand, der Wert darauf gelegt hat, dass dieses Verhältnis geheim blieb.
- Und wer sollte das gewesen sein?
- Ein verheirateter Mann vielleicht? Ein Politiker? Ein Geschäftspartner Ihrer Mutter?
- Kann ich mir nicht vorstellen. Nicht in Tirol. Sie kannte hier so gut wie niemanden.
- Eine Nachbarin hat bestätigt, dass Ihre Mutter regelmäßig Besuch bekam.
- Na gut, dann gehen wir eben davon aus, dass es diesen Geliebten wirklich gegeben hat. Dann erklären Sie mir doch bitte, warum sollte er so etwas getan haben? Was hätte er für ein Motiv gehabt, sie zu töten?
- Kränkung? Zurückweisung? Vielleicht wollte sie das Ganze beenden, und er hat nicht damit umgehen können? Sie hatte das Pech, an einen Verrückten zu geraten? Es kam zum Streit, und er hat sie umgebracht.
- Sehr unwahrscheinlich, oder?

- Aber möglich.
- Warum sollte er ihr den Kopf abgeschnitten haben?
- Es gibt mehr Psychopathen da draußen, als Sie denken.
- Wie heißt der Mann, von dem Sie gesprochen haben? Dieser angebliche Geliebte, wer soll das sein?
- Das kann ich Ihnen leider nicht sagen. Noch nicht. Aber ich bin dran an der Sache. Ich möchte auf jeden Fall mit ihm reden, bevor die Polizei ihn in die Mangel nimmt.
- Sollten Sie etwas herausfinden, wäre es sehr freundlich von Ihnen, wenn Sie mich kontaktieren würden.
- Ich verspreche Ihnen, dass ich mein Wissen mit Ihnen teilen werde.
- Das ist sehr freundlich von Ihnen.
- Gerne. Im Großen und Ganzen sind wir auch schon fertig mit dem Interview. Nur noch eine Frage hätte ich. Sie werden sie demnächst ohnehin beantworten müssen, also werden Sie jetzt bitte nicht wütend.
- Worum geht es?
- Wo waren Sie damals eigentlich?
- Was meinen Sie?
- Als Ihre Mutter ermordet wurde. Wo waren Sie da?
- Woher soll ich denn wissen, wann sie ermordet wurde?
- Es wird sich mit großer Wahrscheinlichkeit um den 27.02.1999 gehandelt haben.
- Woher wissen Sie das? Können Sie hellsehen?
- Nicht wirklich, ich zähle nur eins und eins zusammen, genauso, wie die Polizei es tun wird. Alle Indizien sprechen dafür, dass es an diesem Tag passiert ist. Deshalb die Frage, die Ihnen die Kripo bestimmt auch bald stellen wird. Wo waren Sie damals?

- Sie verdächtigen mich?
- Es ist nur eine Frage, und zwar eine berechtigte.
- Dieses Gespräch nimmt groteske Züge an, finden Sie nicht?
- Könnte doch sein, dass Sie Ihre Mutter loswerden wollten, oder?
- Sie sind witzig. Die Art und Weise, wie Sie Interviews führen, dürfte einzigartig sein.
- War das ein Kompliment?
- Vielleicht war es das, ja.
- Sie nehmen es mir wirklich nicht übel, dass ich Ihnen einen Mord unterstelle?
- Nein. Sie haben ja recht. Rein theoretisch könnte ich es gewesen sein. Man würde bestimmt ein schönes Motiv finden, wenn man lange genug gräbt. Unüberwindbare Differenzen mit meiner Mutter. Die Firma, Streit um die Richtung, die sie eingeschlagen hat. Würde alles passen, aber leider ist es tatsächlich so, wie ich Ihnen gesagt habe. Ich habe meine Mutter geliebt. Vielleicht sogar mehr, als gut war. Aber das ist auch schon das Einzige, was man mir vorwerfen kann.
- Und was ist jetzt mit dem Alibi?
- Wer kann sich schon daran erinnern, was er an einem bestimmten Tag vor zwanzig Jahren getan hat. Ich kann Ihnen das im Moment nicht beantworten, werde es aber umgehend herausfinden.
- Das ist sehr freundlich von Ihnen.
- Meine Assistentin wird sich darum kümmern. Mit großer Wahrscheinlichkeit war ich aber in Leipzig, wir haben damals Himmel und Hölle in Bewegung gesetzt, um meine Mutter zu finden. Ich war Tag und Nacht im Einsatz, als sie verschwunden ist.

– Würden Sie so freundlich sein, mir bis spätestens morgen Vormittag zu sagen, wo Sie sich aufgehalten haben? Wäre gut für den Artikel. Sie könnten sich reinwaschen, bevor die Polizei und die Öffentlichkeit überhaupt beginnt, Sie zu verdächtigen.
– Wie kann es sein, dass Sie so gut über alles Bescheid wissen?
– Kann ich Ihnen leider nicht sagen.
– Wann erscheint der Artikel?
– Ich schätze mal, morgen Abend online und übermorgen früh in der gedruckten Ausgabe. Wir warten nur noch darauf, dass die Polizei die Sache offiziell macht.
– Brauchen Sie noch ein aktuelles Foto von mir?
– Haben wir bereits. Vom Tatort, als Sie mit dem leitenden Ermittler gesprochen haben.
– Sie haben Bilder von mir gemacht?
– War mein Kollege. Ist zwar ein Spinner, aber ein guter Fotograf. Er hat Sie bestimmt gut getroffen, Sie müssen sich keine Sorgen machen.
– Ich weiß gerade nicht mehr, ob es klug war, mich auf dieses Gespräch einzulassen. Irgendetwas stimmt hier nicht, ich sollte doch eigentlich mit den Beamten sprechen und nicht mit Ihnen.
– Sie werden Ihre Entscheidung nicht bereuen, das verspreche ich Ihnen. Ich werde respektvoll mit dem umgehen, was Sie mir erzählt haben.
– Hoffentlich. Trotzdem werde ich jetzt auf mein Zimmer gehen.
– Zu Ihrer Frau? Wie mir der Rezeptionist erzählt hat, sind Sie zusammen hier, richtig?

– Ja.
– Was sagt sie zu der ganzen Sache?
– Lassen Sie bitte meine Frau aus dem Spiel.
– Das wiederum kann ich Ihnen leider nicht versprechen.

## FÜNFZEHN

Franz Weichenberger bemühte sich um Schadensbegrenzung. Bei ihm liefen die Fäden zusammen, er war der Ansprechpartner für alle Kritiker und Besorgten, er sollte das Schiff auf Kurs halten, bis der Sturm vorüber war. Weichenberger hatte sich freiwillig gemeldet, seine Gelassenheit ließ ihn die kleine Krise, in die seine Abteilung geraten war, mit Ruhe bewältigen.
*Alles halb so schlimm,* sagte er zu seinem Vorgesetzten.
Er versprach, schon bald Ergebnisse in dem Fall zu liefern. Außerdem wollte er so schnell wie möglich herausfinden, wer für das Desaster verantwortlich war. Er wollte wissen, wie diese Fotos in die Zeitung gekommen waren. Es galt nicht nur einen Mord zu klären, sondern auch einen Einbruch. Eine Regelverletzung.
Die Bilder des Tatorts hätten niemals gedruckt werden dürfen. Weichenberger hat so etwas noch nicht erlebt, doch im Gegensatz zu seinen Kollegen war er ruhig geblieben. Die Fotos der Leiche hatten großes Aufsehen erregt. Die Mumifizierte, der Frühstückstisch, der Staub auf den Dingen, abgedruckt in einer der größten Zeitungen Deutschlands. Man konnte alles sehen, was eigentlich unter Verschluss hätte bleiben sollen.

Es war ein Desaster.
Die Millionärin ohne Kopf zog alle Medien an. Alle Gaffer dieser Welt. Alle sprangen auf die Geschichte auf, belagerten das Haus, in dem es passiert war, stürmten die Pressekonferenzen, bei denen Weichenberger Rede und Antwort stehen musste. Sie wollten wissen, was wirklich passiert war, ob alles stimmte, was Svenja Spielmann geschrieben hatte. Wollten hören, woher die Fotos gekommen waren, wie es sein konnte, dass die Polizei zugelassen hatte, dass sie veröffentlicht worden waren.
Ein Skandal war es. Bereitwillig ließ er alles über sich ergehen. Seine Vorgesetzten waren ihm dankbar, sie schauten zu, wie ihr bestes Pferd im Stall versuchte die Wogen zu glätten. Gelassen und mit einem Lächeln.
Franz Weichenberger.
Geschieden, verschuldet, kompliziertes Privatleben.
Im Gegensatz zu seinem Job hatte er dort auf allen Linien versagt. Beruflich aber glänzte er. Weichenberger war beharrlich, wenn er sich an einer Sache verbiss, ließ er nicht mehr los, bis er hatte, was er wollte. Einen Täter, eine Täterin. Auch in diesem neuen Fall würde er nicht scheitern, das wusste er. Weichenberger spürte, dass dieser Mord etwas Besonderes war. Brutal und bizarr.
Alles war ganz nach seinem Geschmack.
Schon seit einiger Zeit hatte es keinen Mordalarm mehr in Tirol gegeben, Weichenbergers Alltag war in den letzten Wochen unspektakulär verlaufen, er hatte seine Zeit im Büro abgesessen, alte Akten gewälzt. Meist waren es Beziehungstaten, um die er sich kümmern musste, häufig gestand der Täter, die Ermittlungsarbeit war überschaubar. In diesem Fall aber war

alles anders. Schwieriger, geheimnisvoller, es war ein Rätsel, das er unbedingt lösen wollte. Bereits in dem Moment, in dem er die Wohnung betreten hatte, schossen ihm die ersten Fragen durch den Kopf. Vier Stunden lang studierte er den Tatort, kombinierte, dachte nach.

*Wo war der Kopf der Toten?*
*Was hatte der Sohn damit zu tun?*
*Mit wem hatte Zita Laufenberg damals Kontakt?*
*Wer außer ihrem Sohn hatte noch ein Motiv, sie zu töten?*
Es waren Fragen, die sich aufdrängten. Ihn anspornten. Weichenberger nahm die Herausforderung an.
Es rumorte in ihm. Es prickelte. Er genoss es. Jeden Augenblick, jedes Verhör, der Fall fesselte ihn. Von Anfang an.
Grauenhaft schön war es.
Genau aus diesem Grund hatte er damals zur Kripo gewollt. Das waren die Momente, für die er seine Beziehung geopfert hatte.
Spannung. Verbrechen. Gut gegen Böse.
Die Arbeit war ihm immer über alles gegangen, zu jeder Tages- und Nachtzeit war Weichenberger abrufbereit, er liebte den Nervenkitzel, die Abgründe der Menschen, das Dunkle, dem er näher kam als irgendjemand sonst. Keine erfundenen Geschichten waren es, die er in einem Buch las, das alles passierte wirklich. Die Frau, die vor ihm auf dem Aluminiumtisch lag, war wirklich ermordet worden. Jemand hatte ihr den Kopf abgetrennt.
Unfassbar, aber hochinteressant.
So oft hatte Weichenberger schon zugesehen, wie die Gerichtsmediziner Leichen öffneten, Organe entnahmen und sie untersuchten. Herz, Lungen, Leber, Nieren, Gehirn, Anatomie-

Lehrstunden waren es, die Aufschluss über die geschehenen Taten gaben. Geheimnisse wurden dabei gelüftet. Im Fall von Zita Laufenberg sollte es auch so sein.

Acht Menschen standen nun um den Tisch herum.

Normalerweise wurde die Arbeit von einem Gerichtsmediziner und einem Obduktionsassistenten erledigt, in diesem speziellen Fall aber war das halbe Institut zusammengekommen. So eine Leiche gab es selten, den meisten waren solche Fälle nur aus den Lehrbüchern bekannt. Sie hatten zwar schon mumifizierte Menschen obduziert, die unter speziellen klimatischen Bedingungen ein paar Wochen lang tot in ihren Wohnungen oder auf Dachböden gelegen hatten, aber in dieser Ausprägung hatten sie so etwas alle noch nicht gesehen. Eine perfekt erhaltene Mumie war es, die ihnen Weichenberger da auf den Tisch gelegt hatte. Alle starrten gespannt auf die Leiche, verfolgten jeden Arbeitsschritt mit größter Aufmerksamkeit.

Man ließ sich Zeit. Sieben Stunden lang dauerte es.

Am Ende bekam Weichenberger erste Antworten.

Doch es war unbefriedigend, was er hörte.

Der Gerichtsmediziner diktierte.

*Die Leiche zeigt ein Bild von ausgeprägter Mumifizierung mit stark reduziertem Körpergewicht und einer weitgehend homogenen braunen Verfärbung der Haut sowie deutlichem Hervortreten der knöchernen Brustkorbstruktur.*

*Die noch vorhandenen Weichteile sind auf eine dünne Lederplatte reduziert und entziehen sich einer fundierten Beurteilung.*

*Der Schädel und die ersten vier Halswirbel fehlen. An der Abtrennungsstelle des Kopfes vom Rumpf auf Höhe des fünften*

*Halswirbels sind vertrocknete, braun-schwarz verfärbte, ledrige Weichteilereste mit unregelmäßigen, teils zackig geformten Wundrändern erkennbar, am fünften Halswirbelkörper und am Wirbelbogen dezente Schartenspuren.*
*An der Leiche ergeben sich keine Hinweise auf sonstige äußere Verletzungszeichen wie Schusswunden, Stich- oder Schnittverletzungen.*
*Die Todesursache kann aufgrund der starken Leichenveränderungen und dem gegebenen Verwesungszustand der Leiche morphologisch nicht mehr geklärt werden.*
Weichenberger war enttäuscht.
Er bohrte nach. Stellte Fragen.
Man erklärte es ihm. Der fehlende Kopf und die viele Zeit, die verstrichen war, machten es unmöglich, etwas Genaueres zu sagen. Es waren nur Vermutungen, die man anstellte.
Durch toxikologische Untersuchungen wollte man klären, ob es Hinweise auf Betäubungsmittel oder andere Substanzen gab. Da es neben den vertrockneten Wundrändern, die bei der Abtrennung des Kopfes entstanden waren, keine weiteren Hinweise auf Verletzungen gab, konnten Betäubungsmittel im Spiel gewesen sein, möglich war auch ein Tod durch Ersticken, Gewalt gegen den Hals oder durch eine Kopfverletzung. Die unregelmäßig geformten Weichteilreste an der Abtrennungsstelle und die Schartenspuren am Knochen ließen darauf schließen, dass die Dekapitation mit einer Säge durchgeführt worden war. Ob zu Lebzeiten oder postmortal war nicht mehr zu klären.
*Dekapitation. Seltsames Wort*, dachte Weichenberger.
Ein stiller Mord musste es gewesen sein.
Dann eine kaltblütige Gräueltat.

Verbunden mit Lustgefühlen oder tiefem Hass.
Jemand wollte unbedingt diesen Schädel.
Jemand hatte ihn abgetrennt und mitgenommen.
Und diesen Jemand musste Weichenberger finden.
Obwohl er sich mehr erwartet hatte, verließ er zufrieden die Gerichtsmedizin. Es konnte losgehen, er war hochmotiviert und würde diesen Fall um keinen Preis abgeben. Auch wenn die deutschen Kollegen in sein Revier drängen würden, hatte er beschlossen, weiterzumachen und sich nicht abfertigen zu lassen.
Das war sein Mord.
Seine Ermittlung.
Er würde den Mörder jagen.
Ihn finden und einsperren.
Daran war nicht zu rütteln.

# SECHZEHN

## ALBERT LAUFENBERG & DAVID BRONSKI

- Setzen Sie sich doch. Glücklicherweise konnte ich mir doch noch etwas Zeit für Sie nehmen.
- Das ist sehr freundlich von Ihnen.
- Meine Sekretärin sagte mir, Sie hätten über drei Stunden gewartet, muss also ganz schön wichtig sein, was Sie mit mir besprechen wollen.
- Ist es, ja.
- Ich habe mich über Sie informiert.
- Und?
- Normalerweise steht *Bronski* unter Ihren Fotos, richtig?
- Richtig.
- Aber nicht immer, wie sich herausgestellt hat.
- Wie meinen Sie das?
- Sie sind der Fotograf, der in meine Wohnung eingebrochen ist. Sie haben all die grässlichen Fotos von meiner toten Mutter gemacht. Aber unter keinem dieser Bilder stand Ihr Name.
- Woher wollen Sie wissen, dass ich das war?
- Ihre Kollegin hat es mir gesagt. Svenja Spielmann.
- Bitte? Was hat sie?

– Sie hat es nicht direkt ausgesprochen, aber ich habe es zwischen den Zeilen herausgehört. Als Gegenleistung dafür, dass ich sie mit all den Informationen und intimen Details versorgt habe, hat auch sie ein wenig aus dem Nähkästchen geplaudert.
– Das kann nicht sein.
– Ich habe ihr gesagt, wo ich damals war, als meine Mutter umgebracht wurde, und sie hat mir verraten, wer so dreist war, in meine Wohnung einzubrechen.
– Auf keinen Fall hat sie das getan.
– Na, gut, Sie haben recht. Sie hat tatsächlich keinen Namen genannt, aber am Ende musste ich nicht besonders viel Zeit investieren, um auf Sie zu kommen.
– Ich habe keine Ahnung, wovon Sie reden.
– Natürlich nicht. Ich verstehe Ihre Situation. Und ich garantiere Ihnen auch, dass Sie sich keine Sorgen machen müssen. Ich bin Ihnen auch gar nicht böse. Im Gegenteil. Wenn Sie meine Mutter nicht gefunden hätten, würde dieses traurige Kapitel in meinem Leben noch länger dauern. Jahrelang haben wir gewartet und getrauert, dieses Unglück lag wie eine dunkle Wolke über unserer Familie. Nur sehr langsam haben wir uns erholt und wieder begonnen ein halbwegs normales Leben zu führen. Ganz ist dieses Gefühl aber nie verschwunden. Diese Ungewissheit. Es ist kein Tag vergangen, an dem ich mich nicht gefragt habe, was mit ihr passiert ist. Das hat an uns genagt, wie ein Geschwür war es, das Sie jetzt auf gewisse Art und Weise herausgeschnitten haben. Und dafür bin ich Ihnen dankbar.
– Sie würden es also auf sich beruhen lassen? Wenn tatsächlich ich es gewesen wäre, der diese Bilder gemacht hat?

- Ja.
- Sie würden wegen des Einbruchs keine Anzeige erstatten? Mir keine Probleme machen?
- Nein, Sie haben nichts zu befürchten. Wobei ich mich immer noch frage, wie Sie überhaupt in diese Wohnung gekommen sind. Warum sind Sie genau dort eingebrochen?
- Wie gesagt, ich habe keine Ahnung, wer diese Bilder gemacht hat. Ich kann nur mutmaßen. Vielleicht hat der Fotograf ja einen Tipp bekommen? Vielleicht von einem Obdachlosen, der dort Unterschlupf gesucht und zufällig die Leiche Ihrer Mutter gefunden hat. Vielleicht kannte er den Fotografen von früher und wusste, dass die Geschichte einen Haufen Geld bringt.
- Ich verstehe. Für Sie ist das alles nur eine Geschichte, mit der man Geld verdienen kann. Sie haben nicht die geringste Ahnung, was das alles für mich bedeutet, oder? Wie schwer mich das trifft.
- Natürlich habe ich das. So habe ich das nicht gemeint. Ich möchte Ihnen wirklich nicht das Leben schwermachen, ich bin nur hier, um Ihnen ein paar Fragen zu stellen.
- Eigentlich habe ich Ihrer Kollegin alle relevanten Fragen bereits beantwortet. Völlig freiwillig habe ich das übrigens gemacht. Sie hat neben dem Exklusivinterview auch alle Informationen bezüglich meines damaligen Aufenthaltsortes bekommen. Ihre Chefredakteurin sollte eigentlich glücklich sein, oder?
- Sie waren also in Moskau damals?
- Ja. Ich habe die Unterlagen auch der Polizei vorgelegt, die haben das bereits geprüft. Ich war geschäftlich dort, neun Tage lang, kurz davor und danach war ich in Leipzig. Ich

wüsste also nicht, wie ich Ihnen jetzt noch weiterhelfen könnte. Wenden Sie sich doch an diesen Herrn Weichenberger, er kann Sie über den aktuellen Stand der Ermittlungen auf dem Laufenden halten. Für mich ist diese tragische Angelegenheit hoffentlich bald vorbei.
- Und Ihre Frau? Warum ist sie nicht mit Ihnen abgereist? Warum ist sie immer noch in Tirol? Gibt es einen Grund dafür?
- Ich muss mich in Leipzig um einige Dinge kümmern. Jemand muss die Beerdigung vorbereiten, ich möchte meine Mutter endlich gebührend verabschieden. Und ich möchte meine Frau damit nicht belasten. Es ist schlimm genug, was passiert ist, oder? Es reicht, wenn sich einer von uns beiden dieser Hölle aussetzt. Margit soll noch ein paar Tage von all dem verschont bleiben. Die Beerdigung wird schlimm genug.
- Ich habe versucht, mit ihr zu reden. Sie hat mich abgewiesen.
- Was erwarten Sie denn? Nicht jeder ist so nachsichtig und kooperativ wie ich. Wobei ich feststellen muss, dass auch mir langsam die Geduld ausgeht. Das Zeitfenster, das ich für Sie reserviert habe, schließt sich langsam. Meine Sekretärin wird Ihnen gerne einen neuen Termin geben. Ich muss jetzt leider zum Bestatter.
- Was ich mit Ihnen besprechen will, hat nichts mit den offiziellen Ermittlungen zu tun. Niemand weiß davon. Es wäre für uns beide von Vorteil, wenn wir das diskret behandeln könnten.
- Wovon reden Sie?
- Es geht um meine Tochter.

- Ihre Tochter?
- Sie ist vor zwanzig Jahren verschwunden. Als sie vier Monate alt war, wurde sie entführt.
- Ich verstehe nicht ganz.
- Sie hieß Judith. Wir haben sie jahrelang gesucht, sie aber nie gefunden. Die Polizei nimmt an, dass sie tot ist.
- Es ist schrecklich, was Sie mir da erzählen, mein Beileid, ich weiß, wie sich das anfühlen muss, aber was hat das mit mir zu tun? Sagen Sie mir bitte endlich, was Sie von mir wollen.
- Ich habe etwas in Ihrer Wohnung gefunden. Etwas, das da nicht hätte sein sollen.
- Wunderbar, Sie geben also zu, dass Sie dort waren.
- Darum geht es jetzt nicht. Es geht um dieses Foto hier.
- Was ist das für ein Foto? Um Himmels willen, was soll das?
- All die Jahre gab es keine Spur von Judith. Nichts, das mich ernsthaft hätte hoffen lassen. Judith war nur noch eine verblasste Erinnerung. Ein dumpfer Schmerz unter der Haut, der nicht wegging. Aber dann war sie plötzlich wieder da. Ihr süßes kleines Gesicht. Es war wie ein Wunder.
- Ich kann Ihnen immer noch nicht folgen.
- Das hier ist mein Baby. Ein Foto von meiner Tochter. Und ich habe es in Ihrer Wohnung gefunden.
- Das kann doch nicht sein. Es muss sich um einen Irrtum handeln. Wie soll denn ein Foto Ihrer Tochter dorthin gekommen sein? Bestimmt täuschen Sie sich.
- Das Foto war in der Geldtasche Ihrer Mutter.
- Wie bitte?
- Sie muss meine Tochter gekannt haben.
- Nein, das ist unmöglich.
- Vielleicht hatte sie ja etwas mit der Entführung zu tun?

- Unsinn. Das entbehrt jeder Grundlage. Keine Ahnung, was Sie sich hier zusammenreimen, aber Sie irren sich.
- Warum sonst war sie im Besitz dieses Fotos? Sagen Sie es mir.
- Das kann ich nicht. Aber es muss sich um ein Missverständnis handeln. Es gibt bestimmt eine einfache Erklärung dafür.
- Gibt es leider nicht. Sonst wäre ich nicht hier.
- Sind Sie sich sicher, dass es sich bei dem Baby tatsächlich um Ihre Tochter handelt? Das wäre doch ein wahnsinniger Zufall, oder? Außerdem ist die Qualität des Fotos auch nicht besonders gut, vielleicht täuschen Sie sich ja.
- Ich kann auch gerne zur Polizei gehen, wenn Sie wollen. Vielleicht sind die ja bereit, mir zu glauben. Dieser Weichenberger freut sich bestimmt, wenn er erfährt, dass sein Mordopfer in Verbindung mit einem vermissten Kind steht. Ich würde sagen, der Ruf Ihrer Mutter steht auf dem Spiel. So kurz vor dem Begräbnis würde ich das an Ihrer Stelle nicht auf die leichte Schulter nehmen.
- Was wollen Sie denn von mir? Ich habe wirklich nicht die leiseste Ahnung, was meine Mutter mit Ihrem Kind zu tun hatte. Warum sie dieses Foto bei sich hatte. Ich wusste ja nicht mal, dass sie in Tirol war. Wenn es etwas gäbe, das ich beitragen könnte, um die Sache aufzuklären, ich würde nicht zögern. Ich tappe jedoch genauso im Dunkeln wie Sie.
- Die Wahrscheinlichkeit ist groß, dass Sie von der Entführung wussten. Vielleicht waren Sie sogar selbst daran beteiligt.
- Verzeihen Sie, dass ich lache. Interessant, dass Sie mir das

zutrauen, aber so viel verbrecherisches Potential habe ich wirklich nicht. Ich habe weder jemanden entführt noch wusste oder weiß ich etwas davon. Ich habe selbst zwei Kinder, kann mir also vorstellen, was Sie durchgemacht haben. So etwas könnte ich einem Vater niemals antun.
- Wie alt sind Ihre Kinder?
- Rebecca wird in diesem Jahr dreiundzwanzig. Und Sophie ist siebzehn. Aus meinen beiden kleinen Mädchen sind zwei großartige junge Frauen geworden, ich wüsste nicht, was ich ohne sie machen würde. Wenn ich mir vorstelle, dass ihnen etwas passieren, dass ihnen jemand etwas antun könnte, dreht sich mir der Magen um.
- Judith wäre jetzt einundzwanzig.
- Das tut mir alles sehr leid für Sie.
- All die Jahre habe ich mich gefragt, wo sie ist. Was mit ihr passiert ist. Ob sie noch lebt. So viele Jahre habe ich gehofft, dass sie einfach wieder auftaucht.
- Aber wie kann ich Ihnen helfen, wenn ich doch nichts darüber weiß?
- Haben Sie die Sachen Ihrer Mutter noch? Terminkalender? Mails? Briefe?
- Natürlich. Ich habe alles aufgehoben.
- Ich brauche auch die Telefonnummern und Adressen ihrer Freunde, Leute, die sie regelmäßig getroffen hat, wir möchten nichts unversucht lassen.
- Wir? Sie sagten doch, dass es hier um rein private Interessen geht. Für eine weitere Story stehe ich leider nicht zur Verfügung.
- Ich rede nicht von Frau Spielmann. Die Frau, die mir hilft, heißt Anna Dragic. Und sie ist meine Schwester. Sie wird

übrigens demnächst den damaligen Geliebten Ihrer Mutter treffen. Sie hat herausgefunden, wer es war. Wo er wohnt. Im Moment sind wir der Polizei noch einen Schritt voraus.
- Was hat Ihre Schwester mit der Sache zu tun?
- Sie hat eine Detektei in Berlin. Anna ist eine der Besten, sie kann das Böse riechen. Sie hilft mir, meine Tochter zu finden.
- Vielleicht kann sie ja auch mir helfen?
- Wie meinen Sie das?
- Sie wird sich ohnehin mit der Sache befassen, die Unterlagen durchsehen, die ich Ihnen gerne zusammenstellen werde. Ich habe genauso ein Interesse wie Sie, dass die Sache aufgeklärt wird. Ich will den Mörder meiner Mutter finden. Sie Ihre Tochter. Wenn Ihre Schwester also ohnehin schon im Dreck wühlt, kann sie es auch für mich tun. Ich könnte sie engagieren. Wir wissen beide, wie schwerfällig der Polizeiapparat ist, da sind Beamte am Werk, unmotivierte Leute wie dieser Weichenberger. Wenn ich also etwas dazu beitragen kann, dass wir schneller vorankommen, dann mache ich das sehr gerne.
- Sie wollen, dass Anna für Sie arbeitet?
- Sie soll alles tun, was nötig ist. Geld spielt keine Rolle.
- Dann wird sie aber auch mit Ihrer Frau sprechen müssen. Darum wird sie nicht herumkommen. Wir werden auch ihr ein paar unangenehme Fragen stellen müssen.
- Ich werde meine Frau anrufen und ihr sagen, dass sie mit Ihrer Schwester reden soll. Wie gesagt, niemandem als mir liegt mehr daran, herauszufinden, was damals passiert ist. Speziell nach dem, was Sie mir gerade erzählt haben. Wenn meine Mutter irgendetwas mit dem Verschwinden Ihrer

Tochter zu tun hatte, will ich das wissen. Wer weiß, vielleicht hängt das am Ende ja wirklich alles zusammen. Das Verschwinden Ihrer Tochter. Und Mutters Tod.
- Ich bin überzeugt davon.
- Hier ist meine Handynummer. Richten Sie Ihrer Schwester aus, dass sie mich zu jeder Tages- und Nachtzeit anrufen kann.
- Danke. Damit habe ich ehrlich gesagt nicht gerechnet.
- Sie müssen sich nicht bei mir bedanken. Am Ende wollen wir doch beide nur die Wahrheit erfahren, oder? Egal wie schmerzhaft sie vielleicht sein mag.

## SIEBZEHN

Anna hat den Auftrag mit einem Lächeln angenommen. Sie hat sich darüber gefreut, dass sie jetzt für alles bezahlt wurde, was sie ohnehin tat. Dass sie offiziell von einem Angehörigen mit Ermittlungen betraut wurde, machte vieles einfacher. Weichenberger musste jetzt mit ihr reden, ihre Fragen beantworten, sie standen praktisch auf derselben Seite. Sie versuchte genauso wie er einen Mord aufzuklären. Dass sie in Wahrheit nichts anderes im Sinn hatte, als herauszufinden, was mit Judith passiert war, wusste keiner.
Nur Bronski und Albert Laufenberg.
Der Sohn der Toten. Er hatte ein Alibi für den Zeitraum, in dem der Mord passiert war. Svenja hatte ihn dazu gebracht, ihr die Beweise für seinen Russlandaufenthalt vorzulegen, sie hatten ein Faksimile davon in der Zeitung abgedruckt. Laufenberg hatte nichts mit dem Tod seiner Mutter zu tun, sein Entsetzen über die Tat war echt, Anna zweifelte nicht daran. Es hatte ihn erschüttert, seine Mutter so zu sehen, die Tatsache, dass jemand so grausam war, sie zu enthaupten, verstörte ihn. Laufenberg wollte wissen, wer das getan hatte, er wollte helfen, war kooperativ, verbarg nichts, er war glaubwürdig, hatte

sogar darauf verzichtet, Bronski wegen des Einbruchs Probleme zu machen. Alles, was er sagte, klang ehrlich.

Anna vertraute ihm.

Sie hatte ein langes Gespräch mit ihm geführt und war überzeugt davon, dass er nichts über Judith gewusst hatte, bevor Bronski ihm davon erzählt hatte. Nichts über das Foto in der Geldtasche. Darüber, was seine Mutter mit diesem Baby zu tun hatte. Laufenberg war sauber. Deshalb konzentrierte sie sich jetzt auf den Geliebten.

Konstantin.

Der Mann aus dem Aufzug, von dem die geschwätzige Nachbarin erzählt hatte. Anna hatte ihn aufgespürt, während Bronski schlief. Sie war durch die Stadt gelaufen und hatte herumgefragt, von Restaurant zu Restaurant war sie gerannt, bis sie endlich auf jemanden getroffen war, der vor zwanzig Jahren schon in der Innsbrucker Gastroszene aktiv war und sich auskannte. Man erinnerte sich. An seinen Namen und an ein indisches Lokal, das er geführt hatte. Nur ein oder zwei Jahre lang war es geöffnet gewesen, der Besitzer war dann wieder zurück in das Tal gegangen, aus dem er gekommen war.

Konstantin Freund hieß der Mann.

Anna und Svenja waren auf dem Weg zu ihm.

Svenja hatte es sich nicht nehmen lassen, mitzukommen. Immerhin hatte sie Frau Rainer zum Reden gebracht. Deshalb ließ Anna es zu. Sie akzeptierte, dass Svenja sie begleitete, ließ sie aber im Dunklen darüber, warum sie eigentlich nach Tirol gekommen war. Nur von einem Besuch in der alten Heimat sprach sie, dass sie die Gelegenheit wahrgenommen hatte und mit Bronski mitgefahren war, um sich ein paar feine Tage zu machen. Während der Fahrt ins Paznauntal sprach sie nur über ihre Arbeit als Detektivin und über das Glück, das sie hatte, nun für Laufenberg arbeiten zu dürfen. Das Geld sei immer knapp, sagte sie. Eine gute Gelegenheit sei es, ein paar Euro dazuzuverdienen. Sie schwärmte von der Landschaft, versuchte Svenja in aller Kürze das eigenartige Gemüt der Tiroler zu erklären, bereitete sie auf das Gespräch mit dem Gastwirt vor.

Svenja sollte Freund zum Reden bringen.

Anna hatte insgeheim beschlossen, dass sie es sein würde, die das Gespräch führen sollte. Svenja hatte Freund am Telefon um ein Interview gebeten, ihn mit demselben Trick wie Laufenberg geködert. Der Hotelier sollte Gelegenheit erhalten, sich zu erklären, bevor die Meute über ihn herfiel. Svenja würde ihn ausquetschen, sie waren gemeinsam die Fragen durchgegangen, hatten die Strategie festgelegt.

Anna wollte, dass Svenja ihn Schritt für Schritt in die Ecke drängte. Sie selbst gab sich als Fotografin aus, wollte sich im Hintergrund halten. Beobachten, Bilder machen. Ihr eigenes Equipment hatte sie für Überwachungen immer dabei, sie teilte die Leidenschaft für Fotografie mit ihrem Bruder, ihr Auftreten würde also glaubwürdig sein. Ihr Plan war gut.

Sie waren Journalistinnen.

Recherchierten im Zusammenhang mit einem Mordfall.

Anna parkte.

Svenja zog ihren Lidstrich nach.

Dann stiegen sie aus und marschierten direkt in die Hölle.

Ischgl. Après-Ski.

Es war schlimmer, als Anna es sich vorgestellt hatte.

Trinker und Proleten, wo man hinsah, es war Happy Hour in Connys Stadel, Frauen und Männer in Sportklamotten und

Schischuhen soffen und sangen infantile Texte, sie grölten und kreischten, kippten Schnäpse. Anna und Svenja hatten zwar gewusst, was sie erwartete, trotzdem waren sie beeindruckt. Es war faszinierend, Menschen im Rausch zu beobachten, wenn man selbst vollkommen nüchtern war. Ein Gruppenbesäufnis in einem umgebauten Stall war es, Alpinromantik, ein DJ, eine Goldgrube.

Konstantin Freund hatte das indische Restaurant in der Stadt damals geschlossen und war nach Ischgl zurückgekehrt. Hier war er aufgewachsen, hier hatte er den Betrieb seiner Schwiegereltern übernommen. Gemeinsam mit seiner Frau Helene führte er nun das Hotel und einen der beliebtesten Après-Ski-Hotspots des Dorfes.

Freund erntete mit einem Lachen im Gesicht die Früchte seiner Arbeit. Bestimmt rechnete er nicht damit, dass das Interview, dem er aus einem Bauchgefühl heraus zugestimmt hatte, sein Leben auf den Kopf stellen würde.

Anna sah es ihm an.

Er war unbedarft und ahnungslos.

Freundlich empfing er die beiden Damen von der Zeitung.

Ging mit ihnen hinaus auf die beheizte Terrasse.

Er ließ drei Schnäpse kommen.

Und der Geschichte seinen Lauf.

# ACHTZEHN

## SVENJA SPIELMANN & KONSTANTIN FREUND

- Danke, dass Sie sich die Zeit nehmen.
- Immer gerne. Ein bisschen PR kann nie schaden. Prost.
- PR? Sind Sie sicher, dass Sie wissen, warum wir hier sind?
- War nur ein Scherz. Ist natürlich nicht ganz einfach für mich, damit umzugehen. Dass mich diese Geschichte nach so langer Zeit wieder einholt. Vor allem nicht, wenn ich daran denke, was mit Zita passiert ist.
- Sie haben es aus der Zeitung erfahren, richtig?
- Woher sonst?
- Es könnte ja sein, dass Sie damals dabei gewesen sind, als es passiert ist.
- Wenn Sie einen Mörder suchen, dann sind Sie hier an der falschen Adresse.
- Ich sage es Ihnen nur ungern, aber im Moment spricht leider einiges gegen Sie. Es wird nicht lange dauern, dann wird die Polizei hier auftauchen. Für die sind Sie der Hauptverdächtige Nummer eins. Die gehen davon aus, dass Sie damals vor Ort waren und Sex mit Frau Laufenberg hatten. Die werden Ihnen unterstellen, dass es zum Streit gekom-

men ist, und Sie Ihre Geliebte getötet und verstümmelt haben. Dass die Leiche so lange nicht gefunden wurde, war Ihr Glück.
- Das ist doch völliger Unsinn.
- Sie haben die Fotos vom Tatort gesehen, oder?
- Ja. Waren ja groß genug abgedruckt in Ihrer Zeitung.
- Und? Kam Ihnen das bekannt vor? Der Frühstückstisch. Das Bett, in dem sie lag. Sie waren dort an diesem Tag, richtig? Es geht um den 27.01.1999.
- Keine Ahnung, wo ich da war. Ich war damals viel unterwegs, hatte ein Restaurant zu führen. Wer führt schon akribisch Buch über das, was er macht.
- Schade. Aber die Spurensicherung wird bestimmt ganze Arbeit leisten. Ich bin mir sicher, die werden eine Menge Fingerabdrücke von Ihnen in der Wohnung finden. Aus dieser Nummer kommen Sie so schnell nicht heraus.
- Ich habe nichts damit zu tun, das schwöre ich.
- Das wird Ihnen am Ende aber nicht weiterhelfen. Also besser, Sie reden mit uns, bevor man Sie am Ende noch für den Mord an Frau Laufenberg verantwortlich machen wird.
- Ich habe Zita nichts getan, das müssen Sie mir glauben.
- Überzeugen Sie mich. Erzählen Sie mir von Ihrer Beziehung. Wie lange ging das? Wo haben Sie sich kennengelernt?
- Sie war in meinem Restaurant. Das Essen hat ihr geschmeckt, wir haben uns unterhalten, an der Bar ein Glas Wein miteinander getrunken. Das eine hat das andere ergeben. Es ist einfach passiert.
- Sie waren fünfzehn Jahre jünger als Zita Laufenberg. Stehen Sie auf ältere Frauen? Waren Sie auf einen besonderen Kick aus?

- Sie sind ganz schön frech.
- Ist das ein Problem?
- Nein. Ich bin ein sehr aufgeschlossener Mann, der Tourismus hat einen da schon sehr geprägt. Deshalb kann ich Ihnen sagen, dass das Alter für mich keine Rolle spielt. Zita war einfach eine faszinierende Frau. Sie wusste, was sie will. Und hat sich genommen, was sie wollte. Sie hat mich beeindruckt. Vom ersten Abend an.
- Wie lange ging das?
- Ein Jahr.
- Und Sie haben es erfolgreich vor Ihrer Frau verheimlicht?
- Ich wollte das hier nie aufs Spiel setzen. Zita und ich waren sehr diskret. Wir haben uns nur in ihrer Wohnung getroffen. Alle paar Wochen ist sie nach Tirol gekommen, wir haben miteinander geschlafen, Zeit miteinander verbracht, dann ist sie wieder zurück nach Leipzig gefahren. Es war schön. Wir haben uns gut verstanden. Konflikte gab es keine.
- Ihre Frau hat nicht das Geringste geahnt?
- Nein. Ich habe es ihr erst gestern erzählt.
- Sie haben es ihr gesagt?
- Ich wollte nicht, dass sie es aus der Zeitung erfährt.
- Wie hat sie reagiert?
- Sie ist traurig. Enttäuscht. Ich habe sie damit sehr verletzt.
- Sie sind damals bei ihr geblieben, weil Sie auf all das hier nicht verzichten wollten, richtig?
- Falsch. Ich habe meine Frau geliebt. Nur deshalb bin ich bei ihr geblieben.
- Es ging also nicht ums Geld? Um das hübsche Hotel hier? Um mögliche Ausbaupläne? Um eine rosige Zukunft, weil

die Schwiegereltern den Betrieb endlich übergeben wollten?
- Wenn es nur um Geld gegangen wäre, hätte ich mich längerfristig auf Zita eingelassen. Das wäre für mich wesentlich lukrativer gewesen.
- Wie meinen Sie das?
- Sie war verliebt in mich. Wollte, dass ich meine Frau verlasse. Sie hätte alles getan, um mit mir zusammen zu sein. Sogar heiraten wollte sie mich. Sie hat mir ein Leben im Reichtum versprochen. Wollte alles mit mir teilen. Wenn ich das ausgenutzt hätte, wäre ich heute ein steinreicher Mann.
- Sie wollen mir ernsthaft sagen, dass Zita Laufenberg Sie heiraten wollte?
- Ja.
- Schwer zu glauben.
- War aber so.
- Klingt nach einer richtig schmierigen Soap.
- Ist Ihre Sache, was Sie davon halten. Ich sage Ihnen nur, wie es war. Nachdem meine Frau über alles Bescheid weiß, gibt es für mich keinen Grund mehr, Sie anzulügen.
- Haben Sie Kinder?
- Nein. Leider. Meine Frau wollte keine. Musste ich akzeptieren.
- Sie hätten sich welche gewünscht?
- Ja. Aber das hat nichts mit der Sache zu tun. Ich möchte nicht darüber reden. Und ich möchte schon gar nicht, dass Sie darüber schreiben.
- Werde ich nicht. Trotzdem interessiert es mich.
- Unsere Beziehung wäre fast daran zerbrochen. War eine schwierige Zeit. Dass ich Zita damals getroffen habe, war

ein Geschenk. Ich habe damals nicht groß darüber nachgedacht, brauchte einfach eine Atempause von den ehelichen Problemen.
- Sie haben nicht damit gerechnet, dass sie das alles so ernst nimmt?
- Stimmt. Deshalb habe ich irgendwann auch einen Schlussstrich gezogen. Mich von ihr getrennt. Ich habe ihr gesagt, dass ich zurückgehe zu meiner Frau. Dass ich sie nicht wiedersehen will.
- Sie waren in ihrer Wohnung, um ihr das zu sagen?
- Ja. Aber ich bin gegangen und nicht mehr zurückgekommen.
- Sie hat also noch gelebt, als Sie das letzte Mal ihre Wohnung verlassen haben?
- Ja, das hat sie.
- Leider kann das aber niemand bezeugen.

## NEUNZEHN

Anna fotografierte ihn auf einer Wiese oberhalb des Hotels. Blick auf die Berge, im Hintergrund der Familienbetrieb. Sie hatte zu Svenja gesagt, dass sie noch in Ruhe ein paar Aufnahmen machen wolle und sie gebeten, im Auto auf sie zu warten. Anna musste unbedingt allein mit Freund reden.
Es wurde Zeit, die Schrauben anzuziehen. Sie wollte wissen, wie er reagierte. Ob er nicht doch etwas zu verbergen hatte. Deshalb nahm sie ihr Handy aus der Tasche, öffnete das Foto und zeigte es ihm.
Sie konfrontierte ihn mit der Vergangenheit.
*Das hier hat nichts mit der Zeitung zu tun.*
*Darüber wird niemand schreiben.*
*Aber ich will die Wahrheit hören.*
Freund schwieg.
Starrte auf das Display.
Und versuchte erst gar nicht, es zu leugnen. Er nickte nur.
Es war völlig klar, dass er das Foto schon einmal gesehen hatte. Dass er wusste, wer dieses Kind auf dem Foto war.
*Wo haben Sie das her*, fragte er.
*Aus der Geldtasche der Toten,* antwortete Anna.

Sie sah ihm dabei zu, wie er seine Optionen durchging.
Anna spürte, dass er mit sich haderte, dass er sich nicht sicher war, ob er es ihr erzählen sollte. Sie wartete. Zwanzig Sekunden. Dann brach alles aus ihm heraus.
*Sie werden mir das wahrscheinlich nicht glauben.*
*Aber es war so. Sie hat mir das angeboten.*
*Zita wollte mir ein Kind schenken.*
*Das Kind auf dem Foto.*
Er atmete schwer. Tat sich sichtlich schwer, darüber zu reden. Er sagte, dass Zita Laufenberg alles dafür getan hätte, damit er bei ihr blieb. Sie hätte ihn angefleht und irgendwann das mit dem Kind gesagt. Dass er es haben könne, wenn er wolle.
Anna ließ ihn einfach reden.
Freund sagte, dass er damals geglaubt habe, seine Geliebte würde sich über ihn lustig machen, dass sie vielleicht traurig darüber war, dass sie selbst bereits zu alt war, um schwanger zu werden. Er führte es auf den Wein zurück, den sie damals getrunken hatten, Zita redete Unsinn.
*Ich habe ihr nicht geglaubt,* sagte er.
Er sei zunächst davon ausgegangen, dass es das Kind ihres Sohnes war. Doch Zita belehrte ihn eines Besseren. Sie sagte ihm, dass sie keine Enkel habe, dass ihr Sohn keine Kinder mehr bekommen werde. Sie bestand darauf, dass es ihr gemeinsames Baby sein könnte.
Sie bot ihm an, Adoptionsunterlagen zu besorgen.
Versprach ihm, alles für ihn zu arrangieren.
Das, was er sich so sehr wünschte, wollte Zita für ihn wahr werden lassen. Widerwillig erinnerte er sich daran.
Freund schüttelte angewidert den Kopf.
Über das, was Zita Laufenberg gesagt hatte.

Er zitierte die Frau, die damals dabei war, den Verstand zu verlieren.
*Das Baby ist wie für uns gemacht.*
*Davon hast du doch immer geträumt.*
*Ich kann das für uns organisieren, Konstantin.*
Dann schwieg er.
Nach all den Jahren schien es ihn noch immer zu schockieren. Anna sah es in seinem Gesicht, hörte es in seiner Stimme, am liebsten hätte er das Gespräch abgebrochen und für immer geschwiegen. Doch sie ermutigte ihn, weiterzureden.
Er rechtfertigte sich.
*Ich habe ihr gesagt, dass sie damit aufhören soll.*
*Dass ich nichts davon wissen will.*
*Ich drohte ihr, zur Polizei zu gehen.*
Konstantin Freund hasste es, darüber zu reden.
Anna spürte, wie sehr es ihn quälte. Wahrscheinlich war sie die Erste, der er erzählte, was er all die Jahre für sich behalten hatte. Das Wissen um dieses Kind. Die Möglichkeit, dass Zita in ein Verbrechen verwickelt gewesen war. Kindesentführung, Kinderhandel. Es lag auf der Hand, und doch schien er seine Augen immer noch davor verschließen zu wollen. Er verdrängte es, schob es von sich weg.
Die Tatsache, dass er zu allem geschwiegen hatte.
*Sie hat damals bestimmt nur Spaß gemacht*, sagte er.
*Hat sie nicht*, sagte Anna.
*Dieses Kind wurde entführt.*
*Es ist bis heute nicht wieder aufgetaucht.*
Anna verriet ihm keine Details, aber sie machte ihm klar, dass er dem Baby auf dem Foto hätte helfen können. Dass er mitverantwortlich dafür war, dass es bis heute verschwunden war.

Anna sprach aus, wovor sich Freund wahrscheinlich all die Jahre gefürchtet hatte. Sein Schweigen von damals holte ihn jetzt ein.
*Es tut mir leid*, sagte er.
Dann schwieg er.
Biss sich auf die Lippen.
Und Anna ging. Ließ ihn mit seinen Schuldgefühlen zurück. Lief zurück zum Parkplatz und stieg zu Svenja in den Wagen. Sie bat sie, sie so schnell wie möglich zurück nach Innsbruck zu bringen. Anna musste in Ruhe ihren Bruder anrufen, ihm sagen, was sie herausgefunden hatte. Die Neuigkeiten mit ihm teilen.
Sie wussten jetzt, dass Zita Laufenberg mit der Entführung in Verbindung stand. Zita konnte zwar nicht die Frau gewesen sein, der Mona am Bahnhof das Baby in die Hand gedrückt hatte, aber sie hatte davon gewusst. Mona hatte von einer Frau in ihrem Alter gesprochen. Zita war damals aber schon Ende vierzig gewesen. Sie musste die junge Frau also gekannt haben. Sie vielleicht dafür bezahlt haben, ihr ein Kind zu besorgen. Völlig verrückt hörte sich das an.
Trotzdem glaubte sie es.
Freund hatte keinen Grund zu lügen. Er hätte gar nicht darüber sprechen müssen, hätte sagen können, dass er nicht wusste, wer das auf dem Foto war. Aber es war förmlich aus ihm herausgebrochen, so etwas hätte er niemals einfach so erfunden. Eine derartige Lüge hätte keine Vorteile für ihn gebracht.
Zita Laufenberg hatte ihren Geliebten nicht verlieren wollen. Sie konnte ihn nicht kaufen, also versprach sie ihm eine Familie.

Absurder ging es nicht.

Aber es machte Sinn.

Annas Gedanken rasten. Während Svenja über die Autobahn donnerte, reimte sie sich alles zusammen. Irgendwer musste Zita geholfen haben.

Eine Frau, die damals Anfang zwanzig war.

Margit Laufenberg.

Anna musste so schnell wie möglich mit ihr reden.

David hatte ihr alle Türen geöffnet.

Anna musste sie nur noch aufstoßen.

Nachsehen, was dahinter verborgen lag.

## ZWANZIG

### ANNA DRAGIC & DAVID BRONSKI

- Wir haben ein Problem, David.
- Was ist los?
- Eigentlich ist es diese kaputte Familie, die ein Problem hat, und nicht wir. So wie es aussieht, eskaliert das Ganze hier in Tirol.
- Was ist passiert?
- Genau das, wovor Robert immer Angst hat. Dass ich in solche Dinge mit hineingezogen werde.
- Welche Dinge, Anna? Du wirst doch nicht auf deine alten Tage noch vorsichtig? Klingst ja beinahe panisch. Passt gar nicht zu dir.
- Halt die Klappe, Bronski. Das hier ist nicht lustig.
- Was ist nicht lustig? Du musst schon mit mir reden, wenn ich dich ernst nehmen soll.
- Zwei Leichen innerhalb weniger Tage, das ist mindestens eine zu viel, verstehst du? Dafür bin ich nicht hergekommen. Ich bin wegen dir hier, David. Wegen Judith. Und nicht wegen diesen Wahnsinnigen.
- Wovon redest du, Anna?
- Das ganze verfluchte Ding hier fliegt uns um die Ohren.

- Beruhige dich, Anna.
- Ich will mich nicht beruhigen.
- Du sagst mir jetzt sofort, was passiert ist.
- Sie ist tot. Und ich habe sie gefunden.
- Wen hast du gefunden? Und wer ist tot, Anna? Komm schon, jetzt mach bitte endlich deinen Mund auf.
- Margit Laufenberg.
- Was? Das ist jetzt nicht wahr, oder? Warum sollte sie tot sein? Ihr Mann hat gesagt, sie freut sich auf das Gespräch mit dir. Sie will uns helfen, Anna.
- Du begreifst es nicht, oder? Die wird niemandem mehr helfen. Sie ist verfickt noch mal tot. Liegt hier vor mir in ihrer verschissenen Badewanne. Und sie rührt sich nicht. Ihr Gesicht ist ganz weiß.
- Wo bist du, Anna?
- In ihrem Hotelzimmer.
- Ganz langsam, Anna. Bitte von Anfang an. Erzähl mir, was passiert ist.
- Ich habe an der Tür geklopft, aber sie hat nicht aufgemacht. Obwohl man mir an der Rezeption gesagt hat, dass sie das Haus noch nicht verlassen hat. Also habe ich mir eine Zimmerkarte besorgt.
- Wie?
- Vom Zimmermädchen.
- Geklaut?
- Das ist doch jetzt völlig egal, David. Ich wollte sehen, wie es in ihrem Zimmer aussieht, ich dachte, dass ich vielleicht etwas finden kann, das uns weiterhilft. Und da lag sie dann. Die Pulsadern aufgeschnitten. Die Wanne ist voller Blut, David.

- Selbstmord?
- Schaut so aus.
- Wie lange liegt sie da schon?
- Woher soll ich denn das wissen, verdammt noch mal? Ich glaube aber nicht, dass sie schon länger als vierundzwanzig Stunden tot ist. Außerdem hat sie doch gestern noch mit ihrem Mann telefoniert.
- Denkst du, dass sie etwas mit Judiths Verschwinden zu tun hatte?
- Schon möglich. Nach allem, was Konstantin Freund erzählt hat, liegt das nahe. Irgendjemand hat dein Kind entführt, und ich vermute mal, dass sie es war. Margit Laufenberg wusste, dass die ganze Sache jetzt ans Licht kommen wird, deshalb hat sie es wohl vorgezogen, rechtzeitig abzugehen.
- Ich will wissen, was mit Judith passiert ist.
- Wir werden es herausfinden, David. Wir sind so nah dran wie noch nie. Irgendjemand hier weiß, was mit ihr passiert ist. Und diesen Jemand werden wir finden.
- Du denkst, dass sie tot ist, oder?
- Soll ich ehrlich sein? Ich weiß es nicht. Natürlich wünsche ich mir, dass sie noch lebt, aber wir wissen beide, dass das nicht sehr wahrscheinlich ist. Trotzdem sind wir hier. Nach all den Jahren hoffen wir immer noch. Ich finde, das muss belohnt werden.
- Ja.
- Du darfst jetzt nicht ungeduldig werden, David. Wir stehen erst am Anfang. Wir wissen noch gar nichts. Müssen die Unterlagen abarbeiten, die wir von Laufenberg bekommen haben. Wir geben erst auf, wenn wir alles getan haben, was möglich war, einverstanden?

- Einverstanden. Danke, Anna.
- Und was jetzt?
- Ich werde Laufenberg anrufen. Ich muss es ihm selber sagen. Ich will nicht, dass die Polizei das macht. Das fühlt sich falsch an.
- Verstehe. Dann werde ich mal ein paar hübsche Fotos machen, bevor die hier auftauchen.
- Nein. Keine Fotos.
- Warum nicht? Ich bin dein verlängerter Arm, weißt du doch. Meine Bilder sind deine Bilder, es wird niemand mitbekommen, dass ich sie gemacht habe.
- Das ist ein Selbstmord, Anna. Es geht nicht, dass davon Bilder veröffentlicht werden. So etwas machen wir nicht.
- Ist das jetzt so ein ethisches Ding? Bist ja sonst nicht so, oder? Kannst mir vertrauen, ich weiß, wie das funktioniert. Keine Solo-Bilder von der Leiche, viel Umgebung, Stimmungsbilder, ich mach das nicht zum ersten Mal, David.
- Du sollst gar nicht fotografieren.
- Aber warum denn nicht?
- Das können wir ihm nicht antun. Wir arbeiten für ihn. Er hat gerade seine Frau verloren, wir sollten Rücksicht nehmen.
- Und das sagt mein abgebrühter Bruder. Du verwirrst mich, Bronski. Bist ja sonst auch nicht so sensibel. Was ist los mit dir?
- Er will das nicht in der Zeitung sehen, glaub mir.
- Zu spät. Ich habe Svenja bereits angerufen, sie müsste gleich da sein.
- Verdammt.
- Sie lässt sich bestimmt nicht von mir abbringen, darüber zu

schreiben. Und im Grunde kannst du dankbar dafür sein. Wir erledigen hier deine Arbeit und retten dir den Arsch. Wenn es nach Regina geht, solltest du nämlich hier in Tirol sein und nicht in Berlin.
- Mach doch einfach, worum ich dich bitte.
- Kann ich nicht. Ich will ihr nicht sagen müssen, dass sie hier nicht rein darf. Ich habe sie am Telefon eben noch heißgemacht, ich werde jetzt nicht zurückrudern, David.
- Doch, das wirst du, Anna. Wir dürfen jetzt nämlich keinen Fehler machen. Ich möchte Laufenberg jetzt nicht gegen uns aufbringen. Er hat gerade erst Vertrauen gefasst. Nur wenn er auf unserer Seite steht, werden wir etwas erfahren, das uns wirklich weiterhilft.
- Wir verschenken also diese Geschichte? Dir ist doch klar, dass dann nicht nur Svenja auf dich sauer sein wird, auch Regina wird dir den Arsch aufreißen, wenn sie davon erfährt.
- Um Svenja kümmere ich mich. Auch um Regina. Ich nehme das auf meine Kappe, aber hör jetzt auf mich. Bitte lass sie nicht in dieses Zimmer.
- Na gut. Sie ruft mich gerade an. Steht wahrscheinlich schon vor der Tür. Ich werde jetzt also auflegen und sie nach Hause schicken. Ich werde ihr Grüße von dir ausrichten und ihr sagen, dass du dafür verantwortlich bist. Und dann?
- Rufst du diesen Weichenberger an. Der scheint in Ordnung zu sein. Sag ihm einfach, dass du mit Margit Laufenberg verabredet warst. Dass die Türe offen stand, du geklopft und ihren Namen gerufen hast, sie sich aber nicht gemeldet hat. Dann hast du das Zimmer betreten und sie gefunden.

- Das wird er mir nicht glauben.
- Er hat keinen Grund, es nicht zu tun.
- Das wird nicht gut ausgehen, David.
- Doch, Anna, das wird es.

## EINUNDZWANZIG

Ich wollte zu ihm nach Leipzig fahren.
Es ihm persönlich sagen. Aus irgendeinem Grund wollte ich vermeiden, dass er es von der Polizei erfuhr. Ich kündigte ihm also am Telefon meinen Besuch an, hielt mich aber, was den Grund des Treffens betraf, bedeckt.
Ich sagte ihm nur, dass es dringend war.
Laufenberg reagierte sofort. Er sei zufällig in der Stadt, sagte er, ich könne mir den Weg nach Leipzig sparen, er komme zu mir. Er fragte mich nach meiner Adresse, überrumpelte mich. Noch bevor ich ihm sein Vorhaben ausreden konnte, hatte er bereits aufgelegt.
Und ich geriet in Panik.
Von ihm besucht zu werden war mir unangenehm.
Ich versuchte schnell noch etwas Ordnung zu schaffen, aus irgendeinem Grund wäre es mir peinlich gewesen, hätte er meine Küche so gesehen, wie sie war. Schnell ließ ich das Geschirr im Spüler verschwinden und stopfte die schmutzigen Klamotten, die am Boden lagen, in die Wäschekiste. Ich wischte sogar Staub, versteckte die leeren Flaschen, überlegte, wie ich es ihm sagen sollte. Bis es klingelte und er nach oben

kam, war ich damit beschäftigt, aufzuräumen und mir Sätze auszudenken, mit denen ich ihm das Unvermeidliche mitteilen würde.

Ich hatte Mitgefühl mit ihm. Aus irgendeinem Grund wollte ich ihn beschützen, ich wollte dem Ganzen etwas von der Wucht nehmen, mit der es ihn umreißen würde. So wie es mich umgerissen hatte, als ich damals erfahren hatte, dass Mona nicht mehr lebte. Ich war nervös, als ich ihm die Tür öffnete. Mein Mund war trocken, als er sich mir gegenüber an den Küchentisch setzte.

Ich bot ihm einen Schnaps an, er lehnte ab.

*Ich trinke nicht,* sagte er.

*Bitte sagen Sie mir, warum ich hier bin.*

*Ist etwas passiert? Ist etwas mit meiner Frau?*

*Ich kann sie nicht erreichen.*

Er ahnte es. Irgendetwas in meinem Gesicht musste es ihm verraten haben. Er spürte meine Betroffenheit, man konnte es mir ansehen. Dass es mir unendlich schwerfiel, ihm zu sagen, was er wissen musste. Während ich es noch ein paar Sekunden lang hinauszögerte, fragte ich mich, wie viel Leid ein Mensch ertragen kann. Ich erinnerte mich daran, wie viel ich ertragen hatte.

Der Schmerz von damals war nah.

Kurz noch suchte ich nach Worten, dann sagte ich es ihm.

Ich ließ ihm keine Gelegenheit, mich zu unterbrechen, mir Fragen zu stellen. Ich brachte es so schnell wie möglich hinter mich.

Dann war es still.

Laufenberg starrte mich an.

Schwieg.

Er begann zu weinen.
Nein, er schluchzte. Und ich schaute ihm dabei zu.
Wie ihm die Tränen über die Wangen liefen, wie er an der Nachricht, die ich ihm überbrachte, verzweifelte.
Zwanzig Minuten lang fiel kein Wort.
Wir hatten beide Zeit nachzudenken.
Seine Frau war tot. Sie hatte sich das Leben genommen.
*Warum*, fragte er sich.
*Warum*, fragte auch ich mich.
Ja, ich hatte Mitgefühl, aber nun tauchten wieder diese bohrenden Fragen auf. Nachdem ich ihm das Unvermeidliche gesagt hatte, brannte ich plötzlich wieder vor Neugier. Ich wollte endlich mehr erfahren.
Wie konnte es sein, dass er nichts von dem Baby wusste?
War es seine Frau, der Mona unser Kind in die Hand gedrückt hatte? Warum hätte sie sich sonst umbringen sollen?
Vielleicht war es das Geheimnis von damals, das sie jetzt dazu getrieben hatte, sich umzubringen. Der Druck nach dem Leichenfund musste unerträglich gewesen sein. Sie sah keinen anderen Ausweg mehr. So musste es gewesen sein.
Ich wollte, dass Laufenberg mir sagte, ob er seiner Frau zutraute, ein Kind entführt zu haben. Ich wollte wissen, ob er es für möglich hielt, dass sie es war, der Mona damals am Bahnhof begegnet war. Ich wollte sehen, wie Laufenberg reagierte, wenn ich ihm sagte, dass seine Mutter ihrem Geliebten ein Kind hatte schenken wollen.
Mein Kind.
Als er aufhörte zu weinen, fragte ich ihn.
Aber er verstand es nicht. Er war schockiert. Entsetzt darüber, dass möglicherweise wahr sein könnte, was ich sagte. Ich hatte

den Eindruck, dass ihn das, womit ich ihn konfrontierte, mindestens genauso traf wie die Nachricht vom Selbstmord seiner Frau. Ununterbrochen schüttelte er den Kopf. So als würde er einen Geist damit vertreiben wollen.
*So etwas hätte Margit nie getan,* sagte er.
*Und auch meine Mutter nicht.*
*Ich hätte das mitbekommen.*
*Meine Frau hätte das nicht vor mir verbergen können.*
Es war, als würde er es sich einreden wollen. Er versuchte, es sich schönzureden, doch in seinen Augen konnte ich sehen, dass er es für möglich hielt. Dass er es ihnen zutraute.
*Es tut mir leid,* sagten seine Blicke.
Eine Weile lang schwiegen wir wieder beide.
Als ich mir Schnaps einschenkte, rührte er sich.
*Für mich auch einen,* sagte er.
Dann tranken wir.
Versuchten mit dieser Situation umzugehen.
Mit der Trauer, die den Raum füllte.
Mit dieser Schwere, die sich breitmachte.
Ich kannte das, wusste, was er fühlte, was in ihm vorging, auf eine seltsame Art waren wir verbunden in diesem Moment. Als ich ihm erzählte, dass auch meine Frau sich umgebracht hatte, hörte er nur wortlos zu. Er war betroffen und dankbar, dass er in diesem Moment nicht alleine war, dass da jemand neben ihm saß, der nachvollziehen konnte, was diese Nachricht mit ihm machte. Die Tatsache, dass er nie wieder mit seiner Frau sprechen konnte, nie wieder ihr Lachen hören würde, erschlug ihn.
Seine Frau hatte aufgehört, da zu sein.
Genauso wie Mona.

Da war plötzlich ein Loch, in das Albert Laufenberg fiel. Es war dasselbe Loch, in dem ich seit Jahren lebte. Unausgesprochene Solidarität war es, Mitgefühl auf beiden Seiten, so verrückt es klingen mag, wir taten uns gut an diesem Abend.
*Ich bin Albert*, sagte er irgendwann.
*David*, sagte ich.
Wir tranken miteinander.
Glas für Glas. Wir lenkten uns ab, taten irgendwann so, als wäre das alles nicht passiert, für ein paar Stunden blendeten wir es einfach aus. Wir redeten über Gott und die Welt, über seine Arbeit und meine. Wir lernten uns kennen, ließen uns Zeit, in meiner Küche ging es an diesem Abend nur darum, über Wasser zu bleiben, nicht unterzugehen. Wir wollten beide nicht allein sein. Er mit seinem Schmerz und ich mit meinen Erinnerungen.
Es war gut, dass er da war. Dass er mich fragte, wie mein Alltag war, was ich an der Fotografie liebte, welche Bilder ich gerne machte. Ich weiß nicht warum, aber ich erzählte ihm, dass ich an der Kunstakademie studiert hatte, dass mein Weg eigentlich ein anderer hätte sein sollen, dass ich ursprünglich von der Kunst hatte leben wollen und nicht von der Pressefotografie. Ich ließ mich hinreißen, ihm zu erzählen, was ich machte. Er verführte mich dazu. Albert sagte mir, dass er einige Galerien besaß in Leipzig, dass für ihn Kunst etwas vom Wichtigsten war in seinem Leben. Er brachte mich dazu, ihm zu vertrauen. Ich tat, was ich normalerweise nie tat. Ich teilte meine Leidenschaft, versuchte ihm zu erklären, woran ich seit Jahren arbeitete.
Sein Interesse war ehrlich. Er kannte sich aus, war gebildet, er referierte über die Fotografie in der Kunstgeschichte, es war

ein Vergnügen, ihm zuzuhören. Und es war dann am Ende auch leicht, ihm meine Arbeiten zu zeigen. Es fühlte sich gut und richtig an.

Ich ging mit ihm in meine Dunkelkammer. Er sollte sehen, wo ich am liebsten arbeitete. Ich schwärmte von der analogen Fotografie, von der händischen Ausarbeitung der Bilder, von dieser Langsamkeit, die mich so faszinierte. Und ich erzählte ihm von der Stille, die mich seit vielen Jahren umgab. Es war, als würde ich ihm mein größtes Geheimnis offenbaren, als würde ich etwas Verbotenes mit ihm teilen. Ich zeigte ein großes Stück Seele von mir, ich war verletzlich in diesem Moment, ein falsches Wort von ihm hätte ausgereicht, um mich zu erschüttern, mich aus der Bahn zu werfen. Doch dieses Wort fiel nicht.

Er hätte mich kränken können, doch er tat es nicht. Keine Sekunde lang gab er mir das Gefühl, dass mit mir etwas nicht stimmte, dass es seltsam war, was ich machte. Im Gegenteil, er begann von der Post-Mortem-Fotografie Ende des neunzehnten Jahrhunderts zu sprechen, er schwärmte von dem Thema, über das ich vor vielen Jahren an der Akademie meine Abschlussarbeit hatte schreiben wollen.

*Totenfotografie im viktorianischen Zeitalter.*

Man wollte die Angehörigen damals in Erinnerung behalten, man wollte sie einmal noch lebendig zeigen und dieses Bild dann konservieren. Bevor die Leichen verwesten, wurden sie noch einmal schön gemacht. Man fotografierte sie im Sarg, oder sie wurden in Position gebracht. Von Gestängen und Stativen gehalten, es entstanden Gruppenbilder, vor allem Kinder wurden gerne fotografiert. Mit Spielzeugen in Händen. Ein letzter Blick auf das Leben war es. Bevor sie für immer schliefen.

Fotos von toten Menschen.
Ich zeigte sie ihm. Viele.
Die besten, die ich gemacht hatte in den letzten Jahren.
Die meisten schwarz-weiß. Portraits. Manchen kam ich sehr nahe, zu manchen hielt ich Abstand. Es waren Fremde, Menschen, denen ich nie vorher begegnet war. Aber sie hatten mich berührt. Ich wollte ihre Schönheit festhalten. Sie konservieren.
*Das sind Kunstwerke,* sagte Albert.
Er verstand mich.
Ich hörte, was er sagte. Konnte es beinahe nicht glauben. Dass er sich dazu äußerte. Etwas so Schönes sagte.
*Ich weiß nicht, warum, aber diese Bilder trösten mich.*
Er empfand das Gleiche wie ich. Aus diesem Grund hatte ich all diese Fotos aufgenommen. Ich tat es für mich. Schadete niemandem damit. Ich stellte die Bilder nicht aus, veröffentlichte sie nicht. Ich hatte nie gedacht, dass es noch jemand anderen geben könnte, der ähnlich fühlen würde wie ich. Für viele wäre es abschreckend gewesen, aber nicht für Albert Laufenberg. Er war fasziniert von dem, was ich ihm zeigte. Was ich vor der Welt versteckte.
Ein Bild nach dem anderen sah er sich an. Er genoss es.
*Hast du meine Mutter auch fotografiert,* fragte er.
Ich nickte nur.
Sagte ihm, dass ich sie aber noch nicht entwickelt hatte.
*Dann lass es uns jetzt tun,* antwortete er.
Ich schaute ihn an, wollte wissen, ob er es ernst meinte. Er nickte. War neugierig, trieb mich an, verfolgte jeden Arbeitsschritt mit größtem Interesse. Er bat mich, dass ich kommentierte, was ich machte. Ich tat ihm den Gefallen.

In einer lichtdichten Box holte ich den Filmstreifen aus der Rolle, ich spannte ihn in eine Spule, legte die Spule in eine Entwicklerdose. Ich füllte Chemie ein, schwenkte die Dose, entwickelte die Negative. Dann knipste ich das Licht aus und schaltete das Rotlicht ein. Ich füllte die Chemiebäder, legte Fotopapier bereit und belichtete die Bilder mit dem Vergrößerer.

*Es ist wie ein Wunder,* sagte er.

Er sprach von dem Augenblick, in dem ich das belichtete Fotopapier in das Entwicklerbad legte, von diesen Sekunden, in denen auf dem Weiß plötzlich erste Konturen Form annahmen. Was ich abgebildet hatte, erschien. Aus dem Nichts tauchte diese Wirklichkeit auf, die ich geschaffen hatte. Eine andere als die auf den Digitalbildern. Geheimnisvoll war es, was wir sahen, verbotene Blicke waren es, intime Momente. Besondere Blicke. Zita in ihrem Bett. Ihr Körper, den ich für diese Fotos teilweise mit einem Laken abgedeckt hatte. Der stille Raum, in dem sie lag. Ihr Ende.

Der Tod hatte nichts Bedrohliches mehr, er machte keine Angst. Nur diese Ruhe blieb auf den Bildern. Diese Ruhe, aus der wir nach Stunden wieder herausgerissen wurden.

Alberts Telefon klingelte.

*Vielen Dank für diese Bilder,* sagte er.

Das Klingeln hörte nicht auf.

Wir wussten, dass es die Polizei war.

Man wollte ihm sagen, dass seine Frau tot war. Dass sie sich in einem Hotelzimmer in Innsbruck die Pulsadern aufgeschnitten hatte. Was Albert bereits wusste und was er in diesen drei Stunden in meiner Küche und meiner Dunkelkammer verdrängt hatte, trieb wieder nach oben. Er hatte den wichtigsten Menschen in seinem Leben verloren. Kurz hatte er versucht, es auszublenden, doch jetzt hatte er keine Wahl mehr. Er musste das Gespräch annehmen. Es akzeptieren, dass es wirklich passiert war. Albert musste aus meiner Dunkelkammer zurück in die Wirklichkeit.

Aus meiner Welt der Toten zurück zu den Lebenden.

Er musste nach Hause zu seinen Kindern.

Ihnen sagen, dass ihre Mutter aus Tirol nicht zurückkommen würde.

*Ich habe Angst davor,* sagte er.

Ich verstand ihn.

## ZWEIUNDZWANZIG

### SVENJA SPIELMANN & DAVID BRONSKI

- Was ist los mit dir, Bronski?
- Was soll sein?
- Ich versuche seit Stunden, dich zu erreichen. Warum schaltest du dein verdammtes Telefon aus, wenn ich mit dir reden will?
- Wir müssen uns nicht unterhalten, Svenja. Unsere Aufgaben sind klar verteilt. Es gibt genügend Fotomaterial, um deine Geschichten zu bebildern, du hast also keinen Grund, Stress zu machen. Wir machen es so wie besprochen, ich mache meinen Job und du machst deinen.
- Das ist genau der Punkt, über den ich mit dir reden will. Du hast es versemmelt, Bronski. Aus der Nummer kommst du so schnell nicht mehr raus. Wenn ich Regina sage, dass ich quasi am Tatort war, du mir aber den Zugang verwehrt hast, wird sie ziemlich ausflippen.
- Du hast es ihr noch gar nicht gesagt?
- Nein.
- Das ist nett von dir. Danke.
- Du musst dich nicht bedanken, du sollst dich einfach nur benehmen wie ein normaler Mensch.

- Wenn das so leicht wäre. Bin völlig aus der Übung, glaub mir. Aber weil du es bist, versuch ich es. Ich wollte dir sagen, dass deine Stories bisher ziemlich auf dem Punkt waren. Hätte nicht gedacht, dass du das so hinbekommst.
- Schleimst du jetzt?
- Nein.
- Du schmierst mir Honig ums Maul, damit ich dich nicht mehr nerve, oder? Damit ich dich nicht frage, warum du so etwas absolut Beschissenes tust? Ich stand wirklich schon vor der Tür, Bronski. Wir hätten noch genügend Zeit gehabt, bis die Polizei kommt. Anna war gerade erst dabei, das Ganze zu melden, sie hätte mir nur die Tür aufmachen müssen. Fünf Minuten in dem Zimmer hätten mir gereicht.
- Anna kann nichts dafür. Ich habe sie darum gebeten.
- Dass sie mir eine Mörderstory versaut?
- Ja.
- Das war absolut unprofessionell von dir, Bronski. Ich hätte das alles wunderbar atmosphärisch einfangen können. Ich hätte Bilder machen können. Mit dieser Geschichte hätten wir es wieder auf die Titelseite geschafft. Die zweite Laufenberg-Leiche innerhalb weniger Tage, Regina hätte das richtig groß spielen können. Wäre für uns alle gut gewesen. Nicht nur für dich.
- Was soll das heißen?
- Du hast deine Kohle ja bereits, oder? Hast groß abkassiert, also Scheiß auf die anderen.
- So ist das nicht.
- Wie ist es denn dann? Erklär es mir. Warum machst du so etwas? Bist du immer so ein asozialer Drecksack?

- Ich bin nicht asozial.
- Was bist du dann?
- Es tut mir ja leid. Aber ich hatte wirklich meine Gründe.
- Welche?
- Ich wollte nicht, dass diese Bilder in die Zeitung kommen. Geschrieben oder fotografiert. Suizid in der Wanne, das ist kein schöner Anblick, glaub mir. Schon gar nicht, wenn man betroffen ist. Wenn es die eigene Frau ist, die dann in ganz Deutschland zur Schau gestellt wird.
- Ach, komm schon. Da ist doch noch was anderes im Busch, oder?
- Was meinst du?
- Warum hat Laufenberg deine Schwester engagiert? Ist doch seltsam. Sie kennt diesen Typen doch gar nicht. Und er kennt sie auch nicht. Warum macht der so was? Warum Anna? Warum lässt er euch so nahe an sich heran?
- Ich denke, er will sich die Presse vom Leib halten.
- Indem er sie kauft?
- Ja.
- Und da spielst du einfach so mit?
- Das kann uns helfen. Er vertraut mir.
- Das ist doch absurd. Irgendetwas stimmt da nicht, Bronski.
- Er will einfach, dass der Mord an seiner Mutter so schnell wie möglich aufgeklärt wird, nur deshalb hat Anna diesen Auftrag bekommen. Er will das Ganze abkürzen, sich nicht nur auf die Polizei verlassen. An seiner Stelle würde ich vielleicht dasselbe tun.
- Vielleicht ist er ja doch schuldig? Können wir uns hundertprozentig sicher sein, dass er mit dem Tod seiner Mut-

ter nichts zu tun hat? Wer weiß, vielleicht ist sein Alibi gefälscht? Ist doch möglich, oder?
- Ist es nicht, und das weißt du. Die Polizei hat das mittlerweile alles überprüft. Er kann es nicht gewesen sein, das müssen wir akzeptieren.
- Müssen wir das? Wer sagt das? Wir sollten mit allem rechnen. Es ist unser Job, die Dinge zu hinterfragen.
- Du hast ja recht, Albert würde als Täter die beste Figur machen. Er hat am meisten profitiert von ihrem Tod. Aber er war es nicht.
- Albert? Du duzt ihn? Das ging aber schnell.
- Wen ich duze oder nicht, kann dir völlig egal sein.
- Du hast ihn also getroffen?
- Ja. Gerade eben.
- Und?
- Ich habe ihm gesagt, dass sich seine Frau umgebracht hat.
- Wie hat er reagiert?
- Das werde ich dir nicht sagen, Svenja. Das ist nichts, worüber wir berichten werden. Schreib über den Geliebten von Zita. Das ist die bessere Geschichte. Selbstmord wird in unserem Blatt nie groß aufgeblasen.
- In Fällen wie diesen schon. Ich komme zwar aus der Kultur, aber ich lese die Zeitung auch, bei der ich arbeite. Sobald an einer Geschichte irgendwo ein bisschen Fleisch an den Knochen hängt, sind wir in der ersten Reihe dabei. In so einem Fall würden wir normalerweise das volle Programm fahren, wir würden die beiden Leichenfunde in Verbindung zueinander bringen, wir würden uns tolle Schlagzeilen ausdenken und eine Mörderauflage machen, und das weißt du auch.

- Bitte, Svenja.
- Du bittest mich? Ich soll also einfach meinen Mund halten? So tun, als würde ich es nicht auf die Reihe bringen? Ich soll dich Regina gegenüber aus dem Spiel lassen, nichts davon erzählen, dass du die Berichterstattung blockiert hast? Du willst, dass ich einfach mache, was du sagst?
- Ja. Es wäre gut, wenn du mir vertraust.
- Dir? Dafür hatten wir einen zu schlechten Start. Also vergiss es, Bronski. Aus welchen Gründen auch immer du glaubst, dass das der richtige Weg ist, ich habe einen Job zu erledigen. Außerdem solltest eigentlich du mir entgegenkommen und nicht ich dir. Nach der Nummer in Innsbruck wäre es nur fair, wenn du mir jetzt ein paar Details verraten würdest. Wir könnten einen knackigen Stimmungsbericht aus Leipzig bringen.
- Ich bin in Berlin.
- Ach so? Ich dachte, du hast gerade mit ihm geredet?
- Er war bei mir zuhause.
- In deiner Wohnung? Drehst du jetzt völlig durch?
- Lass gut sein, Svenja. Das ist absolut meine Sache. Du musst dir keine Gedanken darüber machen, was ich in meiner Freizeit tue.
- Oh doch, das muss ich. Wenn du willst, dass ich mich für dich zum Affen mache, dann sagst du mir jetzt besser, warum du mit einem der Verdächtigen in diesem Fall privat auf ein Bier gehst.
- Wie oft denn noch, er ist kein Verdächtiger.
- Du sagst mir jetzt, warum du das alles machst. Sonst hast du ein Problem, Bronski. Ich will wissen, warum du mich boykottierst. Warum hältst du dich nicht an die Regeln?

- Weil sich meine Frau auch umgebracht hat.
- Deine Frau?
- Ja. Ich weiß, wie sich das anfühlt. Ich wollte nicht, dass irgendein Scheißbulle es ihm sagt. Ich wollte nicht, dass er seine Frau in diesem Blutbad sieht. Es ist auch so schon schlimm genug für ihn.
- Das mit deiner Frau wusste ich nicht. Das tut mir leid.
- Ist schon gut.
- Wann ist es passiert?
- Vor sechs Jahren. Sie ist von einem Hochhaus gesprungen. Ein Kollege hat es sich damals nicht nehmen lassen, Fotos zu machen. Völlig verrenkt und kaputt lag sie da auf der Straße. Überall war Blut. Ich kann diese Bilder nicht vergessen. Es war ein Fehler, sie mir damals anzusehen.
- Ich verstehe.
- Auch wenn ich diesen Mann nicht kenne, ich wollte ihn schützen. So wie ich damals gerne geschützt worden wäre.
- Ich weiß nicht, was ich sagen soll.
- Du musst nichts sagen. Wenn du es schaffst, mir das Ganze nicht übel zu nehmen, dann wäre das schon mehr, als ich von dir erwarten kann.
- Das kostet dich aber ein paar Drinks.
- Deal.
- Vielleicht bist du ja doch nicht so ein Ekel, wie du es die Leute glauben lassen willst.
- Täusch dich da mal nicht.
- Mein Bauchgefühl sagt mir, dass es einen Versuch wert wäre, es herauszufinden.
- Du bist ganz schön mutig, Svenja Spielmann. Übertreib mal nicht. Ein Date muss noch ein bisschen warten.

- Schade.
- Kannst ja mit Anna ein Gläschen trinken. Ich werde inzwischen zu Laufenberg nach Leipzig fahren. Ich schaue mir die Familie an, ich möchte sehen, wie sie leben. Albert war so freundlich, mich einzuladen.
- Zu sich nach Hause?
- Ja.
- Mit Fotoapparat oder ohne?
- Mit.
- Eine Homestory?
- Ja.
- Warum um Himmels willen macht er das?
- Er will sich damit bei mir bedanken. Dafür, dass wir seine Frau aus dem Spiel lassen. Mit einer Homestory kann er leben, sagt er. Die Journalistenmeute kampiert ohnehin vor seiner Villa. Er will es so beenden. Wir bekommen die Geschichte exklusiv.
- Wann?
- Übermorgen.
- Ich werde da sein.
- Musst du nicht, Svenja.
- Doch, ich muss. Erstens wird irgendjemand auch einen Text zu deinen Fotos schreiben müssen, und zweitens würdest du nicht damit leben können, dass du auf meine Kosten den nächsten Volltreffer landest. Nur weil ich meine Selbstmordgeschichte nicht bekommen habe, bekommst du die Homestory. Das ohne mich zu machen ist keine Option, Bronski.
- Stimmt.
- Ich sehe, du hast verstanden. Wir beide werden das gemein-

sam machen. Du wirst mir jetzt Zeit und Ort sagen, dann treffen wir uns dort.
- Ich habe keine Wahl, oder?
- Nein, Bronski. Hast du nicht.

## DREIUNDZWANZIG

Albert Laufenberg hatte seine Frau verloren.
Ihm wurde langsam bewusst, dass seine Frau nicht mehr zu ihm nach Leipzig zurückkehren würde. Albert versuchte zu begreifen, was Bronski ihm erzählt hatte. Dass Margit in einer Badewanne verblutet war. Dass der nächste Schicksalsschlag ihn erschütterte, das nächste Stück Vergangenheit ausgelöscht wurde.
Ein Tornado wirbelte in seinem Leben herum.
Aber Albert blieb aufrecht stehen.
Nach so vielen Jahren war da endlich Gewissheit, was seine Mutter betraf. So tragisch es auch sein mochte, so sehr es Albert auch leidtat, er konnte endlich loslassen, dieses traurige Kapitel in seinem Leben abschließen. Er hatte sich immer davor gefürchtet, jetzt war es so weit.
Er brachte seine Mutter unter die Erde.
Und jetzt auch noch seine Frau.
Margit.
Sie musste einfach eingeschlafen sein.
Er sah die Badewanne vor sich.
Vor ein paar Tagen hatte er selbst noch darin gelegen.

Skiurlaub, zwei Wochen in Tirol, Zeit für die Beziehung.
Das war es, was Margit sich gewünscht hatte. Sie hatten ein paar schöne Tage miteinander verbracht, nichts hatte darauf hingedeutet, dass es ihr schlecht ging. Bis zu dem Tag, an dem Zita gefunden wurde. Da änderte sich ihre Stimmung. Verständlicherweise, hatte er gedacht.
Die Familie Laufenberg stand nach so vielen Jahren wieder im Mittelpunkt, Albert musste sich um alles kümmern, er versuchte mit der Situation umzugehen, es galt, mit Bedacht zu handeln, die Medien im Zaum zu halten, der Firma nicht zu schaden, keine negativen Schlagzeilen zu produzieren. Albert sprach mit Svenja Spielmann, federte mit dem Exklusiv-Interview die erste Welle des medialen Interesses ab. Er nahm seine Frau aus der Schusslinie, überredete sie, noch in Tirol zu bleiben, während er zuhause die Beerdigung vorbereiten wollte.
Albert setzte um, was er sich ausgedacht hatte.
Er funktionierte.
Ging davon aus, dass es Margit in Tirol gut ging.
Seine Frau. Seit so vielen Jahren.
Albert malte sich ihr Ende aus.
Sie hatte sich ausgezogen.
War in die Wanne gestiegen.
Hatte die Rasierklinge genommen.
Und die Pulsadern geöffnet.
Die Todesnachricht, die Bronski ihm überbrachte, warf ihn kurz aus der Bahn. Er war jetzt allein. Da waren nur noch seine Kinder und er.
Albert weinte. Es war ihm egal, was Bronski dachte.
Die Tränen taten gut.
Und der Schnaps auch.

Bronski hatte ihn eingeladen zu bleiben.
Albert fing ein Gespräch über Kunst an, er redete über Themen, bei denen er sich sicher fühlte, er verdrängte den Tod seiner Frau, zwang sich, seine Gefühle in den Griff zu bekommen. Er wusste, wie schnell die Dinge außer Kontrolle geraten konnten. Er musste weiterhin Einfluss auf die Berichterstattung nehmen, er wollte bestimmen, was in der Zeitung zu lesen war. Er steuerte. Lenkte die Dinge in ihre Bahnen.
Auch dass er Bronskis Schwester mit Ermittlungen beauftragt hatte, spielte jetzt in seine Karten. Sie und ihr Bruder hatten verhindert, dass sich die Medien über den Selbstmord seiner Frau hermachten. Albert hatte bisher alles richtig gemacht. Und er wollte, dass es so blieb.
Deshalb hatte er gegen seine Regeln verstoßen und Alkohol getrunken. Er tat, was er sonst nie tat. Und wider Erwarten genoss er es. David war so offen ihm gegenüber, sie standen auf derselben Seite an diesem Abend. Sie sprachen zwar nicht über das Unheil, aber sie teilten es.
Mona und Margit.
Beide wussten, wie es sich anfühlte, jemanden zu verlieren. Das verband sie. Deshalb brach das Gespräch zwischen ihnen nicht ab, ein angenehmer Abend war es gewesen. Weil sie das Unfassbare für ein paar Stunden ausblendeten. Sie unterhielten sich über Fotografie, über Bronskis Arbeiten, sie begeisterten ihn. Die Gesichter der Toten.
Es war verstörend, was Bronski machte. Aber Albert war auch gefesselt. Berührt und abgestoßen zugleich. Es waren verbotene Blicke, intime Momente, die Bronski mit ihm teilte. Er sah das Schöne in all der Dunkelheit. Da war Nähe zwischen ihnen beiden. Sie verstanden sich. Deshalb entschied Albert

auch aus dem Bauch heraus und lud Bronski zu sich ein. Er wollte ihm zeigen, wo er lebte, ihm seine Kinder vorstellen, er wollte der Öffentlichkeit mit Bronskis Hilfe klarmachen, dass er mit den tragischen Ereignissen, die seine Familie erschütterten, umzugehen vermochte. Die Reporter vor seinem Haus würden unverrichteter Dinge wieder abziehen müssen, und irgendwie würden sie auch die Beerdigung überstehen.
Alles würde sich wieder beruhigen.
Er musste das Drama beenden.
Und die Zeit lief.

# VIERUNDZWANZIG

## FRANZ WEICHENBERGER & ANNA DRAGIC

- Müssen Sie nicht nach Hause zu Ihrem Mann und zu Ihren Kindern?
- Sieht man mir das an?
- Was meinen Sie?
- Dass ich Familie habe.
- Man sieht Ihnen an, dass Sie ein schlechtes Gewissen haben. Sie machen den Eindruck, als hätten Sie das Gefühl, Sie sollten eigentlich woanders sein. Sie wirken etwas getrieben. Ich kann mich aber natürlich auch täuschen.
- Nein, nein, stimmt schon. Mein Mann ruft mich dreimal täglich an. Er macht sich Sorgen um mich. Als ich ihm gesagt habe, dass ich es war, die die Leiche in der Badewanne gefunden hat, wollte er sich schon ins Auto setzen und zu mir kommen. Wenn es nach ihm ginge, sollte ich diesen Job überhaupt nicht machen. Zu gefährlich, sagt er.
- Sie scheinen einen klugen Mann zu haben.
- Fangen Sie jetzt auch noch damit an?
- Vielleicht ist es ja wirklich besser, Sie fahren nach Hause. Ich habe das hier auch ohne Sie im Griff. Wenn es neue Ermittlungsergebnisse gibt, werden wir das Herrn Laufenberg

mitteilen. Er kann sich die Kosten für eine Privatermittlung wirklich sparen.
- Und wovon soll ich leben? Wollen Sie mir die Butter vom Brot nehmen? Es kann Ihnen doch egal sein, ob ich hier ein bisschen rumschnüffle, oder?
- Angenehm ist es nicht.
- Nein?
- Aber Sie sind mir sympathisch. Ich werde mich also wohl daran gewöhnen können, dass Sie in meinen Garten pinkeln.
- Für einen Polizisten sind Sie ziemlich lustig.
- Das freut mich zu hören. Ich bemühe mich. Auch was diesen Fall betrifft. Kommt ja in Tirol nicht so oft vor, dass wir von der Abteilung Mord gleich zweimal hintereinander ausrücken müssen.
- Na ja, die Arbeit wird sich wahrscheinlich in Grenzen halten, Nummer zwei war ja wohl ein klassischer Selbstmord, oder?
- Stimmt. Man hat sie schon obduziert. Die toxikologische Untersuchung hat nichts ergeben, und auch sonst gibt es keine Spuren von Fremdeinwirkung. Schaut also tatsächlich so aus, als wäre die junge Frau Laufenberg freiwillig aus dem Leben geschieden.
- Passt doch super zusammen, oder? Die Leiche ihrer Schwiegermutter wird entdeckt, und sie bricht zusammen. Muss irgendwie so was wie ein Schuldeingeständnis sein. Margit Laufenberg hatte etwas mit der Ermordung von Zita zu tun. Jahrelang hatte sie damit leben müssen, nach dem Fund sind dann alle Dämme gebrochen. Irgendwie so ähnlich muss es doch gewesen sein, oder?
- Wer weiß.

- Sie glauben nicht daran?
- Die Fakten sprechen dafür. Aber trotzdem verstehe ich es nicht. Sie hatte doch alles, was sich ein Mensch nur wünschen kann. Reichtum, Familie, laut Gerichtsmediziner war sie gesund, kein Krebs, keine Drogen, keine psychiatrischen Erkrankungen. Mir fiele also kein Grund ein, warum sie sich hätte umbringen sollen. Was ihre Schwiegermutter betrifft, habe ich da nämlich so meine Zweifel. Warum hätte sie Zita Laufenberg töten sollen? Und was hätte sie dazu bewegen sollen, ihr den Kopf abzutrennen? Eine Frau macht so etwas nicht, zumindest ist mir das in all den Jahren noch nicht untergekommen.
- Vielleicht war sie ja nicht die Täterin, sondern nur eine Mitwisserin. Möglicherweise gibt es ein dunkles Geheimnis in dieser Familie? Kann ja sein, dass die Damen jemandem auf die Füße getreten sind damals.
- Sie meinen das organisierte Verbrechen? Die ehemaligen Geschäftspartner von Zita Laufenberg?
- Könnte doch sein, oder? Es gab da einen Kerl aus der Bikerszene, mit dem sie damals regen Kontakt hatte. Ingo Schulte. In den Wochen vor ihrem Tod hat sie ihn mehrmals getroffen, und das, obwohl ihr Sohn versichert hat, dass die Familie Laufenberg mit diesen Leuten nichts mehr zu tun hatte.
- Woher wissen Sie, dass es diese Treffen gab?
- Ich habe den Terminkalender der Toten. Albert Laufenberg war so freundlich. Ich bin alle Daten durchgegangen, aber außer diesem Ingo ist da nichts Auffälliges. Sie hat gearbeitet, war regelmäßig im Büro, niemandem ist etwas Ungewöhnliches aufgefallen. Ich habe mit einigen Mitarbeitern

telefoniert, die damals schon dort beschäftigt waren. Bis zu Zitas Verschwinden war alles wie immer, sagen sie.
- Gute Arbeit, Frau Dragic.
- Wir sollten mit diesem Ingo Schulte reden.
- Wir? Ich denke, es ist besser, wenn ich das übernehme. Wir wollen ja nicht, dass sich Ihr Mann wieder Sorgen machen muss, oder? Außerdem bin ich überzeugt davon, dass die deutschen Kollegen sich über Unterstützung freuen werden. Ich werde also wohl demnächst eine kleine Reise unternehmen.
- Denken Sie, dass Schulte etwas damit zu tun hat?
- Keine Ahnung. Klingt aber schon etwas abwegig, dass einer aus der Leipziger Halbwelt ins beschauliche Tirol kommt, nur um einer ehemaligen Geschäftspartnerin den Kopf abzuschneiden.
- Muss man hier wandern gehen, bevor man jemanden umbringt?
- Tja, hier ticken die Uhren etwas anders, würde ich sagen, als in Berlin. Aber das müssten Sie doch eigentlich wissen, oder? Sie sind doch hier aufgewachsen und mit den Sitten und Bräuchen der Tiroler Bergwelt bestens vertraut.
- Bravo, Sie haben Ihre Hausaufgaben gemacht.
- Warum sind Sie von hier weg?
- Weil ich das Landleben schon immer gehasst habe. Berlin war eine Befreiung für mich.
- Und Ihr Bruder?
- Ich habe gewartet, bis er alt genug war, um mit der Situation fertigzuwerden. Unsere Mutter war Alkoholikerin. Sie hat es nicht verkraftet, dass ihr der Mann davongelaufen ist. Als ich zehn war, hat er uns verlassen.

- Sie haben sich immer gut mit Ihrem Bruder verstanden?
- Ja. Wir haben aufeinander aufgepasst.
- Er ist Fotograf geworden. Einigermaßen erfolgreich, wie ich gehört habe. Und er ist irgendwann so wie Sie nach Berlin gezogen.
- Und?
- Er hat sein Kind und seine Frau verloren.
- Darüber möchte ich nicht reden.
- Möchten Sie über die Bilder reden?
- Welche Bilder?
- Ich gehe davon aus, dass es Ihr Bruder war, der in die Wohnung der Laufenbergs eingebrochen ist. Dass er die Fotos gemacht hat, die veröffentlicht wurden. Er war nämlich bereits am Tatort, unmittelbar nachdem wir gerufen worden sind. Kann kein Zufall gewesen sein.
- Ich habe keine Ahnung, wovon Sie reden.
- Ich werde dem nachgehen müssen. Sollten wir Fingerabdrücke oder DNA von ihm am Tatort finden, wird er sich dafür verantworten müssen.
- Klingt nicht gut. Aber wie gesagt, ich kenne meinen Bruder, ich würde die Hand für David ins Feuer legen. Er hat nichts damit zu tun.
- Und warum war er so schnell hier?
- Wir waren hier verabredet. Einmal im Jahr gehen wir zusammen Ski fahren. Ist so ein Bruder-Schwester-Ding.
- Ski fahren also. Die Laufenbergs, Sie und Ihr Bruder, alle wollten nur ein bisschen Winterspaß, alle kommen zufällig zeitgleich nach Tirol. Und eins, zwei, drei, schon haben wir zwei Leichen am Start. Sie müssen zugeben, dass das schon etwas zum Nachdenken anregt.

- Stimmt schon, klingt eigenartig. Helfen kann ich Ihnen bei Ihrem Problem aber leider nicht. Wenn ich aber etwas herausfinde, das Sie weiterbringen könnte, werde ich es Ihnen natürlich umgehend mitteilen.
- Na, dann werde ich ja bestimmt bald von Ihnen hören. Sie scheinen mir sehr effizient zu sein. Außerdem haben Sie ja beste Beziehungen zu Herrn Laufenberg. Wird am Ende bestimmt nicht schaden.
- So sehe ich das auch.
- Die beiden Leichen werden gerade freigegeben und nach Berlin überstellt. Zwei Beerdigungen stehen an, ich nehme an, Sie werden also bald abreisen, oder?
- Mal sehen. Vielleicht stirbt ja noch jemand. Aller guten Dinge sind bekanntlich drei.
- Wer weiß? Kann ja sein, dass Sie Glück haben. Aus dem inneren Kreis bliebe da aber nur noch Konstantin Freund. Wie Sie bereits wissen, war das der Geliebte von Frau Laufenberg.
- Er ist Ihr Hauptverdächtiger, richtig?
- Seine Fingerabdrücke waren überall in der Wohnung. Er war dort, und er leugnet das auch nicht. Aber er besteht darauf, mit dem Mord nichts zu tun zu haben.
- Er wäre nicht der Erste, der lügt, oder?
- Stimmt. Aber mein Bauchgefühl sagt mir, dass das absolut keinen Sinn machen würde. Ich denke, er ist unschuldig.
- Was hat er Ihnen denn erzählt?
- Dasselbe wie Ihnen, nehme ich an. Übrigens bin ich sehr beeindruckt, dass Sie ihn vor uns gefunden haben. Respekt.
- Das Lob gebührt Svenja Spielmann, ich habe nur ein paar Bilder gemacht.

- Für Ihren Bruder, nehme ich an?
- Ja, wir arbeiten gerne zusammen.
- Darf ich Ihnen einen guten Rat geben?
- Gerne.
- Mir ist klar, dass man innerhalb der Familie zusammenhalten muss. Aber ich befürchte, dass das in diesem Fall vielleicht nach hinten losgehen könnte.
- Inwiefern?
- Meine Fühler sind bereits nach Ihnen ausgestreckt.
- Sind sie?
- Nach Ihnen beiden, ja.
- Und was schlagen Sie vor?
- Sie sollten sich vom Acker machen. Und zwar schnell.

## FÜNFUNDZWANZIG

Svenja wollte auf Nummer sicher gehen.
Eine Stunde vor der vereinbarten Zeit stand sie vor seiner Tür, um ihn abzuholen. Sie rief ihn an und sagte ihm, dass sie unten im Café auf ihn warten würde, um keinen Preis wollte sie sich den Besuch in der Milliardärsvilla entgehen lassen. Das war ihre Story, und sie kämpfte dafür.
Svenjas Karriere, die in den letzten Jahren ins Stocken geraten war, hatte wieder Fahrt aufgenommen. Nach dem Tod ihres Mannes hatte es wenige Höhepunkte gegeben, weder privat noch beruflich. Svenja war immer nur die trauernde Witwe gewesen, die fleißige Kulturredakteurin, die, auch wenn sie es finanziell nicht nötig gehabt hätte, immer pünktlich zur Arbeit erschien. Gesellschaftlicher Status war ihr wichtig gewesen, sie hatte sich daran gewöhnt, ihren Platz zu haben, die Ehe mit einem erfolgreichen Architekten hatte sie geprägt.
Jetzt aber änderten sich die Dinge.
Und sie liebte es.
Zum ersten Mal spielte sie ganz oben mit, sie machte Auflage, ihre Artikel über den Mord an Zita Laufenberg schlugen online alle Rekorde, Konkurrenzblätter zitierten sie, TV-Sender

fragten sogar um Interviews bei ihr an. Sie hatte Albert Laufenberg von Anfang an exklusiv, mit niemandem sonst hatte er geredet, sie bekam die Informationen und Einblicke, nach denen alle lechzten.

Die kopflose Mumie erregte deutschlandweit Aufsehen, Bronskis Bilder hatten Wellen geschlagen. Die Chefredakteurin hatte sich für einen harten Kurs entschieden, die Leiche wurde komplett gezeigt, nicht nur Details oder Überblicke waren zu sehen, die Leserinnen und Leser waren hautnah dabei, die Nation bekam Tatsachen serviert, die normalerweise nur der Polizei vorbehalten blieben. Die Tragödie war in ihrem vollen Ausmaß sichtbar geworden, Bronski und Svenja überholten die Kolleginnen mit Vollgas.

Ein gutes Gefühl war es.

Sie konnte nicht genug davon bekommen.

Auch wenn es völlig absurd war, dass sie sich darauf eingelassen hatte, von der Hochkultur zum Verbrechen zu wechseln, Svenja genoss es. Sie strahlte innerlich, weil Regina in Aussicht gestellt hatte, fix zu den Polizeireportern wechseln zu können. Die Erfolgschancen, längerfristig ihre Anstellung zu behalten und dadurch ihrem Leben halbwegs einen Sinn zu geben, waren dort besser als in der Kultur. Die Menschen interessierten sich mehr für Gewaltverbrechen als für Kunst. Mord verkaufte sich besser als Theater und Oper. Real Crime war seit ein paar Jahren die neue Geheimwaffe.

Svenja war zufrieden.

Vielleicht zum ersten Mal seit Jahren sogar glücklich.

So malte sie sich ihre Zukunft aus, während sie in dem Café auf Bronski wartete. Sie fragte sich, ob sie wirklich dauerhaft Gefallen daran finden könnte. An dem Dunklen, das Bronski

so faszinierte. Sie rätselte, ob sie auch so werden würde wie er. Spröde und verschlossen. Eigentlich war er völlig uninteressant für sie, doch irgendetwas an ihm reizte sie. Svenja hatte Spaß daran, sich an Bronski zu reiben, ihm die Stirn zu bieten, ihn aus der Reserve zu locken, herauszufinden, was hinter dieser Fassade war, die alle kannten. Sie war neugierig, berührt von seiner Geschichte, sie wollte wissen, was da noch alles war. Was er und Anna mit Laufenberg zu tun hatten. Da waren so viele offene Fragen, Svenja hatte sich vorgenommen, so lange zu graben, bis sie alles wusste. Alles über den Fall Laufenberg. Und alles über Bronski.
Sie zahlte. Setzte sich in den Wagen.
Sie wartete noch kurz. Dann stieg er ein.
*Schnall dich an,* sagte sie.
Bronski schwieg.
Er war wie eine Walnuss, die man wieder und wieder öffnen musste. Seine Schale, die während des letzten Telefonats ein wenig aufgebrochen war, hatte sich wieder geschlossen. Svenja musste wieder bei null beginnen. Während der ganzen Fahrt von Berlin nach Leipzig versuchte sie eine Verbindung zu ihm herzustellen, doch Bronski war weit weg, die Worte, die aus Svenjas Mund kamen, schienen ihn nicht zu interessieren, sie prallten an ihm ab. Ihre Versuche, ihn mit Small Talk zu verführen, scheiterten, ihre Fragen, die in die Tiefe gehen sollten, ignorierte er.
Svenja schüttelte den Kopf. Sie ärgerte sich.
Kurz stellte sie ihre Intelligenz in Frage, sie wusste plötzlich nicht mehr, wie es dazu kommen konnte, dass sie ernsthaft Interesse an diesem Kerl gehabt hatte. Sie zweifelte an ihrer Menschenkenntnis und donnerte über die Autobahn. Der Tag, der

so gut begonnen hatte, schien sich zum Desaster auszuwachsen. Doch dann drehte sich plötzlich alles.

Gerade als sie beschlossen hatte, Bronski für immer links liegen zu lassen, sagte er etwas, das sie in seine Nähe zurückholte.

*Es tut mir leid, Svenja.*
*Schön, dass du trotzdem mit mir zusammenarbeiten willst.*
*Obwohl ich so bin.*
Kurz lächelte er sie an.
Dann verlor er sich wieder in Gedanken.
Svenja nickte nur und schwieg dann wie er.
Bis zu Laufenbergs Villa war es still im Auto. Erst als sie durch das große Tor fuhren, das die Security für sie geöffnet hatte, sprachen sie sich kurz ab. Bronski schlug vor, Laufenberg reden zu lassen, er wollte ihn zu nichts drängen, und ihn dadurch ermutigen, noch mehr von sich preiszugeben. Er sollte das Gefühl haben, dass keine Geier über ihm kreisen.
*Wir machen es so wie die Möwen,* sagte Bronski.
*Wir gleiten nur. Nur wenige Flügelschläge.*
Svenja rollte die Augen.
*Wir machen es also wie die Möwen,* wiederholte sie und grinste. Und auch Bronski zog kurz die Mundwinkel nach oben. Denn beiden war klar, dass Svenja nicht still sein würde. Wenn sie etwas von Laufenberg wissen wollte, worüber er nicht reden wollte, würde sie nachhaken, sie würde charmant auf Antworten beharren, sie würde sich auf keinen Fall zurückhalten. Keine Kompromisse, keine Rührseligkeiten, kein Mitleid.
Svenja versuchte objektiv zu bleiben und am Ende abzuliefern. Nur darum ging es.
*Du kannst dich auf mich verlassen,* sagte sie.

*Halte dich bitte einfach nur ein bisschen zurück*, sagte er.
*Mir zuliebe.*
Es war eine Bitte.
Svenja nickte.
Dann schloss sich das Tor hinter ihnen.
Die Journalisten, die vor dem Anwesen Stellung bezogen hatten, blieben maulend zurück. Bronski und Svenja fuhren durch einen Park, die Auserwählten waren auf dem Weg zu Albert Laufenberg. Er wollte mit Svenja über die Verabschiedung seiner Mutter und seiner Frau sprechen. Laufenberg wusste, dass der Text genauso wichtig war wie die Bilder, die Bronski machen würde. Er wollte der Welt seine Trauer zeigen, und er wollte, dass die Reporter vor seinem Haus verschwanden. Für immer. Bronski und Svenja sollten ihm dabei helfen. Nur deshalb hatte er allem zugestimmt.
Fotos in seinem Haus.
Bilder von sich und den Kindern.
Der trauernde Sohn und Millionenerbe.
Bronski holte seine Kameras aus dem Kofferraum.
Svenja blieb vor dem Eingang stehen und staunte.
Was sich vor ihr ausbreitete, war größer und beeindruckender als alles, was sie sich vorgestellt hatte. Dieses wunderbare Haus. Dann die Halle, durch die Laufenberg sie führte. Die Bibliothek, in der er sie bat, Platz zu nehmen. Mächtig war alles, herrschaftlich, ein Schloss. Svenjas Augen huschten hin und her, sie saugte alles in sich auf, sie wollte die Geschichte dieses Hauses spüren, die Menschen, die hier lebten. Jeder neue Blick überraschte sie.
Sie saßen in großen samtenen Ohrensesseln. In einem riesigen Kamin brannte ein Feuer, auf dem Sims standen liebevoll

gerahmte Familienfotos. Bilder von seinen Kindern und unzählige von seiner Mutter. Zita. Sie war überall. Auf der Kommode, an den Wänden, überall Erinnerung. Vergangenes. In den Bücherregalen standen Tausende von Büchern, auf dem Boden lagen Perserteppiche. Wie aus einer anderen Zeit war alles, die Möbel, die Kronleuchter, die von der Decke hingen, und auch Albert Laufenberg. Er saß vor ihnen und zündete sich eine kleine Zigarre an.

*Gut, dass Sie hier sind,* sagte er.

Dann erzählte er. Wie seine Mutter vor einer Ewigkeit zu diesem Haus gekommen war, wie er seine Kindheit in diesen Hallen verbracht hatte, wie verbunden er und seine Familie mit diesem Anwesen waren. Laufenberg holte weit aus, er sprach über seine Frau, über die Liebe zu ihr, über das schreckliche Loch, das ihr Tod in diese Familie gerissen hatte. Er war ganz ruhig, sprach bedächtig, immer drohte seine Stimme zu brechen. Man spürte seine Traurigkeit in jedem Wort. Wenn er sich an seine Mutter erinnerte, an die Zeit, als sie verschwunden war. Er rang mit den Tränen. Verriet Details, die noch in keiner Zeitung gestanden hatten.

Aufmerksam hörte Svenja ihm zu.

Es war wie Bronski gesagt hatte. Sie musste keine Fragen stellen, das Tonband lief, und sie schwieg. Laufenberg öffnete sich, sie hatte den Eindruck, dass er nichts verbergen wollte. Er wusste, was Svenja hören wollte, was die Öffentlichkeit interessierte, er bespielte die komplette Klaviatur, es war ein Vergnügen, diesen Job zu machen.

Nachdem er fertig geraucht hatte, besprach er mit Bronski, was alles fotografiert werden durfte und was nicht, dann stand er auf und führte sie durch das Haus. Immer wieder blieb er

stehen, Bronski machte Bilder. Laufenberg posierte vor dem Kamin mit einem Bild seiner Frau in Händen, er stand auf der imposanten Steintreppe im Eingangsbereich vor einem Ölgemälde, das seine Mutter zeigte, er sinnierte im Wintergarten. Dann führte er seine Gäste in den ersten Stock.
Er kam auf das Thema, über das zu sprechen ihm sichtlich unangenehm war. Für einen Augenblick verlor er die Fassung.
*Leider ist nur eine meiner beiden Töchter im Haus.*
*Sophie ist gerne bereit, Fotos zu machen.*
*Rebecca hat sich aber leider geweigert.*
*Wie Sie verstehen können, ist das alles nicht leicht für sie.*
Laufenberg schaute Svenja an. Auch wenn er es nicht musste, aber er bat sie um Verständnis. Sie hatte den Eindruck, als wäre es ihm peinlich, dass er nicht beide seiner Kinder präsentieren konnte. Es war ein kurzer unangenehmer Moment, den Bronski seinem neuen Freund Laufenberg zuliebe beendete.
*Das macht doch nichts, Albert. Wir verstehen das.*
Laufenberg nickte und öffnete die Tür zu Sophies Zimmer. Eine adrett gekleidete junge Frau saß auf einem Stuhl und spielte Cello. Als sie ihren Vater sah, unterbrach sie ihr Spiel, stand auf, kam auf Bronski und Svenja zu und begrüßte sie. Ebenso souverän wie ihr Vater.
*Schön, Sie kennenzulernen.*
*Vielen Dank, dass Sie uns diese Möglichkeit geben.*
*Gerne können wir Fotos machen.*
*Vater und ich können in einem Fotoalbum blättern.*
*Wir erinnern uns gemeinsam an meine Mutter.*
Bronski befand die Idee für gut.
Svenja schluckte. Völlig absurd war es, was vor sich ging.
Es war die Art, wie Sophie Laufenberg sprach, was sie sagte,

wozu ihr Vater sie überredet hatte. Obwohl sie voller Schmerz war, funktionierte sie. Svenja sah, dass Sophie mit Schminke versucht hatte, ihre Traurigkeit zu verbergen, ihre Augen waren gerötet, sie musste vor Kurzem noch geweint haben. Für Bronski und Svenja dieses Theater zu spielen, musste sie unendlich viel Kraft kosten.

*Schau, Papa, hier sind wir mit Mama in Rom.*
*Und hier das Sommerfest zu ihrem 50. Geburtstag.*
*Sie war ein so feiner Mensch, Papa.*
*Ich weiß nicht, was ich ohne sie machen soll.*
Bronski fotografierte.
Es musste ihm egal sein, dass Sophie augenscheinlich kurz davor war zusammenzubrechen, er versuchte das beste Bild zu machen. Bronski regte an, dass Albert den Arm auf die Schulter seiner Tochter legte, er bat um ein paar Blicke in das Album, und um ein paar direkt in die Kamera. Regina würde später das beste Bild aussuchen, er sorgte nur dafür, dass es genügend Material gab.
Leid im Querformat.
Verzweiflung im Hochformat.
Bronski war Profi. Das Reden überließ er Svenja.
Sie nickte immer wieder freundlich, sagte etwas Zustimmendes, etwas Aufmunterndes, auch wenn es schwer war, sie versuchte Albert und Sophie die Situation so angenehm wie möglich zu machen.
Laufenbergs Tochter war den Tränen nahe. Es war zwar alles inszeniert, aber Svenja glaubte jedes Wort. Auch an Laufenbergs Aufrichtigkeit zweifelte sie nicht. Sie verstand plötzlich, warum Bronski so viel Mitgefühl für diesen Mann hatte, warum er sich hatte hinreißen lassen, sich privat auf ihn einzu-

lassen. Es war seine Offenheit, er schien nichts zu verbergen, man musste ihm nichts aus der Nase ziehen. Im Grunde diktierte er Svenja, was sie später unter Bronskis Bilder schreiben würde. Er steuerte das untergehende Boot, er war es, der sich Gedanken um die Fotomotive gemacht hatte.
*Wir können noch ein Bild in unserem Schlafzimmer machen.*
*Bei Margits Schminktisch.*
*Sie hat ihn geliebt.*
*Saß dort oft sehr lange.*
*Ich lag im Bett und schaute ihr zu.*
*Wie sie sich hübsch machte.*
*Margit war ein Geschenk.*
*Jeder Tag mit ihr.*
Beinahe unangenehm war es.
Dabei zuzusehen, wie er sich nackt vor ihnen auszog.
Es war genau das, was alle sehen wollten. Intimste Einblicke. Der trauernde Ehemann und seine Tochter auf der Bettkante sitzend, mit Blick auf den Schminktisch. Sophies Kopf an Alberts Brust liegend.
Es war still im Schlafzimmer.
Nur das Klicken der Kamera war zu hören.
Unbeschreibliche Momente waren es.
*Das war außergewöhnlich,* sagte Bronski später.
Auch er hatte so etwas noch nie erlebt. Er konnte kaum fassen, dass es ein Kind gab, das auf diese Art und Weise trauerte. Dass eine Familie so offen mit ihrem Verlust umging. Was sich zwei Tage später am Friedhof vor aller Welt wahrscheinlich wiederholen würde, bekamen Svenja und Bronski als kleines Kammerspiel in Laufenbergs Privaträumlichkeiten präsentiert.

Sophie sprach über ihre Mutter.
Es sprudelte nur so aus ihr heraus. Schöne Dinge waren es, die sie sagte. Zusammenhanglos Gutes über ihre Mutter, da war kein schlechtes Wort, es war eine einzige Liebeserklärung. Minutenlang redete sie. Dann starrte sie zu Boden.
Und holte die letzten vier Sätze aus ihrem Mund.
*Ich verstehe nicht, warum sie das getan hat.*
*Ich habe sie doch gebeten, nach Hause zu kommen.*
*Sie hat es mir versprochen.*
*Und dann hat sie dieses Versprechen gebrochen.*
Sophie lief aus dem Raum.
Laufenberg senkte seinen Kopf und nahm ihn in die Hände.
Er schloss die Augen.
Die Vorführung war zu Ende, er konnte nicht mehr.
*Ich darf Sie jetzt bitten zu gehen.*
Er schaute Svenja an.
Nur von ihr verabschiedete er sich.
Bronski sollte noch bleiben. Laufenberg wollte noch etwas mit ihm besprechen. Er bat Svenja um Verständnis und Bronski zugleich, ihm noch fünf Minuten seiner Zeit zu schenken.
Svenja nahm es hin.
Gab sich zufrieden mit dem, was sie bekommen hatte.
Es war weit mehr als erwartet.
Ihre Neugier hielt sie also im Zaum.
Bronski würde ihr ohnehin verraten, was Laufenberg von ihm wollte.
Sie hatte von Leipzig bis Berlin Zeit, es herauszufinden.
Deshalb ließ sie den Dingen ihren Lauf.
Sie schlenderte zum Auto.
Und wartete.

# SECHSUNDZWANZIG

## DAVID BRONSKI & SVENJA SPIELMANN

- Arsch.
- Das sagtest du bereits.
- Ich kann es dir gerne noch hundert Mal sagen. Du bist ein kleiner Drecksack, Bronski. Ich bin so verdammt wütend auf dich.
- Ich verstehe dich ja, aber bitte beruhige dich endlich, bringt ja nichts, wenn du mich weiter beschimpfst. Lass uns jetzt lieber anstoßen und das Ganze vergessen.
- Wie kann man nur so ein Kollegenschwein sein.
- Ich bin kein Kollegenschwein. Hätte ich dich sonst zu mir eingeladen?
- Nachdem du auf der ganzen Fahrt deinen Mund nicht aufbekommen hast, ist das wohl das Mindeste. Lässt der mich doch tatsächlich zwei Stunden vor dem Haus warten. Das war so schäbig, Bronski. Echt letztklassig.
- Ich habe mich doch schon entschuldigt. Wir könnten es jetzt einfach gut sein lassen.
- Könnten wir nicht. Und weißt du auch, warum? Weil ich mich ärgere. Über mich. Weil ich dumm genug war, dass ich da mitgespielt habe. Anstatt einfach abzuhauen, sitze

ich im Wagen und warte auf dich. Wie blöd kann man eigentlich sein? Wie lange müssen wir Frauen uns von euch Männern eigentlich noch vorführen lassen?
- Ich sagte doch, dass ich nichts dafür kann. Der Mann ist völlig zusammengebrochen, ich konnte nicht einfach gehen.
- Als du endlich in den Wagen gestiegen bist, habe ich dich gefragt, was los war, du erinnerst dich? Du hättest einfach nur mit mir reden müssen, Bronski. Aber was machst du? Ignorierst mich von Leipzig bis Berlin. Sagst kein Wort. Findest du, dass das normal ist? Macht man so etwas mit Menschen, mit denen man zusammenarbeitet?
- Ich musste nachdenken.
- Großartig. Der Herr Fotograf musste also nachdenken?
- Ja.
- Dafür wirst du nicht bezahlt, Bronski. Du fotografierst, ich denke.
- Autsch.
- Ich kann dir gerne noch weiter einschenken, wenn du nicht endlich deinen Mund aufmachst. Ich schwöre dir, da geht noch mehr.
- Komm schon, Svenja. Lass uns vernünftig miteinander reden.
- Nein. Du bist ein kleiner, mieser Schmarotzer, Bronski. Du nimmst, ohne etwas zu geben. Das läuft so nicht.
- Vielleicht doch einen Schnaps?
- Willst du mich gefügig machen? Hast du mich deshalb mit in deine schäbige Wohnung genommen? Soll ich zu allem Ja und Amen sagen?
- Das wäre schön, ja.

- Du spielst mit deinem Leben, das ist dir klar, oder?
- Ach, komm schon. Lass uns anstoßen, dann erzähle ich dir alles.
- Das würde ich dir auch raten, Bronski.
- Für eine aus der Kulturredaktion, die immer Kaviar statt Würstchen gegessen hat, kannst du übrigens ganz schön derb sein. Diese Kraftausdrücke passen gar nicht zu dir.
- Ich bin unter lauter Jungs auf dem Land aufgewachsen. Da lernt man so was. Ist wirklich sehr praktisch, wenn man es mit Leuten wie dir zu tun hat.
- Na dann, Prost, Svenja. Schöner Name übrigens.
- Machst du mich jetzt an?
- Nein, ich wollte nur was Nettes sagen.
- Bravo. Aber jetzt sag schon, was er von dir wollte.
- Es ging um seine andere Tochter. Rebecca. Er hat Probleme mit ihr. Er dringt nicht mehr zu ihr durch, kann nicht mehr mit ihr reden, klang ziemlich traurig.
- Und das erzählt er dir so einfach? Seinem besten Freund Bronski?
- Sie hatten Streit. Rebecca ist abgehauen, Laufenberg macht sich große Sorgen um sie. Er befürchtet, dass sie sich etwas antut.
- Wie lange ist sie schon weg?
- Seit zwei Tagen. Seit er ihr vom Tod ihrer Mutter berichtet hat. Rebecca ist völlig durchgedreht und verschwunden.
- Ist doch verständlich. Sie erfährt, dass sich ihre Mutter umgebracht hat, sie ist völlig durcheinander, braucht Abstand und will alleine sein. Sie will einfach ein paar Tage ihre Ruhe, ist doch völlig nachvollziehbar, oder? Das Mädchen ist erwachsen, Bronski.

- Sie ist dreiundzwanzig.
- Eben.
- Albert möchte, dass wir uns darum kümmern. Wir sollen sie für ihn suchen.
- Wir?
- Anna und ich. Er sagt, Rebecca ist labil, sie hat anscheinend immer wieder Psychopharmaka genommen, er ist wirklich besorgt, Svenja. Es wäre fatal für diese Familie, wenn noch jemand stirbt.
- Verstehe.
- Das hier ist sie. Er hat mir ein Foto mitgegeben.
- Hübsches Mädchen.
- Ja. Aber das ist auch beinahe schon das Einzige, was ich weiß. Anscheinend hat sie keinen Freund, wohnt noch zuhause und hat wenig Kontakt zu ihren Studienkollegen. Ich habe keine Ahnung, wo ich anfangen soll zu suchen. Scheint so, als wüsste Albert nicht allzu viel über seine Tochter.
- So wie du, oder?
- Wie meinst du das?
- Man hat mir mittlerweile erzählt, was damals passiert ist. Tut mir leid für dich, Bronski. Ich kann mir gar nicht vorstellen, wie furchtbar das sein muss. Wie sehr du sie vermissen musst.
- Ich denke jeden Tag an mein Kind. Wenn ich irgendetwas tun könnte, um sie zurückzuholen, ich würde es tun. Egal was. Deshalb verstehe ich ihn auch. Laufenberg sorgt sich. Er hat Angst, dass er seine Tochter verliert.
- Ziemlich beschissen, das alles.
- Ja, das ist es.

- Vielleicht sollten wir einfach noch mehr Schnaps trinken.
- Ja, sollten wir. Ist manchmal das Einzige, das hilft.
- Wie heißt sie? Deine Tochter.
- Judith.
- Sie ist bestimmt ein wunderbarer Mensch.
- Danke, Svenja.
- Wofür?
- Dass du nicht in der Vergangenheitsform von ihr sprichst. Alle anderen machen das. Tun so, als wäre sie tot.
- Du glaubst, dass sie noch irgendwo da draußen ist, oder?
- Nichts wünsche ich mir mehr auf der Welt. Aber wenn ich ehrlich bin, weiß ich es nicht. Ob ich sie jemals wiedersehen werde. Vielleicht hoffe ich ja schon zu lange. Und alles ist nur noch ein Traum.
- Du solltest nicht damit aufhören zu träumen.
- Sagt meine Schwester auch immer.
- Kluge Frau.
- Schau mal. Auf dem Foto ist sie vier oder fünf Monate alt.
- Du hast immer noch ein Foto von ihr in deiner Geldtasche?
- Nein. Das hier ist mir kürzlich in die Hände gefallen.
- Was für ein reizendes Baby. Und diese Augen. Ist ja unglaublich. Ein blaues, ein grünes, wie genial ist das denn.
- Sie war etwas Besonderes.
- War?
- Ist.
- Und deine Frau?
- Warum fragst du mich nach ihr? Du weißt doch, was passiert ist. Du hast doch bestimmt so lange herumgefragt, bis dir jemand erzählt hat, was sie gemacht hat. Ist doch so, oder?
- Ja. Ich frage mich nur, warum du immer noch allein lebst.

Ist doch schon lange her, es wäre doch endlich an der Zeit, neu anzufangen, oder?
- Machst *du* mich jetzt an?
- Warum nicht? So wie es aussieht, haben wir beide nichts zu verlieren. Zwei beziehungsunfähige Workaholics, könnte lustig werden.
- Ich habe meine Frau sehr geliebt. Sie war der einzige Grund für mich weiterzumachen, nach all dem, was passiert war. Wir haben nicht aufgegeben. Vierzehn Jahre lang. Dann konnte sie nicht mehr.
- Das ist traurig. Beinahe so wie bei mir. Klingt zwar ein bisschen so, als stünde das jetzt in einem schlechten Drehbuch, aber mein Mann ist auch gestorben.
- Wann?
- Vor neun Jahren.
- Wie?
- Krebs.
- Tut mir leid, Svenja.
- Lass uns auf die Toten trinken, Bronski.
- Ja. Auf die Toten.
- Hast du von ihr auch ein Foto in deiner Geldtasche? Von deiner Frau, meine ich? Ich würde gerne wissen, wie sie ausgesehen hat.
- Warum?
- Ich möchte sehen, was für ein Typ sie war. Wissen, ob das passen könnte mit uns beiden. Ob es Sinn macht, mich hier mit dir zu besaufen.
- Da hängt ein Bild im Wohnzimmer.
- Aber?
- Schaut ziemlich unordentlich aus da drin. Macht keinen

guten Eindruck, würde ich sagen. Wir sollten also besser hier in der Küche bleiben. Ist auch wesentlich ungefährlicher. Auf den harten Stühlen kommen wir auf keine dummen Gedanken.
- Ich geh da jetzt rein, Bronski.
- Keine gute Idee.
- Du hast mich neugierig gemacht. Außerdem ist es mir scheißegal, wie es da drinnen aussieht.
- Warte. Bevor du die Tür aufmachst, muss ich dir noch was dazu erklären. Ich möchte nicht, dass du erschrickst.
- Wie gesagt, ein unordentlicher Männerhaushalt schreckt mich nicht ab.
- Das ist es nicht. Es geht um das Bild. Es ist nämlich ziemlich groß. Vier Meter breit, zwei Meter hoch.
- Das ist mächtig. Musst ja wirklich ziemlich verliebt gewesen sein.
- Das war ich, ja. Willst du es trotzdem noch sehen?
- Unbedingt. Ich mache jetzt die Tür auf. Drei, zwei, eins und GO.
- Das ist Mona.
- Wow.
- Ist alles, was mir von ihr geblieben ist.
- Wahnsinn.
- Es gefällt dir?
- Gefallen ist das falsche Wort. Das ist außergewöhnlich. Ich kenn mich damit aus, glaub mir. Ich war in den letzten Jahren auf sehr vielen Ausstellungen. Bevor ich über Leichen ohne Kopf berichtet habe, war die Kunst mein Metier. Ich weiß also, wovon ich spreche. Das hier ist beeindruckend, Bronski.

- Findest du wirklich?
- Ja.
- Du bist die Erste, der ich das zeige. Ich weiß auch nicht, warum. Meine Tür steht in letzter Zeit etwas zu weit offen.
- Es ist wunderschön.
- Und warum starrst du dann so, wenn es dir so gefällt? Deine Stirn liegt in Falten, kann nichts Gutes bedeuten, oder?
- Irgendetwas stimmt nicht. Ich weiß nicht was, aber es macht dieses Bild besonders. Die geschlossenen Augen. Dieser Ausdruck. Wie sie daliegt. Es ist so still auf diesem Bild. Ich frage mich, warum es so leer wirkt.
- Weil sie bereits tot war, als ich es gemacht habe.
- Wie bitte?
- Ich war beim Bestatter, habe mich von ihr verabschiedet. Ihr Körper war völlig zerstört, aber ihr Gesicht war unversehrt. Es schien, als würde sie schlafen, als würde sie jeden Moment die Augen aufschlagen. Stundenlang habe ich darauf gewartet. Aber ihre Lider haben sich keinen Millimeter bewegt. Ihre Lippen. Kein Muskel unter ihrer blassen Haut. Da floss kein Blut mehr, ihr Herz pumpte nicht mehr. Es war das Ende. Und dieses Ende habe ich festgehalten.
- Jetzt gefällt es mir noch besser als vorher.
- Du findest das nicht seltsam?
- Doch, aber ich verstehe dich. Ich habe auch komische Dinge getan, als mein Mann gestorben ist. Ich habe seine Klamotten behalten, sie jahrelang einfach im Schrank hängen lassen. Jedes Mal, wenn ich ihn geöffnet habe, dachte ich an ihn. Erst vor einem Jahr habe ich die Sachen weggeworfen. Vorher konnte ich es nicht.
- Verstehe ich.

– Na dann sind wir uns ja einig. Ich würde also vorschlagen, wir trinken die Flasche leer, und dann schlafen wir miteinander.
– Ich weiß nicht, ob ich das kann.
– Du kannst.
– Und Mona?
– Sie ist tot.
– Ja.
– Wir aber leben.

## SIEBENUNDZWANZIG

Als ich aufwachte, lag eine wunderbare Frau neben mir. Ich rührte mich nicht, wusste nicht, was ich tun sollte. Davonlaufen, sie wecken, es irgendwie ungeschehen machen? Ich erinnerte mich an das, was wir getan hatten. Worüber wir geredet hatten. Ich konnte mir nicht erklären, wie es so weit hatte kommen können. Wie es sein konnte, dass Svenjas Arm auf meinem Bauch lag. Dass sich ihr Kopf an mich schmiegte. Dass sie leise neben mir schnurrte wie eine Katze.
Diese Frau war völlig verrückt.
Viel verrückter noch, als ich gedacht hatte.
Sie war ein Vulkan, eine Naturgewalt, was sie mit mir im Bett gemacht hatte, war unfassbar. Behutsam hatte sie die richtigen Knöpfe gedrückt. Einen nach dem anderen. Womit ich schon lange nicht mehr gerechnet hatte, war passiert. Ich hatte wieder jemanden an mich herangelassen, viel näher, als ich gewollt hatte. In sieben Jahren war es nur zweimal dazu gekommen, dass ich mit einer Frau geschlafen hatte, es war jedes Mal unbefriedigend gewesen, es hatte sich nicht richtig angefühlt. Es war immer so gewesen, als würde ich Mona hintergehen, sie betrügen. Auch wenn ich wusste, dass das absurd war,

ich konnte nichts dagegen tun, wurde dieses Gefühl nicht los. Bis zu dem Moment, in dem Svenja mich einfach auszog und küsste, war ich überzeugt davon gewesen, dass dieses Thema für mich abgeschlossen war. Ich hatte mich daran gewöhnt, dass es keine Berührungen gab in all den Jahren, keine Zärtlichkeit, keine Zuneigung.
Es hatte mir nicht gefehlt.
Jedenfalls hatte ich das gedacht.
Svenja zeigte mir, dass ich falsch gelegen hatte. Sie ließ mir keine Zeit, *Nein* zu sagen, mich aus der Situation herauszuwinden, sie riss mich einfach mit, überrollte mich mit ihrer Leidenschaft. Nie hätte ich gedacht, dass ich so etwas noch einmal fühlen könnte. Ich ließ mich fallen, hörte auf, mich an der Vergangenheit festzuhalten, die Leichtigkeit, mit der sie mir und meiner Geschichte begegnete, verführte mich.
Svenja gab mir das Gefühl, dass ich etwas Besonderes war.
Ich hörte auf, darüber nachzudenken, ob ich das alles verdient hatte, irgendwann nahm ich es einfach hin. Genoss es. Alles, was in dieser Nacht passiert ist. Es war herrlich. Auch am Morgen noch.
Obwohl ich mir einzureden versuchte, dass es eine Katastrophe war, was wir angerichtet hatten, fühlte es sich gut an. Ich wollte, dass sie blieb, dass sie mit mir frühstückte. Als sie aufwachte, bat ich sie darum. Doch Svenja zog mich zurück ins Bett, sie brachte mich dazu, dort weiterzumachen, wo wir in der Nacht aufgehört hatten.
Ihre Haut. Meine Haut.
Wie ein Rausch war es.
Stundenlang blieben wir liegen, die Welt außerhalb meines Wohnzimmers ignorierten wir. Laufenberg und seine Toch-

ter, ich wollte nicht an sie denken. Auch nicht an das Foto von Judith. Ich wollte ein paar Stunden lang frei davon sein, mir keine Gedanken darüber machen, wie alles zusammenhing. Ich wollte mir keine Hoffnungen machen müssen, nicht all mein Glück davon abhängig machen, so wie in den letzten einundzwanzig Jahren. Ich machte einfach die Augen zu.
Und ließ Anna ihre Arbeit tun.
Sie traf sich mit dem Biker.
Schulte hatte eingewilligt, mit ihr zu reden. Es war ihr gelungen, noch vor Weichenberger einen Termin bei ihm zu bekommen. Wahrscheinlich war Schulte neugierig, er wollte von Anna wissen, was auf ihn zukommen würde. Was die Polizei von ihm wollte.
*Ich werde ihn zum Reden bringen,* hatte Anna gesagt.
Sie versprach es mir am Telefon. Anna war optimistisch wie immer, war ganz in ihrem Element, stand völlig unter Strom.
*Wir schaffen das,* sagte sie.
Ich bedankte mich.
Verschwieg ihr, dass ich Besuch hatte.
Während Svenja auf der Toilette war, erzählte ich Anna die Kurzfassung über unseren Besuch bei Laufenberg.
Sophie, Alberts Zusammenbruch, Rebecca.
Wir vereinbarten, dass sie weiter nach Judith suchen würde.
Ich würde mich um Laufenberg kümmern.
Kurz aber wollte ich noch meine Ruhe haben. Nichts tun müssen. Meine Vergangenheit vergessen, mit Svenja allein sein. Nur ein paar Stunden noch. Gierig war ich, bedürftig, und auch wenn ich es nicht wahrhaben wollte, ein klein wenig glücklich.
Ich schob alles andere weit weg von mir.
Nur Svenja blieb.

Diese Kollegin, von der ich anfangs gedacht hatte, dass sie mein Untergang sein würde, war meine Rettung. Svenja hatte aus irgendeinem verrückten Grund beschlossen, für mich da zu sein, meine ruppige Art zu ignorieren und mir zu verzeihen, dass ich immer wieder ein sturer Idiot sein konnte, der nur an sich dachte.

Mit jeder Stunde, die vergangen war, hatte ich mein Bild von ihr revidieren müssen. Svenja war lustig und spontan, intelligent und schön und wunderbar. Sie war wie ein Geschenk, das ich eigentlich nicht verdient hatte.

*Ich bin dir sehr dankbar,* sagte ich.

*Ich mache das nicht nur für dich,* sagte sie.

Ein Lachen in ihrem Gesicht.

Eineinhalb Tage lang tauchten wir einfach ab.

Es fühlte sich so an, als würde ich in diesen sechsunddreißig Stunden alles nachholen, was ich in den letzten Jahren verpasst hatte. Svenja und ich kamen uns von Stunde zu Stunde näher, wir unterhielten uns, erzählten uns schöne, aber auch schlimme Dinge.

Ohne Ausreden die Wahrheit.

Sie sprach über ihren verstorbenen Mann.

Ich über Mona und Judith.

Svenja erzählte mir, dass sie zweimal in ihrem Leben abgetrieben hatte, und ich erzählte ihr, dass ich in der Geldtasche von Zita Laufenberg ein Foto gefunden hatte.

Ich konnte und wollte es nicht länger für mich behalten.

Sie hörte aufmerksam zu. Verurteilte mich nicht, weil ich es ihr verschwiegen hatte. Sie klagte mich nicht an, reagierte wie jemand, den ich schon sehr lange kannte. Svenja überraschte mich.

*Ich helfe dir*, sagte sie.
*Wenn sie noch lebt, werden wir sie finden.*
*Wenn sie tot ist, kannst du endlich damit abschließen.*
Es tat weh, was sie sagte.
Ich wusste aber, dass sie recht hatte.
Svenja war nur realistisch. Dass Judith noch lebte, war sehr unwahrscheinlich. Es war uns beiden klar, dass ich sie mit großer Sicherheit niemals wiedersehen würde. Trotzdem wollte ich nichts unversucht lassen. Ich wollte weiterhoffen, daran glauben, dass irgendwo Gewissheit auf mich warten würde.
Svenja verstand das.
Schlug sich auf meine Seite.
Wir beschlossen, uns gemeinsam auf die Suche zu machen.
Nach Laufenbergs Tochter.
*Wer weiß, wo uns das hinführen wird,* sagte sie.
Vielleicht gibt es ja doch ein Happy End.
Doch Svenja täuschte sich.
Was kam, war grausam.

## ACHTUNDZWANZIG

### INGO SCHULTE & ANNA DRAGIC

- Du bist also Anna Dragic?
- Ja.
- Schon viel von dir gehört.
- Was denn zum Beispiel?
- Dass du in Berlin für die Libanesen arbeitest.
- Schmeichelt mir, dass sich das bis nach Leipzig herumgesprochen hat.
- Mutig von dir, hier aufzutauchen und mir meine Zeit zu stehlen. Mich mit diesem ganzen Dreck in Verbindung zu bringen. Denkst du wirklich, dass das klug von dir ist?
- Muss man klug sein, wenn man in dieser Kneipe ein Bier trinken will? Die Jungs, die hier mit dir abhängen, schauen nicht besonders clever aus, im Gegenteil, die machen einen sehr debilen Eindruck auf mich. Die hübschen Lederjacken ändern leider auch nichts daran.
- Du kommst hier rein und pisst mich an?
- War nur ein Scherz. Wollte nur das Eis brechen.
- Könnte schmerzhaft für dich werden, wenn du so weitermachst.
- Das glaube ich nicht. Die Leute, von denen du gesprochen

hast, wissen nämlich, dass ich hier bin. Wie du richtig vermutest, haben die Leipzig genauso auf dem Schirm wie Berlin. Du wirst also nichts tun, das die Libanesen wütend macht. Du willst schließlich nicht, dass deine Geschäfte gestört werden, oder? Einen Konflikt mit der Konkurrenz kannst du dir nicht leisten. Deshalb schlage ich vor, wir unterhalten uns ganz einfach gepflegt. Du drohst mir nicht, und ich mache keine dummen Witze mehr über deine Mitarbeiter. Einverstanden?
- Du hast gar keine Angst?
- Nein. Denke nicht, dass das nötig ist. Am Ende geht es doch nur um ein bisschen Spaß. Ist doch unter euch Jungs so üblich, oder? Dass man sich gegenseitig anmacht, den harten Kerl rauslässt. Ich habe es einfach mal versucht. Wollte dich beeindrucken.
- Ist dir gelungen.
- Das freut mich, Ingo. Ich darf doch Ingo sagen, oder?
- Du gefällst mir, Dragic. Falls du mal die Schnauze von den Libanesen voll hast, kannst du dich jederzeit bei mir melden. Ist gar nicht so einfach, Leute mit Charakter zu finden.
- Gut, dass du so gut mit meiner vorlauten Art umgehen kannst. Ihr Biker seid ja wirklich tiefenentspannt. Was unser Gespräch auch bestimmt einfacher machen wird.
- Dann leg mal los. Was willst du denn so dringend von mir wissen?
- Es geht um das Baby.
- Um welches Baby denn?
- Zita Laufenberg war damals in eine Kindesentführung verwickelt.

- Sagt wer?
- Sage ich.
- Dann weißt du wohl mehr als alle anderen. Kompliment.
- Du hattest vor ihrem Tod mehrere Termine mit Frau Laufenberg, worum ging es denn bei diesen Treffen?
- Wie du sicher weißt, hatten wir vor über fünfundzwanzig Jahren geschäftlich miteinander zu tun. War sehr lukrativ, diese Zeit. Deshalb wollte Zita an die damaligen Erfolge anschließen und unsere Geschäftsbeziehung zu meiner Freude wiederbeleben. Wir haben über ein paar gemeinsame Projekte gesprochen, Ideen gesponnen, manche dieser Vorhaben hätten richtig gutes Geld gebracht.
- Aber?
- Leider hat Zita das Zeitliche gesegnet, bevor wir die Verträge unterzeichnen konnten. Sehr bedauerlich war das. Ich müsste das alles hier wahrscheinlich nicht mehr machen, wenn wir unsere Pläne umgesetzt hätten.
- Was hat Albert Laufenberg zu diesen Plänen gesagt? So wie ich das verstanden habe, war ihm die Verbindung seiner Mutter zu dir ein Dorn im Auge. Es heißt, er wollte den guten Ruf der Firma schützen und hat eine Zusammenarbeit mit dir abgelehnt. Ist das richtig?
- Stimmt so nicht ganz. Albert und ich haben uns eigentlich ganz gut verstanden. Ich hatte zwar mit seiner Mutter zu tun, aber es lief auch mit ihm nicht schlecht. Obwohl er schon immer ein kranker Spinner war.
- War er?
- Der Typ ist doch völlig wahnsinnig. Wenn du mit ihm zu tun hast, müsste dir doch schon längst aufgefallen sein, dass mit dem was nicht stimmt.

- Inwiefern?
- Ich würde sagen, das Verhältnis zwischen Mutter und Sohn war sehr speziell. Sie waren sehr eng miteinander. Manchmal hatte ich wirklich das Gefühl, dass die beiden etwas miteinander hatten.
- Sexuell?
- Ich kann das nicht beschwören, aber der kleine Albert war besessen von seiner Mama. Er hat sie angebetet, ich glaube, das war so ein Ödipus-Ding. Er war eifersüchtig auf jeden, der in ihre Nähe kam. Irgendwie hat er mir leidgetan.
- Erzählst du mir jetzt erotische Bikergeschichten?
- Glaub, was du willst. Tatsache ist, der gute Mann hat Dreck am Stecken.
- Zita hatte einen Geliebten in Tirol, wusstest du davon?
- Keine Ahnung. Ich weiß nur, dass die gute Zita nichts hat anbrennen lassen. Sie hat sich genommen, was sie wollte. War irgendwie cool.
- Was denkst du, wer sie umgebracht hat?
- Ihr Sohn natürlich.
- Echt jetzt? Du traust ihm wirklich einen Mord zu?
- Natürlich. Wenn nicht ihm, wem sonst? Der kann das.
- Könnte aber auch sein, dass du es warst, oder?
- Das ist lächerlich.
- Warum?
- Jetzt denk doch mal nach, Mädchen. Dass sie damals verschwunden ist, war eine Katastrophe für mich. Ich wollte Geld mit ihr verdienen, wenn es nach mir gegangen wäre, hätte sie hundert werden sollen.
- Und was soll ihr Sohn für einen Grund gehabt haben? Warum hätte er sie töten sollen, wenn er sie doch so geliebt hat?

- Vielleicht weil er die Firma unter seine Kontrolle bringen wollte. Weil ihm die Alte nichts zugetraut hat. Zita hat damals zu mir gesagt, dass sie ihn für einen Vollidioten hält. Und dass sie mit allen Mitteln verhindern will, dass er die Kontrolle über die Firma bekommt.
- Interessant.
- Vielleicht hat ja die Geldgier am Ende über Ödipus gesiegt.
- Klingt sehr intellektuell.
- Ich gebe mir Mühe.
- Nicht alle Biker sind Proleten, oder?
- Punkt für dich, Dragic.
- Es ist durchaus nachvollziehbar, was du sagst. Könnte wirklich sein, dass Albert es war. Die Frage ist nur, wie er es gemacht hat. Laufenberg hat nämlich leider ein Alibi. Als Zita damals umgebracht wurde, war er in Russland.
- Wie wollen die nach so langer Zeit denn wissen, wann genau sie gestorben ist? Kann man doch unmöglich feststellen. Den Bullen muss doch klar sein, dass das mit der Zeitung Schwachsinn ist.
- Warum Schwachsinn?
- Die Zeitung lag auf dem gedeckten Frühstückstisch. Die Polizei geht davon aus, dass der Erscheinungstag auch der Todestag ist, richtig?
- Richtig.
- Und das soll das einzige Indiz sein, das ihn entlastet? Dieser Psychopath ist wegen einer beschissenen Zeitung aus dem Schneider? Sind die Polizisten auf dieser Welt heutzutage wirklich so dämlich? Hätte nicht gedacht, dass es so einfach ist, mit einem Mord davonzukommen.
- Erklärst du es mir?

- Liegt doch alles auf der Hand. Albert hat sie umgebracht und sich dann ganz geschmeidig aus der Affäre gezogen. Zugegebenermaßen genial, aber am Ende durchschaubar.
- Erklär mir mehr.
- Die Leiche war doch mumifiziert, oder?
- Ja.
- Das war ein Glücksfall für ihn.
- Und warum?
- Der debile Biker soll dir also verraten, was da gelaufen ist?
- Das wäre sehr freundlich von dir. Würde mir viel Arbeit ersparen.
- Na gut. Wir gehen also davon aus, dass dieser Spinner in Innsbruck seine Mama kaltgemacht hat. Sie geraten in Streit, er tötet sie und haut ab. Er fährt zurück nach Leipzig und wartet darauf, dass die Leiche von einem der Nachbarn gefunden wird. Aber das passiert nicht. Keine Fäulnis, kein Gestank, niemand bemerkt, dass die gute Zita im Penthouse einen auf Pharao macht. Das Verbrechen bleibt im Verborgenen.
- Und?
- Genau da sieht der junge Laufenberg seine Chance. Nach ein paar Wochen oder Monaten fährt er nämlich zurück nach Tirol, er will wissen, was da in seiner Wohnung los ist, warum niemand Alarm geschlagen hat. Er betritt das Penthouse und sieht, dass seine Mama mumifiziert ist. Jackpot, denkt er.
- Wie hätte ihm das nützen können?
- Er hat sich das perfekte Alibi gebastelt.
- Wie?
- Er macht einen kleinen Spaziergang um den Block. Er durchwühlt die Altpapiercontainer in der Gegend, sucht

nach einer Zeitung, die an einem Tag erschienen ist, an dem er nicht im Land war. Dann legt er die alte, vielleicht vor vielen Wochen erschienene Zeitung auf den Frühstückstisch und hofft, dass der Mord noch länger unentdeckt bleibt. Er will, dass sich Staub auf die Dinge legt. Und genau das passiert. Einundzwanzig Jahre dauert es, bis seine Mutter entdeckt wird. Durch Zufall wird sie gefunden, niemand zweifelt daran, dass das Datum auf der Zeitung den Todeszeitpunkt angibt.
- Wow. Klingt großartig.
- Zita verschwand, und er hat sofort die Geschäftsführung übernommen. Er hat den besorgten Sohn gespielt, sich medial schockiert und entsetzt gezeigt, er hat sogar eine Belohnung ausgesetzt. Ich würde sagen, er hat alles richtig gemacht.
- Etwas stört mich.
- Was?
- Warum sollte er seiner Mutter den Kopf abgetrennt haben?
- Gute Frage, Dragic.
- Wäre doch nicht nötig gewesen, oder? Warum sollte er sich solche Mühe machen? Er hatte keinen Vorteil dadurch. War bestimmt eine Riesensauerei, so etwas macht man nicht einfach so zum Spaß.
- Vielleicht war es ja so ein ethnologisches Ding.
- Was für ein Ding?
- In Papua-Neuguinea schneiden die Eingeborenen ihren Feinden die Köpfe ab, weil sie glauben, dass sie das stark macht.
- Du meinst, er hat sich eine Trophäe mit nach Hause genommen?

– Entweder das, oder es ging um Respekt vor den Toten. Wenn ich mich richtig erinnere, haben die Jungs dort auch die Schädel ihrer Angehörigen abgeschnitten. Sie haben sie aufbewahrt, um sich für immer an sie zu erinnern. So eine Art Ehrerbietung war das. Ist hochinteressant, was da so abging.
– Beeindruckend, was du alles weißt. Aber auf die Gefahr hin, dass ich mich wiederhole, du würdest als Mörder die wesentlich bessere Figur abgeben. Der Neuguinea-Style passt zu dir und nicht zu ihm. Könnte doch auch so ein Biker-Ding gewesen sein, oder?
– Du bist witzig, Dragic. Aber wenn du wirklich einen Mörder suchst, dann geh zu Laufenberg. Er war es, nicht ich.
– Bin mir nicht sicher. Er trauert so schön. Zelebriert so beeindruckend seine Unschuld in den Medien, außerdem hat er jetzt auch noch seine Frau verloren. Das alles macht ihn zum Opfer, nicht zum Täter.
– Ob du es glauben willst oder nicht, er ist schuldig. Genauso wie alle anderen in dieser Familie. Nicht umsonst hat sich Laufenbergs Frau umgebracht. Die hatte genauso Dreck am Stecken wie die Alte und ihr Sohn. Vertrau mir, ich weiß, wovon ich rede.
– Das ist jetzt die Stelle, an der das Baby ins Spiel kommt, richtig?
– Könnte sein.
– Ich wäre dir wirklich dankbar, wenn du mir sagen könntest, was du weißt. Absolut vertraulich. Niemand wird jemals erfahren, woher ich die Informationen habe.
– Was hätte ich davon?
– Nichts. Trotzdem bitte ich dich, uns zu helfen. Für meinen

Bruder und mich ist es sehr wichtig herauszufinden, was mit dem Kind passiert ist.
- Dein Bruder? Was hat er damit zu tun?
- Er ist der Vater des Kindes, das damals entführt wurde. Judith heißt das Mädchen. Wir haben nach einundzwanzig Jahren endlich eine Spur aufgenommen. Seit ein paar Tagen wissen wir, dass die Laufenbergs irgendetwas mit ihrem Verschwinden zu tun haben.
- Krass.
- Kannst du mir weiterhelfen?
- Dein Bruder ist nicht zu beneiden. Ein Kind zu verlieren. Auf diese Art. Muss schrecklich gewesen sein.
- War es. Ist es immer noch.
- Zita hat es mir gegenüber erwähnt damals.
- Was hat sie erwähnt?
- Dass es da ein kleines Mädchen gibt, das ein Zuhause sucht. Sie hat mich nach einem Kontakt gefragt. Nach jemandem, der Geburtsurkunden fälschen kann. Ich habe ihr gesagt, an wen sie sich wenden kann, mehr wollte ich nicht damit zu tun haben.
- Hast du einen Namen für mich?
- Ich weiß nicht, ob der Typ noch lebt, aber ich schreib dir gerne auf, wo du ihn finden kannst.
- Wusste Albert davon?
- Was glaubst du denn?
- Danke, Ingo. Vielleicht scheiß ich ja doch auf die Libanesen und heuere bei dir an. Scheinst ein guter Kerl zu sein.
- Meistens. Aber halt die Schnauze, ja. Von mir weißt du das alles nicht. Ich habe nie mit dir darüber gesprochen, klar?

- Klar, Ingo.
- Hau ab jetzt, Dragic.
- Siehst du mich etwa noch?

## NEUNUNDZWANZIG

Rebecca Laufenberg wollte nie wieder zurück.
Zurück in das Schloss, in dem sie aufgewachsen war. Zurück in die hübschen Kleider, in die man sie jahrelang gesteckt hatte. Zurück in diese verlogene Welt, in der sie bis vor ein paar Tagen gelebt hatte. Sie wollte einen Schlussstrich ziehen. Endlich in diesem anderen Leben ankommen, von dem sie schon so lange geträumt hatte.
Obwohl es wehtat, fühlte es sich richtig an.
Mit Tränen in den Augen war Rebecca davongelaufen.
Weil sie ihre Mutter vermisste.
Weil sie ihren Vater hasste.
Er hatte ihr die Nachricht von Mutters Tod überbracht. Hatte sie ihr einfach entgegengeschleudert, ohne Vorwarnung hatte er Rebecca gesagt, dass sie sich in Tirol die Pulsadern aufgeschnitten hatte. In einer Badewanne wäre sie verblutet.
Kein Abschiedsbrief, kein Wort, keine Zeile.
Mutter war für immer verschwunden.
*Jetzt bist du allein,* hat er zu ihr gesagt.
Wie konnte er so etwas aussprechen?
Warum war er so grausam?

Wie konnte es sein, dass er ohne Mitgefühl war?
Sie war seine Frau gewesen. So viele Jahre lang an seiner Seite, der Schlossherr und seine Gattin. Gefangen in Schönheit. Weil niemand wusste, wie es wirklich war, wie es sich anfühlte, wie schwer es war, diesen Schein aufrechtzuerhalten, immer so zu tun, als wäre alles perfekt. Die heile Familie, der Laufenbergsche Kosmos, in dem Rebecca und ihre Schwester immer wieder zu ersticken drohten. Da war oft keine Luft mehr zum Atmen gewesen, unerträglich war es an manchen Tagen, so oft wäre Rebecca am liebsten geflohen.
Doch sie blieb. Tat so, als wäre sie glücklich.
Alle taten das.
Er verlangte es von ihnen.
Albert Laufenberg.
Der Mann, der ihr das Fahrradfahren beigebracht hatte.
Der Mann, der ihnen Geschichten vorgelesen hatte als Kind.
Rebecca erinnerte sich. Sie und Sophie, Hand in Hand durch den Schlosspark. Sie hatte damals noch daran geglaubt, dass es das Paradies sei, in dem sie aufwuchsen. Rebecca wollte es jahrelang nicht wahrhaben, dass es eigentlich die Hölle war. Sie schaute nicht hin, sie redete sich ein, dass das alles ganz normal war. Die Art und Weise, wie er mit ihr sprach, seine Blicke. Wie sehr sie sich auch bemühte, er lehnte sie ab. Obwohl sie alles machte, um ihm zu gefallen, sie war nie genug. Die Sehnsucht nach Anerkennung lähmte sie.
Was ihre Schwester bekam, vermisste sie.
Sophie Laufenberg.
Er bevorzugte sie. Sie war das bessere Kind.
Als Rebecca sechs Jahre alt war, war sie auf die Welt gekommen. Und ab diesem Tag veränderte sich alles. Das Glück der ersten

Jahre verschwand, Rebecca konnte sich noch daran erinnern, die Veränderung war spürbar. Es passierte schleichend, jedes Jahr wurde sie weniger wert. Sie war wie ein Wertpapier, für das sich niemand mehr interessierte. Das Spielzeug, das in der Ecke stand, sich aber danach sehnte, in die Hand genommen zu werden. Von heute auf morgen verlor Rebecca die Liebe ihres Vaters. Er entzog sie ihr einfach. Seine Zuneigung verschwand. Ohne Erklärung.
Für das kleine Mädchen war es der Weltuntergang, Papa spielte nicht mehr mit ihr, Rebecca musste zusehen, wie ihre Schwester die Hauptrolle in seinem Leben übernahm. Nur noch sie war wichtig. Vater war erbarmungslos. Und Mutter duldete es. Sie versuchte zwar auszugleichen, wollte Rebecca trösten, sie aufrichten, aber es gelang ihr nicht. Was vorher ganz gewesen war, war nur noch halb.
Eine Tragödie war es. Langsames Sterben.
Sie hatte sich oft gefragt, warum sie das alles ertrug, warum sie ihrem Vater hinterherlief wie ein geschlagener Hund, warum sie bei ihm blieb. Warum sie sich nicht von ihm abgewandt hatte, als sie alt genug dafür gewesen war. In all den Jahren hatte sie sich einfach an dieses Gefühl gewöhnt, nichts wert zu sein, nie zu genügen.
Anstatt endlich auszuziehen, blieb sie im Schloss. Anstatt mit Studienkollegen in eine Wohngemeinschaft zu ziehen, zog sie es vor, weiterhin die Prinzessin zu sein, die in Wirklichkeit keine war. Ihre Not wurde Alltag, irgendwann wusste sie nicht mehr, dass es einmal anders gewesen war. Albert Laufenberg ignorierte seine Tochter, erwartete aber Respekt, sie sollte funktionieren und keine Probleme machen. Studieren, Ärztin werden und für sich selbst sorgen.

*Ich habe mich lange genug um dich gekümmert,* hat er gesagt.
Kurz bevor sie davonlief, musste er ihr noch einmal wehtun.
*Hau doch endlich ab,* hat er gesagt.
*Oder mach es wie deine Mama und bring dich um.*
Ein letztes Mal wollte er sie demütigen, ihr klarmachen, dass er endgültig auf sie verzichten konnte.
*Du hast alles kaputt gemacht,* hat er gesagt.
Für ihn war nämlich sie schuld an allem.
Rebecca hatte in den letzten Wochen eine Lawine ausgelöst.
In seinen Augen hatte sie etwas Unverzeihliches getan, sie hatte Geheimnisse gelüftet, die für immer hätten verborgen bleiben sollen. Durch Zufall hatte sie alles ins Rollen gebracht. Ohne dass sie bewusst danach gesucht hatte, fand sie plötzlich eine Erklärung für alles, was in ihrem Leben geschehen war.
Rebecca erfuhr die Wahrheit.
Eine Wahrheit, die ihr den Boden unter den Füßen wegriss.
Es war kurz vor Weihnachten.
Vier Wochen bevor Zita gefunden wurde.
Rebecca hatte im Rahmen ihrer Dissertation in einem DNA-Labor gearbeitet. Schon früh hatte sie ein Thema gewählt und sich einen Betreuer gesucht. Sie forschte im Bereich der Forensischen Genetik und führte, von Labormitarbeiterinnen und einem Gerichtsmediziner betreut, DNA-Analysen durch. Rebecca erledigte ihre Arbeit zur Zufriedenheit aller, sie war immer pünktlich, höflich und interessiert, sie war eine Vorzeigestudentin. Studium in Mindestzeit, sie zählte zu den Besten, deshalb verließ man sich auf sie, ließ sie selbstständig arbeiten. Nachdem sie eingeschult worden war, schaute ihr nur noch selten jemand über die Schulter, keiner wäre je auf die Idee gekommen, dass sie das Labor für

ihre eigenen Zwecke nutzen würde. Dass sie etwas Verbotenes tun könnte.

Nach einem Streit im Schloss war alles eskaliert. Der leise Zweifel, der sie seit Jahren begleitet hatte, war plötzlich laut geworden. Sie hat es gespürt. Die Wut ihres Vaters. Die Hilflosigkeit ihrer Mutter. Und diese Fremdheit. Zum ersten Mal in ihrem Leben fragte sie sich, ob der Mann, der sie großgezogen hatte, auch wirklich ihr Vater war.

Wahrscheinlich wäre sie nie auf die Idee gekommen, es zu hinterfragen, hätte sie nicht in diesem Labor gearbeitet und tagtäglich inkubiert, zentrifugiert und ihre Referenzproben analysiert.

Ein Wink des Schicksals war es gewesen.

Nur ein bisschen Spucke von sich selbst und ein Rasierer von ihm waren nötig gewesen. Rebecca war in sein Badezimmer gegangen und hatte mit einem Wattestäbchen die schmierigen Auflagerungen im Bereich der Klinge abgerieben. Sie hatte sich genommen, was sie brauchte. Rebecca generierte eine Serie und hängte ihre Proben einfach dazu. Ganz schnell ging es, niemand hat es mitbekommen, dass sie DNA ihres Vaters mit ins Labor genommen hatte, keiner bemerkte, dass sie zwei Proben mehr analysierte, die im System nicht erfasst waren. Sie war sich sicher, dass es ohne Folgen bleiben würde. Trotzdem riskierte sie ihren Studienplatz.

Rebecca wollte es unbedingt wissen.

Auch wenn sie nicht wirklich damit rechnete, dass der Test ihn als Vater ausschließen würde, insgeheim wünschte sie es sich. Sie wollte ihn nicht mehr lieben müssen, sie wollte daran glauben, dass er sie deshalb ablehnte, weil seine Frau ihn damals betrogen hatte.

Rebecca war aufgeregt.
Tat etwas, das alles veränderte.
Sie hielt die Luft an, als sie das Ergebnis vor sich sah.
Überprüfte es wieder und wieder.
Aber kein Irrtum war möglich.

## DREISSIG

ALBERT LAUFENBERG &
FRANZ WEICHENBERGER

- Sie haben tatsächlich den weiten Weg auf sich genommen?
- Der Fall liegt mir sehr am Herzen.
- Das ist gut. Ihre Kollegen hier in Leipzig scheinen nämlich kein sonderlich großes Interesse daran zu haben, den Mord an meiner Mutter aufzuklären. Sie waren zwar hier und haben Fragen gestellt, trotzdem habe ich das Gefühl, dass der Fall bald wieder bei den Akten landen wird. Die haben damals nichts herausgefunden, und es wird ihnen auch jetzt nicht gelingen. Ein Alptraum ist das.
- Deshalb bin ich hier. Ich kümmere mich darum, dass die Sache nicht einschläft. Ist nämlich sehr interessant, wie sich das Ganze entwickelt.
- Inwiefern?
- Sie erinnern sich doch noch an diesen Schulte? Den ehemaligen Geschäftspartner Ihrer Mutter.
- Natürlich. Was ist mit ihm?
- Ich wollte mit ihm reden. Aber bevor es dazu kam, hatte der gute Mann leider einen Unfall. Fahrerflucht, er ist noch an der Unfallstelle verstorben. Tragische Geschichte. Irgendwo

in der Pampa ist es passiert, er stand mit seinem Motorrad an einer Kreuzung, wollte wahrscheinlich gerade losfahren, da wurde er von einem Wagen erfasst. Der Unfallfahrer muss ihn mit Vollgas gerammt haben.
- Oh, das tut mir leid.
- Eine sehr unschöne Sache. Der Fahrer muss wohl betrunken gewesen sein, anders kann ich mir das nicht erklären. Es war nach Mitternacht, kein Mensch war unterwegs zu dieser Zeit, die beiden hatten die Straße für sich allein. Ein wirkliches tragisches Ende für Herrn Schulte. Völlig nüchtern und unverschuldet ist er zu Tode gekommen, muss wirklich bitter sein, als Biker so zu enden.
- Das klingt ja schrecklich.
- Sie kannten sich gut?
- Nicht wirklich. Meine Mutter hatte mit ihm zu tun. Aber auch sie hat irgendwann eingesehen, dass es nicht klug ist, mit dem organisierten Verbrechen Geschäfte zu machen.
- Haben Sie ihn kürzlich getroffen?
- Nein, warum sollte ich?
- Vielleicht war er ja der Mörder Ihrer Mutter? Eventuell wollten Sie ja herausfinden, ob er etwas mit ihrem Tod zu tun hatte?
- Das zog ich nicht in Betracht. Es ist doch Aufgabe der Polizei, den Mörder meiner Mutter zu finden, nicht meine.
- Das ist richtig. Gut, dass Sie auf das System vertrauen. Trotzdem haben Sie eine Privatermittlerin beauftragt, in der Sache Nachforschungen anzustellen. Ihr Vertrauen in die Behörden scheint nicht besonders groß zu sein.
- Das dürfen Sie bitte nicht falsch verstehen. Ich will Ihnen wirklich nicht in die Quere kommen. Aber die Sache ist

kompliziert. Es ist alles nicht so, wie es vielleicht aussieht, das können Sie mir glauben.
- Glaube ist in meinem Beruf fehl am Platz, am Ende zählen nur die Fakten. Also sind Sie bitte so freundlich und erklären es mir. Was ist kompliziert? Warum haben Sie Frau Dragic damit beauftragt, zu ermitteln?
- Ich habe da so ein Gefühl. Will aber niemanden beschuldigen, keinen Verdacht äußern, bevor ich mir nicht ganz sicher bin.
- Wenn Sie einen Verdacht haben, bitte ich Sie, ihn einfach auszusprechen. Ich verspreche Ihnen, verantwortungsvoll damit umzugehen.
- Das ist gut zu wissen.
- Aber?
- Was ist, wenn ich mich irre? Niemand hat es verdient, unschuldig an den Pranger gestellt zu werden.
- Ich bin nicht hier, um jemanden an den Pranger zu stellen. Wir reden nur miteinander, Sie erzählen mir, was Sie beschäftigt, und ich kann Ihnen unter Berücksichtigung der Faktenlage eine Einschätzung der Situation geben.
- Es geht um den Bruder von Frau Dragic. David Bronski.
- Was ist mit ihm?
- Wie Sie wissen, ist er Fotograf.
- Ist mir bekannt, ja.
- Er war es, der die Bilder vom Tatort gemacht hat. Bronski hat dafür gesorgt, dass diese grausamen Fotos veröffentlicht wurden. Er hat meine tote Mutter in die Öffentlichkeit gezerrt.
- Interessant, dass Sie das ansprechen. Ich habe tatsächlich etwas Ähnliches vermutet.

– Ich vermute es nicht, ich weiß es. Ich habe ihn darauf angesprochen, und er hat es nicht dementiert, sich auch nicht darüber gewundert, dass ich ihn damit in Verbindung gebracht habe. Ich bin mir absolut sicher, dass er es war, der in die Wohnung eingestiegen ist. Er ist für das alles verantwortlich.
– Sie könnten ihn verklagen. Dafür sorgen, dass die Bilder nicht mehr gedruckt werden, Sie erwirken eine Verfügung, die Zeitung wird Ihre Rechte am Ende wahren müssen.
– Darum geht es nicht.
– Worum geht es dann?
– Ich glaube, dass er etwas mit dem Mord an meiner Mutter zu tun hat. Dass er es war, der sie damals umgebracht hat.
– David Bronski? Sie scherzen, oder?
– Sie sind doch auch davon überzeugt, dass er die Fotos am Tatort gemacht hat, oder? Dann müssen Sie sich doch auch gefragt haben, wie es dazu gekommen ist. Warum fährt jemand aus heiterem Himmel von Berlin nach Innsbruck, um dort einzubrechen? Wie kann das sein? Wie wahrscheinlich ist es, dass er die Wohnung zufällig ausgewählt hat? Woher wusste er, dass sie leer stand? War es wirklich Zufall, dass er die Leiche entdeckt hat?
– Das sind sehr interessante Fragen, Herr Laufenberg.
– Mich hat das nicht mehr losgelassen. Ich wollte einfach wissen, was dahintersteckt. Wie alles zusammenhängt. Ich musste herausfinden, was er zu verbergen hat. Deshalb habe ich seine Schwester engagiert. Ich wollte wissen, was die beiden vorhaben. Wenn ich weiterhin mit ihnen in Kontakt stehe, kann ich vielleicht mehr herausfinden.
– Bronski hat wahrscheinlich nur einen Tipp bekommen, er

ist nach Innsbruck gefahren und hat die Fotos gemacht, und das war es dann. Klingt doch plausibel.
- Sie täuschen sich. Mit diesem Mann stimmt etwas nicht. Ich habe lange mit ihm geredet. Er ist völlig durch den Wind, total kaputt, ich war schockiert von dem, was ich gesehen habe, als ich bei ihm zuhause war.
- Sie waren bei ihm zuhause? Wie das?
- Es ging um meine Frau. Er wollte es mir persönlich sagen. Seine Schwester hat wohl die Leiche entdeckt. Ich war zufällig in Berlin und bin zu ihm gefahren. Ich bin zusammengebrochen, er hat mich netterweise wieder aufgerichtet. Aber was dann kam, hat mir Angst gemacht.
- Was hat Ihnen Angst gemacht?
- Diese Fotos. All die Bilder, die er in den letzten Jahren gemacht hat. Fotos von toten Menschen. Unfälle, Selbstmorde, Leichen. Er hat die Toten zum Vergnügen fotografiert.
- Ich würde eher sagen, dass es sein Beruf ist, diese Fotos zu machen.
- Ich rede nicht von seinen Pressefotos. Die sind harmlos. Was er aber danach macht, nachdem er seinen Job erledigt hat, geht unter die Haut. Er fotografiert die Toten analog. Er denkt, dass es Kunst ist, was er da in seiner Dunkelkammer betreibt. Völlig abartig ist das. Unzählige Leichen hat er abgelichtet, Portraits, es schaut so aus, als würden sie noch leben. Ich habe so etwas noch nie gesehen. Es ist grausam, was er da macht.
- Klingt unheimlich.
- Das ist es. In seinem Wohnzimmer hängt ein riesiges Foto von seiner toten Frau. Ich habe mich in seiner Wohnung

ein wenig umgesehen. Ich schwöre Ihnen, mit dem stimmt etwas nicht.
- Nur weil er Fotos von Toten macht, muss er noch lange kein Mörder sein.
- Das ist nicht der einzige Grund. In Wirklichkeit geht es um sein Kind. Sie wissen ja sicher, dass seine kleine Tochter damals verschwunden ist, oder?
- Hat man mir erzählt, ja. Traurige Geschichte, aber das hat wohl kaum etwas mit Ihrer Mutter zu tun, oder?
- Doch. Sie ist damals genau zur selben Zeit verschwunden. Die Dinge hängen zusammen.
- Und wie?
- Ich nehme an, dass Bronski damals herausgefunden hat, dass meine Mutter etwas mit dem Verschwinden seines Kindes zu tun hatte.
- Hatte sie?
- Ich weiß es nicht. Aber es könnte sein. Sie hat mir gegenüber damals etwas angedeutet. Ich habe es natürlich nicht ernst genommen.
- Was hat sie angedeutet?
- Sie sprach davon, ein Baby zu adoptieren. Sie sagte, dass sie die Papiere schon unterschrieben hätte. Ich weiß noch, dass es um ein Mädchen ging. Ein paar Monate alt. Völlig absurd war das.
- Unglaublich, was Sie mir da erzählen.
- Ja. Ich bin überzeugt davon, dass Bronskis Geschichte ganz eng mit der meiner Mutter verknüpft ist. Deshalb werde ich auch dafür sorgen, dass dieser Mann ins Gefängnis kommt.
- Abwarten. Wie immer braucht es Beweise, damit jemand verurteilt wird. Und die sind in diesem Fall nicht so leicht

zu finden. Außerdem gibt es einige Dinge, die gegen Ihre Theorie sprechen.
- Welche?
- Warum war Ihre Mutter nackt? Wenn sie Bronski in die Wohnung gelassen hätte, wäre sie angezogen gewesen. Sie hätte ihm kaum unbekleidet die Tür aufgemacht.
- Es kann doch sein, dass er das alles nach dem Mord arrangiert hat? Er hat sie ausgezogen und alles so aussehen lassen, als wäre sie am Morgen nach einer Liebesnacht von Konstantin Freund ermordet worden.
- Wenn er das wirklich getan hätte und er so viel Glück gehabt hätte, dass alles so lange im Verborgenen geblieben ist, warum sollte Bronski nach einundzwanzig Jahren wieder dort einbrechen? Warum sollte er die Welt darauf stoßen, dass dort eine Leiche liegt?
- Vielleicht brauchte er Geld? Ich habe seine Finanzen überprüfen lassen, der Mann ist völlig abgebrannt. Die Fotos haben ihm bestimmt einen fünfstelligen Betrag eingebracht. Er dachte, dass er nichts zu befürchten hat, am Ende war es ja nur ein Einbruch. Einer, den man ihm erst mal nachweisen muss. Er fühlt sich absolut sicher, wenn Sie mich fragen, spielt er mit uns.
- Und wo ist das Kind? Wenn Ihre Mutter wirklich etwas mit der Entführung zu tun hatte, stellt sich doch die Frage, was sie mit Bronskis Tochter angestellt hat.
- Meine Mutter war psychisch äußerst labil.
- Und das soll heißen?
- Es besteht die Möglichkeit, dass sie das Kind getötet haben könnte.
- Das trauen Sie ihr zu?

- Ja.
- Starker Tobak. Ich bin sprachlos.
- Sie müssen dem nachgehen.
- Keine Sorge, das werde ich.
- Nageln Sie Bronski fest. Sie müssen diesen Mann so schnell wie möglich aus dem Verkehr ziehen. Ich erwarte, dass Sie handeln.
- Es ist sehr freundlich von Ihnen, dass Sie mir sagen, wie ich meine Arbeit zu erledigen habe.
- So habe ich das nicht gemeint, bitte verzeihen Sie mir. Natürlich will ich mich nicht in Ihre Ermittlungen einmischen. Ich wäre Ihnen nur dankbar, wenn Sie die Möglichkeit in Betracht ziehen, dass er etwas damit zu tun haben könnte.
- Keine Sorge. Ich verspreche Ihnen, dass ich mich darum kümmern werde.
- Sie werden den Mörder meiner Mutter finden?
- Das werde ich.

## EINUNDDREISSIG

Ich zwang mich, nicht an Mona zu denken.
Das schlechte Gewissen, das ich ihr gegenüber hatte, verdrängte ich. Dieses Gefühl, sie betrogen zu haben. Ich wusste, dass es absurd war, doch ich konnte mich nicht dagegen wehren. Eine Stimme in mir sagte, dass ich aufhören sollte, Svenja zu berühren, sie zu küssen, Zeit mit ihr zu verbringen. Ich war verunsichert und glücklich zugleich.
Ich zwang mich, meine Vergangenheit auszublenden.
Wie ein verliebter Teenager benahm ich mich.
Ich ignorierte Annas Anrufe.
Schrieb ihr nur eine Kurznachricht. Informierte sie, dass wir auf dem Weg nach Leipzig waren, um an Rebeccas Uni mit ein paar Leuten zu sprechen. Mein Akku sei bald leer, log ich. Ich verschwieg ihr, dass Svenja meine Hand hielt, insgeheim hatte ich Angst, Anna könnte es mir ausreden oder mich dafür verurteilen. Ich verheimlichte, was ich fühlte. Musste mich zwingen, klar zu denken, meine Arbeit zu machen und Svenja nicht ständig mit leuchtenden Augen anzusehen.
*Jetzt konzentrier dich endlich,* sagte sie.
*Wir gehen da jetzt rein und finden heraus, wo Rebecca ist.*

*Kann ja nicht so schwer sein, das Mädchen aufzustöbern.*
Ich salutierte. Grinste. Dann betraten wir die Universität. Zeigten Fotos herum. Sprachen mit einigen von Rebeccas Kollegen, Professoren und Verwaltungsangestellten. Wir verrieten ihnen, dass Rebecca verschwunden war, und dass sich ihre Familie große Sorgen um sie machte. Wir sammelten Informationen. Viel Belangloses, wenig Interessantes, Klatsch und Tratsch, wir machten uns ein Bild, bekamen bestätigt, was wir bereits wussten.
Die ältere Tochter von Albert Laufenberg war genauso eine Ausnahmestudentin wie Sophie, sie fiel durch ihren Fleiß und ihre Zielstrebigkeit auf. Rebecca war scheu, ging nicht aus, Freundschaften zu Mitstudenten pflegte sie nicht. Sie kam in die Uni und ging wieder, die wenigen Studentinnen und Studenten, die mehr mit ihr zu tun hatten, hatten trotz der heiklen Situation nichts Gutes über sie zu sagen.
*Wenn Sie mich fragen, ist die nicht ganz richtig im Kopf.*
*Keinen Spaß am Leben hat die.*
*Spooky, was mit der Großmutter passiert ist.*
*Eine Psychofamilie ist das.*
Keiner wusste, wo sie war.
Schlimmer noch. Es war allen egal.
Rebecca war verschwunden. Und niemand wusste wohin.
Da waren nur die Dinge, die Laufenberg über sie gesagt hatte, als wir ihn auf seinem Schloss besucht hatten. Mit Svenja ging ich alles noch einmal durch. Ich hatte ihn nach Rebeccas Hobbies gefragt, nach Dingen, die sie mochte, von denen sie geträumt hatte. Er hatte nur Belangloses aufgezählt, von Rebecca geschwärmt, sie in ein schönes Licht gestellt. Nichts von dem, was er gesagt hatte, half uns wirklich weiter.

Fast nichts.

Da war nämlich etwas, das er ganz am Ende unseres Gesprächs erwähnt hatte. Was Svenja aufhorchen ließ, als ich ihr davon erzählte.

Rebecca war ein paar Monate lang immer wieder nach Hamburg gefahren. An den Wochenenden. St. Pauli. Sie hatte dort in einer Kneipe gearbeitet. Laufenberg war offensichtlich dagegen gewesen. Er hatte die Nase gerümpft, als er mir gegenüber davon gesprochen hatte. Der Gedanke, dass seine Tochter sich als billige Schankkraft verdingen sollte, anstatt ihr Studium zu beenden, war völlig abwegig für ihn gewesen. Laufenberg hatte die Möglichkeit, dass sie in Hamburg sein könnte, vom Tisch gewischt. Klar und deutlich gab er zu verstehen, dass er seine Tochter wieder auf Schiene gebracht und alles unter Kontrolle hatte.

*Rebecca hat irgendwann eingesehen, dass sie sich verrannt hat.*
*Sie hat verstanden, dass sie als Kellnerin keine Karriere macht.*
*Hamburg ist kein Thema mehr für sie.*
*Da müssen Sie nicht suchen.*

Trotzdem fuhren Svenja und ich dorthin.

Sie war sich sicher, dass wir Rebecca dort finden würden.

*Egal, was Laufenberg sagt.*
*Sie ist dort, ich weiß das.*

Wir liefen über den Kiez und klapperten eine Kneipe nach der anderen ab. Wieder zeigten wir Rebeccas Foto herum, teilten uns auf, fragten uns durch. Ich stellte mir vor, was in dem Mädchen vorgegangen war, ich fragte mich, was ich getan hätte, wenn mir zuhause die Decke auf den Kopf gefallen wäre. Wenn ich Streit gehabt hätte mit meinem Vater. Ich wäre

so weit weggelaufen wie möglich, irgendwohin, wo er keinen Einfluss gehabt hätte, wo er sich nicht auskannte.
Und genau das hatte Rebecca auch getan.
Hamburg. Kiez. Kneipe.
*Zum Silbersack.*
Volltreffer.
Ein redseliger Stammgast erkannte sie auf dem Foto.
Ein Freund des Besitzers, ich stieß mit ihm an. Spendierte ihm ein Bier. Bereitwillig gab er Auskunft über das hübsche Mädchen aus dem Osten. Offenherzig plauderte er Dinge aus, die mich nichts angingen.
Sie habe sich in diese Stadt verliebt, sagte er. Nicht wegen eines Mannes käme sie immer wieder hierher, sondern wegen diesem Viertel. Das Kaputte, Verruchte und Verdorbene gefielen ihr. Man freute sich, wenn sie kam und einen Dienst übernahm, Rebecca war hier jederzeit willkommen, die Gäste mochten sie, und der Wirt auch. Sie schlief in einem der Personalzimmer im Hinterhof, war aber wohl im Moment in der Stadt unterwegs.
*Ist ein gutes Mädchen,* sagte er.
*Aber warum willst du das eigentlich alles wissen,* fragte er.
Ich lächelte ihn nur an und verabschiedete mich.
Das lange Warten begann.
Wir saßen im Auto vor der Kneipe.
Redeten. Schwiegen. Küssten uns.
Immer wieder klingelte das Telefon.
Anna.
Insgesamt vierzehn Anrufe in Abwesenheit.
Ich konnte sie nicht länger ignorieren. Musste abheben. Mit ihr reden. Nicht zuletzt auch deshalb, weil Svenja mich dazu zwang.

*Wenn du jetzt nicht abhebst, bin ich weg.*
*Du benimmst dich wie ein Kind, Bronski.*
Sie hatte recht. Recht. Annas Stimme kam aus der Freisprecheinrichtung.
Ich bat sie um Entschuldigung und erklärte ihr, dass ich mit Svenja im Wagen saß. Ich sagte ihr, dass ich sie eingeweiht hatte. Aus dem Bauch heraus entschied ich mich für die Wahrheit.
*Svenja weiß Bescheid*, sagte ich.
*Du kannst offen reden, Anna.*
*Ich habe ihr alles erzählt.*
Anna verstand sofort.
Sie kannte mich.
Kombinierte.
*Klingt, als wärst du glücklich*, sagte sie.
*Gut, dass du endlich wieder unter den Lebenden weilst.*
*Aber jetzt vergiss mal kurz die Liebe und hör mir gut zu.*
*Hier ist nämlich die Kacke am Dampfen, Bronski.*
Ich wollte mich rechtfertigen, doch Anna würgte mich ab.
Sie war aufgeregt, hatte Dinge in Erfahrung gebracht, die sie unbedingt mit mir teilen wollte.
Es brach förmlich aus ihr heraus.
*Das ist jetzt wirklich wichtig, David.*
*Wir lagen völlig falsch.*
*Dieser Drecksack hat uns verarscht.*
*Von Anfang an.*
Anna erzählte mir, was passiert war, während ich mit Svenja im Bett lag. Sie berichtete von Schulte, erzählte mir alles, was der über Laufenberg gesagt hatte. Beschrieb dieses völlig andere Bild, das er von ihm gezeichnet hatte. Sie sprach über Alberts

Alibi für den Mord an seiner Mutter. Sie beschwor mich, sie ernst zu nehmen.

Annas plötzlicher Meinungsumschwung verunsicherte mich.

Konnte ich mich so in Laufenberg getäuscht haben?

Es wollte mir einfach nicht in den Kopf.

Warum wollte er, dass Anna ermittelte, wenn er selbst der Täter war? Warum hatte er mich so nahe an sich herangelassen, wenn er etwas mit der Entführung von Judith zu tun gehabt hatte?

Warum die Exklusivinterviews?

Ich verstand es nicht.

Anna musste sich irren. Ich versuchte sie zu beruhigen.

Doch sie hörte nicht auf, redete weiter auf mich ein.

Sie erzählte mir, dass Schulte bei einem Unfall getötet worden war. Kurz nachdem sie mit ihm gesprochen hatte.

*Das kann kein Zufall sein, David.*

*Er sagte mir, dass damals eine Geburtsurkunde gefälscht worden war. Und dass Albert Laufenberg davon gewusst hat.*

*Du weißt, was das bedeuten könnte.*

*Ich wusste es.*

Anna versuchte mir klarzumachen, dass Judith all die Jahre einfach irgendwo unter einem anderen Namen gelebt hatte.

Sie wollte, dass ich hinsehe.

*Es könnte doch sein,* sagte sie.

*Kann es nicht,* sagte ich.

Ich wehrte mich.

Hielt das Foto von Rebecca in der Hand, das wir überall in St. Pauli herumgezeigt hatten. Ich starrte es an.

Die junge Frau mit ihren traurigen Augen.

Braune Augen.

Kein grünes. Kein blaues.

Laufenbergs Tochter, nicht meine.
Anna musste sich täuschen.
Alles, was sie sagte, war an den Haaren herbeigezogen. Sie hatte auf das völlig unsinnige Geschwätz eines Kriminellen vertraut. Es war unlogisch, was sie da sagte. Was hätte Laufenberg für einen Grund gehabt, mich auf Rebecca anzusetzen? Warum hätte er mich zu ihr führen sollen, wenn es wirklich Judith war, auf die Svenja und ich vor dieser Kneipe in Hamburg warteten.
*Du musst dich irren,* sagte ich.
*Was, wenn nicht,* fragte Anna.
Genau in diesem Moment stieg eine junge Frau von ihrem Fahrrad und kettete es direkt vor uns an eine Straßenlaterne. Es war die Frau auf dem Foto, das ich in der Hand hielt.
*Ich muss jetzt auflegen,* sagte ich.
Dann drückte ich auf den Knopf, und Anna war weg.
Vor uns sahen wir, wie Rebecca Laufenberg eine Packung Zigaretten aus ihrem Rucksack holte und sich eine anzündete. Sie stand fünf Meter von uns entfernt, sie bemerkte uns nicht. Bekam nicht mit, wie ich sie anstarrte. Ihr Gesicht. Ihre Stirn, ihre Haare, ihren Mund. Ich wünschte mir in diesem Moment nichts mehr auf der Welt, als dass Anna recht hätte.
War Mona die Mutter dieser jungen Frau gewesen?
War ich ihr Vater?
Ich wusste, dass es nicht sein konnte.
Aber ich wollte einen Augenblick lang daran glauben.

# ZWEIUNDDREISSIG

## DAVID BRONSKI & REBECCA LAUFENBERG

- Was wollen Sie von mir?
- Es ist wirklich wichtig, dass wir miteinander reden. Nur ein paar Minuten. Bitte setzen Sie sich doch kurz.
- Ich muss arbeiten.
- Meine Kollegin da drüben an der Bar hat mit Ihrem Chef gesprochen. Es ist in Ordnung für ihn, wenn wir uns kurz unterhalten.
- Ich allein entscheide, mit wem ich mich unterhalte. Und auch, wann ich das tue. Also lassen Sie mich bitte in Ruhe.
- Ihr Vater schickt mich. Er will, dass ich Sie wieder nach Hause bringe. Er macht sich Sorgen um Sie.
- Verschwinden Sie, oder ich sorge dafür, dass man Sie hinauswirft. Und richten Sie diesem Schwein aus, dass er mich in Ruhe lassen soll.
- Er sagt, dass Sie völlig durcheinander sind. Zuerst das mit Ihrer Großmutter, dann der Tod Ihrer Mutter. Vielleicht wäre es wirklich besser, wenn Sie jetzt nicht allein sind. Ihr Vater hat Angst, dass Sie sich etwas antun.
- Was hat er? Das soll wohl ein Witz sein, oder? Er schickt Sie tatsächlich, um mir das zu sagen?

- Ja. Ich denke, er braucht Sie jetzt. Und möglicherweise brauchen Sie ihn ja auch. Überlegen Sie es sich. Vielleicht rufen Sie ihn einfach kurz an und sagen ihm, dass es Ihnen gut geht.
- Also gut.
- Sie rufen ihn an?
- Nein. Aber ich werde mich jetzt zu Ihnen setzen und Sie aufklären. Obwohl ich Sie nicht kenne, sage ich Ihnen, dass Sie absolut keine Ahnung von dieser ganzen Scheiße haben. Sie kommen hier an und mischen sich ein, ohne das Geringste zu verstehen. Nicht über ihn. Und nicht über mich.
- Da haben Sie recht.
- Sie machen sich über mich lustig, oder?
- Nein. Ich weiß nur nicht, was ich sagen soll.
- Sie amüsieren sich darüber, dass ich so dumm bin, sofort in die Knie zu gehen, wenn ich nur seinen Namen höre. Er schickt einen seiner Laufburschen, und ich knicke ein. Wahrscheinlich will er, dass ich auf dem Begräbnis die traurige Tochter gebe, oder? Ist doch so, oder? Deshalb sind Sie hier, Sie sollen mich zurückholen, damit ich am Grab meiner Mutter die trauernde Tochter spiele.
- Sie müssen nicht zurück, wenn Sie das nicht wollen.
- Aber er bezahlt Sie doch dafür, mich wieder einzufangen und zurück in den Stall zu bringen. Ist doch so.
- Er bezahlt mich nicht. Ich arbeite nicht für Ihren Vater.
- Was denn dann?
- Ursprünglich wollte ich ihm nur einen Gefallen tun.
- Und jetzt?
- Es ist alles viel komplizierter, als Sie denken?

- Keine Ahnung, wovon Sie reden. Aber sicher hat er Ihnen von seiner heilen Welt erzählt, oder? Er hat Sie glauben lassen, dass ihm seine beschissene Familie wichtig ist. Dass ich ihm wichtig bin.
- Sind Sie das nicht?
- Nein. Diese heile Familie, von der er spricht, gibt es nämlich nicht. Alles nur Fassade. Der Schlossherr ist ein Lügner.
- Und Ihre Mutter?
- Ist tot. Es gibt für mich keinen Grund mehr zu bleiben.
- Was denken Sie, warum sie sich umgebracht hat?
- Ich glaube nicht daran, dass sie sich umgebracht hat.
- Wie meinen Sie das?
- So, wie ich es sage. Ich hätte es gespürt, wenn sie so etwas hätte tun wollen. Sie hätte es nicht vor mir verbergen können.
- Man kann leider nicht in einen Menschen hineinschauen. Wer weiß, was Ihre Mutter mit sich herumgeschleppt hat. Was sie belastet oder vor Ihnen verborgen hat.
- Kurz bevor es passiert ist, habe ich noch mit ihr telefoniert. Ich wollte wissen, wann sie nach Hause kommt. Sie sagte, dass er darauf bestanden hat, dass sie noch in Tirol bleibt.
- Warum?
- Weiß ich nicht. Ich weiß nur, dass sie sich an dem Nachmittag, an dem sie sich angeblich umgebracht hat, noch im Hotel-Spa massieren lassen wollte. Sie hat davon geschwärmt. Wie toll sie den Masseur fand. Wie gut ihr das getan hat.
- War Ihre Mutter depressiv?
- Nein.
- Hat sie sonst noch etwas gesagt?

- Sie war irgendwie aufgekratzt. Sie hat gesagt, dass sie mit mir reden will, dass sie mir irgendetwas Wichtiges zu sagen hat.
- Sie haben keine Ahnung, worum es ging?
- Nein. Und jetzt lassen Sie mich bitte in Ruhe. Ich bin fertig mit meinem Vater.
- Es gibt da aber einige Dinge, die Sie noch nicht wissen.
- Hören Sie auf damit. Ich will einfach nur meine Ruhe. Endlich abschließen. Deshalb werde ich jetzt aufstehen und weiterarbeiten. Sagen Sie ihm, dass ich ihn nie wiedersehen will.
- Bitte bleiben Sie noch einen Augenblick.
- Lassen Sie es gut sein.
- Sie sind vielleicht die Einzige, die mir helfen kann.
- Wobei?
- Ich suche meine Tochter. Seit einundzwanzig Jahren schon.
- Und was geht mich das an?
- Ihre Großmutter, Ihre Mutter, und wahrscheinlich auch Ihr Vater waren 1999 in die Entführung von ihr verwickelt. Es schaut so aus, als wäre es Ihre Familie gewesen, die mir und meiner Frau das angetan hat.
- Was reden Sie denn da?
- Unser Baby war damals vier Monate alt. Man hat es uns einfach weggenommen. Gestohlen. Unser Kind.
- Drehen Sie jetzt durch?
- Alle haben damals geglaubt, unser Mädchen sei tot. Aber wir haben nie aufgehört zu hoffen. Mona und ich haben uns nichts mehr gewünscht im Leben, als dass wir sie irgendwann wiederfinden.

- Mona?
- Ja.
- Mona ist Ihre Frau?
- Sie war es. Irgendwann konnte sie nicht mehr. Sie ist in Berlin von einem Hochhaus gesprungen.
- Haben Sie ein Foto von ihr dabei?
- Ja.
- Zeigen Sie es mir.
- Gerne. Warten Sie. Hier.
- Das ist Mona?
- Ja.
- Ich bin ihr schon einmal begegnet.
- Wie meinen Sie das?
- Es war vor sechs oder sieben Jahren. In einem Theater in Berlin. Hamlet wurde gespielt. Ich war mit meiner Schulklasse da. Eine Woche Hauptstadt. War gut, mal aus Leipzig rauszukommen. Wir haben dort noch etwas getrunken nach der Vorstellung.
- Meine Frau hat in der Schaubühne als Kellnerin gearbeitet.
- Sie hat mich angesprochen.
- Warum sollte sie das gemacht haben?
- Ich habe es damals auch nicht verstanden. Ich dachte, sie ist betrunken. Oder verrückt. Erst heute macht das alles irgendwie Sinn.
- Was macht Sinn? Was ist passiert damals?
- Zuerst hat sie mich lange nur angestarrt.
- Und dann?
- Hat sie mich umarmt. Und mir etwas ins Ohr geflüstert. Ich kann mich noch genau daran erinnern. Unheimlich war das.

– Was hat sie gesagt?
– Dass ich ihre Tochter bin.
– Was?
– *Ich bin deine Mama*, hat sie gesagt. Ich war mir sicher, dass sie psychisch krank war. Sich mit Gewalt an jemanden erinnern wollte. Irgendwie hat sie mir leidgetan, deshalb ließ ich es auch über mich ergehen.
– Wann genau war das?
– Lassen Sie mich nachdenken. Herbst 2015, denke ich. Aber ich kann gerne noch mal nachsehen.
– Müssen Sie nicht. Ich erinnere mich daran. Mona hat es mir erzählt. Dass sie jemanden getroffen hat. Jemanden, bei dem sie das Gefühl hatte, es könnte Judith gewesen sein. Ich habe sie aber nicht ernst genommen.
– Ganz schön spooky, was hier gerade abgeht.
– Sie war sich so sicher. Dass sie unsere Tochter endlich gefunden hat. Ein Mädchen aus Ostdeutschland, hat sie gesagt. Ich erinnere mich, dass sie sogar mit Ihrem Lehrer gesprochen hat, sie hat herausgefunden, um welche Schule es sich handelte. Mona wollte, dass ich mit ihr dorthin fahre. Was ich aber leider nicht getan habe.
– Was hat das alles zu bedeuten?
– Es könnte sein, dass meine Frau richtig lag.
– Moment mal. Was reden Sie denn da?
– Es könnte sein, dass Ihr Vater es irgendwie möglich gemacht hat. Ihre Geburtsurkunde rückdatiert hat. Er hat alles so aussehen lassen, als wären Sie ein knappes Jahr älter als Judith.
– Judith?
– So hieß unsere Tochter.
– Wollen Sie mir jetzt sagen, dass Sie mein Vater sind?

- Nichts auf der Welt würde ich lieber tun.
- Ihnen ist klar, dass das hier völlig abartig ist.
- Ja, das ist es. Aber das Unglaubliche ist, dass alles wirklich so passiert sein könnte. Ihre Mutter könnte die Schwangerschaft vorgetäuscht haben. Sie war eine schlanke Frau, bis zum fünften oder sechsten Monat hätte man ohnehin nicht viel gesehen, danach hat sie ihren Bauch einfach ausgepolstert. Bis zur vermeintlichen Geburt hat sie das gestohlene Baby irgendwo untergebracht. Dann hat sie offiziell entbunden und sich ein paar Monate lang in dem verdammten Schloss zurückgezogen. So lange, bis niemand mehr sagen konnte, wie alt das Baby wirklich war.
- Sie sind völlig verrückt.
- Das einzige Problem bei dieser Theorie sind leider Ihre Augen.
- Was ist mit meinen Augen?
- Sie haben die falsche Farbe. Die Augen meiner Tochter waren nicht braun. Dass ich Judith endlich gefunden habe, bleibt also ein Traum.
- Welche Farbe hatten die Augen Ihrer Tochter?
- Das klingt jetzt vielleicht seltsam, aber es war ein kleines Wunder der Natur. Kommt selten vor, aber doch.
- Es waren zwei Farben, richtig?
- Stimmt. Aber woher wissen Sie das?
- Ein grünes und ein blaues Auge.
- Ja, aber. Um Himmels willen. Was machen Sie denn da?
- Ihre Frau hatte wohl recht.
- Womit?
- Damit.

## DREIUNDDREISSIG

Innerhalb von Sekunden veränderte sich alles.
Allein vom Zusehen bekam Svenja Gänsehaut. Hätte sie live darüber berichten müssen, so wie es die Online-Kollegen vom Sport bei Großevents taten, ihr hätten die Worte gefehlt.
Rebecca holte die Linsen aus ihren Augen.
Bronski wurde blass.
Jemand warf eine Münze in die Jukebox.
Svenja hatte von der Bar aus zugesehen, wie sich die beiden unterhielten. An Rebeccas Körperhaltung las sie ab, wie sich das Gespräch entwickelte. Anfangs wehrte sich Rebecca, sie versuchte es zu beenden, aber langsam begann sie sich zu öffnen. Ihre Mimik und ihre Gesten verrieten, dass sie neugierig war, dass sie wissen wollte, warum Bronski in der Kneipe aufgetaucht war. Sie näherten sich an.
Vorsichtig. Behutsam.
Bronski hatte Sie gebeten, allein mit Rebecca reden zu dürfen. Er wollte sie nicht verschrecken, ihr keine Angst machen. Sie sollte sich vorerst nur um den Wirt kümmern, ihm irgendeine Geschichte erzählen, damit er Rebecca kurz in Ruhe mit Bronski reden ließ.

Svenja hielt sich zurück. Die Geschichte, dass Rebecca Bronskis Tochter sein könnte, glaubte sie nicht.

Doch sie irrte sich.

Bronskis Mund stand weit offen.

Genauso wie Rebeccas Augen geweitet waren.

Zwanzig Sekunden lang.

Alles war irgendwie in der Schwebe.

Svenja beobachtete. Staunte.

Verfolgte diesen unglaublichen Moment.

Und sah in den Augenwinkeln, wie dieser Mann den Raum betrat. Wie er sich gelassen Richtung Bar bewegte. Sich umschaute. Und Bronski bemerkte, der kurz seinen Blick von Rebecca abgewandt hatte.

Die beiden Männer schauten sich an.

*Kurt,* schrie Bronski.

Panisch drehte der Fremde sich um. Wollte die Kneipe so schnell wie möglich verlassen. Er rammte die Kellnerin. Das Tablett fiel zu Boden. Kurt taumelte. Und lief los.

Bronskis Kollege von früher.

Der Obdachlose, der eingebrochen war.

Bronski hatte Svenja von ihm erzählt.

Von Kurts Anruf damals. Von dem Tipp, den Bronski bekommen hatte. Svenja begriff sofort, warum Bronski noch blasser wurde, als er es ohnehin schon war. Ihm waren zwei Gespenster erschienen. Innerhalb von dreißig Sekunden waren zwei unmögliche Dinge passiert. Rebecca hatte sich in Judith verwandelt. Und der Mann war aufgetaucht, der ihn nach Tirol geholt und ihn in die Wohnung der Toten gelockt hatte. Zu viel Information war es für einen Moment.

Bronski brüllte.

*Bleib stehen.*
*Warte.*
*Kurt.*
Alkoholkrank. Spielsüchtig. Verwahrlost.
So hatte Bronski ihn beschrieben. Ein Mann am Ende.
Davon konnte nun keine Rede mehr sein. Kurt trug einen karierten Anzug. Eine protzige Goldkette hing um seinen Hals, er wäre sofort als Zuhälter durchgegangen, der kurz bevor er seine Mädchen abkassierte, im Silbersack noch auf ein Astra vorbeischaute. Da war keine Spur von Obdachlosigkeit. Von Verwahrlosung. Wenn er getrunken hatte, sah man es ihm nicht an.
Er wankte nicht, im Gegenteil, er rannte.
Bronski war jetzt aufgesprungen.
Rebecca Laufenberg schaute ihm nach.
Mit einem blauen und mit einem grünen Auge.
*Wo wollen Sie hin,* rief sie.
Es konnte kein Zufall sein, dass dieser Penner in Hamburg aufgetaucht war. Genau in dieser Kneipe. Hunderte Kilometer von dort, wo er eigentlich sein sollte. *Irgendetwas war da faul,* hatte Anna gesagt. Und sie hatte recht gehabt. Wie immer.
Das alles stank zum Himmel.
Bronski stürzte hinaus auf die Straße. Svenja folgte ihm. Außer Atem liefen sie diesem verlogenen Drecksack hinterher. Rannten durch frequentierte Gassen und verlassene Hinterhöfe, sie waren ganz dicht an ihm dran. Hin und her, quer durch St. Pauli ging es. Immer wieder wollte Bronski ihn mit Worten zwingen, stehen zu bleiben. Kurz sah es auch tatsächlich so aus, als würden sie ihn einholen, doch plötzlich war Kurt verschwunden.

Sie drehten sich in alle Richtungen, liefen die Straßen auf und ab. Aber sie fanden ihn nicht.
Bronski schüttelte den Kopf.
Svenja fluchte.
Sie schaute zu, wie Bronski frustriert und wütend auf eine Hauswand einschlug. Er schien zu begreifen, was das alles bedeutete. Svenja zählte eins und eins zusammen, während Bronski sich abreagierte. Alles war geplant gewesen.
Dass er Bronski angerufen und ihn in diese Wohnung gelockt hatte. Wahrscheinlich hatte Kurt auch das Babyfoto dort deponiert.
Er hatte ihn und Anna auf Judiths Spur gesetzt.
Kurt war ein Arschloch.
Ein Arschloch, das von jemandem beauftragt worden war.
Albert Laufenberg.
Aber warum?
Bronski schlug sich ins Gesicht.
Svenja musste ihn davon abhalten, sich wehzutun. Sie versuchte ihn zu beruhigen, doch er war nicht zu stoppen. Während sie zurück zum Silbersack gingen, erklärte er ihr, wie naiv er gewesen war. Wie sehr er sich hasste dafür, dass er Laufenberg vertraut hatte. Dass er ihn sogar zu sich nach Hause eingeladen hatte. Mit ihm getrunken und ihm seine Arbeiten gezeigt hatte.
*Ich bin ein Idiot*, sagte er.
*Bist du nicht,* erwiderte Svenja.
Sie stoppte ihn. Brachte ihn dazu, seine Wut nicht mehr gegen sich selbst zu richten. Svenja legte ihm ihren Zeigefinger auf den Mund. Nahm ihn in den Arm. Flüsterte.
*Alles ist gut, David.*

*Deine Tochter wartet auf dich.*
Svenja erinnerte ihn daran, dass die Welt sich gedreht hatte. Dass im Silbersack eine junge Frau auf ihn wartete, die mit großer Wahrscheinlichkeit seine Tochter war. Sie machte ihm klar, dass das Wunder, auf das er so lange gewartet hatte, passiert war.
Rebecca.
Judith.
Svenja konnte sich nicht im entferntesten vorstellen, was das für Bronski bedeuten mochte. Wahrscheinlich hatte er es noch gar nicht richtig begriffen. Er war einfach davongelaufen, hatte die Bar verlassen, den Moment des Wiedersehens unterbrochen, ihn aufgeschoben.
Bronski zögerte.
*Ich weiß nicht, ob ich das kann,* sagte er.
*Ich habe Angst, Svenja.*
*Was soll ich ihr sagen?*
*Wir sind uns doch völlig fremd.*
*Was ist, wenn wir uns nicht verstehen.*
Svenja küsste ihn auf die Stirn.
*Du schaffst das schon,* sagte sie.
Svenja nahm seine Hand und zog ihn zurück zur Kneipe.
Sie wollte, dass er aufhörte, nachzudenken, dass er das Geschenk einfach annahm, das ihm das Schicksal an diesem Abend machte.
Doch der Tisch, an dem sie gesessen hatten, war leer.
Von einem Moment zum anderen war alles wieder so, wie es einundzwanzig Jahre lang gewesen war.
Judith war nicht mehr da.

# VIERUNDDREISSIG

## SVENJA SPIELMANN & DAVID BRONSKI

- Wir wissen, dass sie vor der Kneipe geraucht hat. Ein Gast, der neben ihr stand, hat alles beobachtet. Ein Kerl im karierten Anzug kam angelaufen und hat sie an den Haaren die Straße entlang gezerrt.
- Warum hat ihr niemand geholfen?
- Keiner dachte sich etwas dabei. Es war eine Alltagsszene am Kiez. Ein Zuhälter sammelt sein Mädchen ein.
- Kurt.
- Tut mir so leid für dich, David. Ich hätte es dir wirklich gewünscht, dass der Alptraum endlich ein Ende hat.
- Mir ist schlecht.
- Brauchst du was? Kann dir eine Tablette geben.
- Dagegen hilft nichts, glaub mir.
- Hast du Anna angerufen?
- Ja. Sie ist ebenso fassungslos wie wir.
- Diese Story ist wirklich völlig verrückt.
- Story? Das ist keine beschissene Geschichte, Svenja. Das ist die Wirklichkeit. Verdammt, wo ist sie?
- Wir werden sie finden. Mach dir keine Sorgen, es geht ihr bestimmt gut. Bald wirst du sie wiedersehen.

- Sie war die ganze Zeit über da. In Leipzig. Ist dort aufgewachsen. Hat in einem verfickten Schloss gewohnt. Mit einem Psychopathen als Vater. Ich schwöre dir, wenn ich ihn in die Hände kriege, garantiere ich für nichts. Das überlebt er nicht. Genauso wenig wie Kurt.
- Bleib ruhig, Bronski. Wir müssen jetzt nachdenken, herausfinden, wie das alles zusammenhängt. Warum Laufenberg das gemacht hat. Es ergibt immer noch keinen Sinn für mich. Warum er dich gebeten hat, nach Rebecca zu suchen.
- Judith.
- Natürlich. Aber warum hat er das gemacht? Warum gibt er sie dir zurück? Und nimmt sie dir dann sofort wieder weg? Was will er? Und welche Rolle spielt dieser Kurt?
- Wir fahren jetzt nach Leipzig und prügeln es aus Laufenberg heraus.
- Das mit dem Prügeln ist keine gute Idee, das mit Leipzig schon. Regina ist zwar begeistert von unserer Homestory, aber sie macht Druck. Wenn wir beide unseren Job nicht verlieren wollen, dann sollten wir morgen die perfekte Geschichte von der Beerdigung abliefern. Sie wird viel Platz für die Geschichte frei machen, wir sollten sie nicht enttäuschen.
- Ich soll zu diesem Begräbnis gehen? Am Grab der Menschen stehen, die mir das angetan haben? Vielleicht soll ich ihm sogar noch mein Beileid aussprechen und Betroffenheit vorgaukeln?
- Du sollst nur Fotos machen.
- Laufenberg hat Glück, wenn ich nicht in das Grab der beiden pisse.

- Du musst dich zusammenreißen, Bronski. Wir werden nicht auffallen. Wir bringen zuerst die Beerdigung hinter uns, danach bringen wir Laufenberg zum Reden.
- Ich will wissen, wo dieser Wichser meine Tochter hingebracht hat.
- Vielleicht ist sie ja dort. Wäre doch möglich, dass er sie von Kurt hat nach Hause bringen lassen. Er hat einfach noch jemanden damit beauftragt, sie zu suchen. Und Kurt war schneller.
- Unsinn.
- Könnte aber doch sein, dass Laufenberg unbedingt mit beiden Töchtern am Grab stehen will. Das ist es doch, was er in der Öffentlichkeit transportieren will. Er trauert. Zeigt Bilder der heilen Familie. Kommt nicht gut, wenn nur eine Tochter an den Start geht.
- Die heile Familie gibt es nicht mehr. Zwischen den beiden ist es aus. Keine Ahnung, was da vorgefallen ist, aber Judith hasst ihn. Sie war so wütend, als sie über ihn gesprochen hat. Hilflos irgendwie. Ohnmächtig.
- Sie wird dir alles erzählen, David. Ihr werdet noch viel Zeit haben, das alles zu besprechen. Aber vorher erledigen wir unseren Job.
- Okay. Du hast recht. Vielleicht ist sie ja wirklich da, und das Problem löst sich von allein.
- Ich wünsche es dir. Muss sich krass anfühlen, dass du sie nach so langer Zeit wiedergefunden hast.
- Das tut es, ja. Ich begreife es immer noch nicht.
- Sag mir, wenn ich etwas für dich tun kann.
- Ich würde sie so gerne in den Arm nehmen.
- Das wirst du.

- Was ist, wenn er ihr etwas antut?
- Das wird nicht passieren. So weit wird es nicht kommen.
- Ich weiß, dass du es gut meinst, Svenja. Aber uns ist mittlerweile beiden klar, dass dieser Typ ein verlogener Psychopath ist. Er hat das alles für uns inszeniert.
- Wozu?
- Es hat mit dem Mord an seiner Mutter zu tun. Da bin ich mir sicher. Anna sagt, er erbt jetzt alles. Bisher war er nur Geschäftsführer. Da Zita aber immer noch nicht für tot erklärt worden war, hatte er keinen Zugriff auf das Vermögen. Er hat all die Immobilien zwar verwaltet, aber sie gehörten ihm nicht. Vielleicht brauchte er ja dringend Geld, deshalb musste endlich die Leiche gefunden werden.
- Dazu hätte er definitiv wissen müssen, wo die Leiche war.
- Das hat er, Svenja. Darauf wette ich. Ansonsten macht das mit Kurt und mir keinen Sinn. Sein Auftauchen hier. Was er mit Judith gemacht hat.
- Und da sind wir schon wieder genau am Punkt. Es sind immer dieselben Fragen, die am Ende unbeantwortet bleiben. Warum sollte Laufenberg wollen, dass du hinter sein Geheimnis kommst? Warum klärt er dich auf und bringt sich damit selbst in Gefahr? Das ergibt doch keinen Sinn.
- Ich weiß. Am Ende gibt es eine ganz einfache Erklärung für sein Verhalten. Und wir werden herausfinden, welche das ist. Warum nicht gleich jetzt, wir könnten direkt zu ihm fahren.
- Er wird uns um diese Uhrzeit kaum empfangen. Bis wir in Leipzig sind, ist es nach Mitternacht. Es ist wirklich klüger, wenn wir bis morgen warten. Sobald die Beerdigung vorbei ist, schnappen wir ihn uns. In der Öffentlichkeit kann

er sich uns nicht entziehen. Er muss mit uns reden, wenn er nicht will, dass ich die Reportage über das Begräbnis mit ein paar Spekulationen würze. Gerüchte über eine mögliche Beteiligung seinerseits am Mord an seiner Mutter.
- Das könnte funktionieren.
- Aber?
- Was ist, wenn Judith noch hier in Hamburg ist und Hilfe braucht?
- Diese Stadt ist groß. Sie könnte überall sein, ohne Laufenberg haben wir keine Chance, sie zu finden.
- Er will also, dass wir angekrochen kommen.
- Schaut so aus.
- Von mir aus. Aber ich kann dir nicht versprechen, ob es mir gelingt, mich zurückzuhalten.
- Komm her. Lass dich umarmen.
- Nein.
- Warum nicht?
- Ich kann das jetzt nicht.
- Wegen Mona?
- Vielleicht.
- Du wirst dein schlechtes Gewissen nicht los, oder?
- Nein.
- Ich verstehe das, David. Du kannst dir Zeit lassen, so viel du willst. Ich verspreche dir, ich werde nicht davonlaufen.
- Danke, Svenja. Aber das schlechte Gewissen habe ich nicht wegen dir. Es geht um mich. Ich war nicht für sie da, als sie mich gebraucht hat. Ich habe sie nicht ernst genommen, wollte ihr nicht glauben. Eine Woche später hat sie sich umgebracht.
- Klingt nicht gut.

- Wenn ich ihr vertraut hätte, wäre sie vielleicht nicht gesprungen.
- Das kannst du nicht wissen. Wenn jemand wirklich Suizid begehen will, dann schafft er das auch. Du hättest nichts tun können, um es zu verhindern.
- Was, wenn doch?
- Solche Gedanken solltest du dir nicht machen. So sehr du es auch möchtest, du wirst nicht mehr erfahren, was damals in ihr vorging. Was sie gedacht hat. Warum sie es getan hat. Konzentriere dich lieber auf die Zukunft, anstatt in der Vergangenheit herumzustochern.
- Das versuche ich seit sechs Jahren. Aber irgendwie will mir das nicht gelingen. Ich kann das einfach nicht, Svenja.
- Verstehe. Du bist noch nicht bereit für etwas Neues. Trotzdem musst du das mit uns beiden nicht beenden. Nicht bevor, wir es miteinander versucht haben.
- Du gibst nicht auf, oder?
- Nein. Mich wirst du so schnell nicht wieder los. Ich ziehe das mit dir durch. Und anschließend werden wir dort weitermachen, wo wir aufgehört haben. War nämlich schön mit dir. Sehr sogar.
- Du glaubst wirklich, dass wir das schaffen?
- Wir haben keine andere Wahl, Bronski.

# FÜNFUNDDREISSIG

Ich erinnerte mich an jedes Detail.
An alles, was Mona damals gesagt und getan hatte. Es hatte mich aufgewühlt, alte Wunden wurden wieder aufgerissen.
Mona war so aufgeregt gewesen, beinahe manisch.
Sie war von der Arbeit nach Hause gekommen und hatte auf mich eingeredet. Mir von dieser Schülergruppe aus Leipzig erzählt, vielleicht fünfzehn oder zwanzig Jugendliche, zwei Lehrer. Sie hatte sie nicht weiter beachtet. Dann aber stolperte sie. Fiel hin. Zum Glück hatte sie gerade keine Getränke serviert, nichts war passiert, nur ihr Schienbein war gegen die Tischkante geschlagen.
Eine junge Frau half ihr auf.
Hilfsbereit und freundlich nahm sie Monas Hand und zog sie hoch. Mit besorgtem Blick fragte sie, ob alles in Ordnung sei.
*Danke,* hatte Mona gesagt.
*Alles gut. Nichts passiert.*
Mona hatte jeden Augenblick dieser Begegnung nachgezeichnet.
Ihre Augen leuchteten. Sie wollte es mit mir teilen.
Dieses Gefühl, das sie hatte.

*Wir haben uns angelächelt,* hatte sie gesagt.
*Vielleicht zehn Sekunden waren es.*
Für Mona hatte es sich wohl angefühlt wie eine Ewigkeit.
Sie starrte in dieses Gesicht und fragte sich, wie das sein konnte. Völlig fremd war ihr das Mädchen gewesen, trotzdem spürte sie eine Nähe zu ihr. Es war eine Verbundenheit, die wehtat. In den ersten zwei oder drei Sekunden war es nur so eine Ahnung gewesen, nach sechs Sekunden war es Gewissheit. Nach acht Sekunden gab es kein Zurück mehr.
Mona war sich sicher.
Deshalb zog sie die junge Frau zu sich heran.
Und flüsterte in ihr Ohr.
*Ich bin deine Mama.*
Dann ließ sie die junge Frau wieder los.
Als sie es mir später erzählte, fragte ich sie, ob sie verrückt geworden sei. Im ersten Moment dachte ich sogar, dass sie sich über mich lustig machen wollte. Doch Mona meinte es ernst. Sie erzählte mir, dass sie wieder an die Arbeit gegangen war. So getan hätte, als wäre nichts passiert. Erst eine Stunde später verwickelte sie einen Lehrer in ein Gespräch, der zur Toilette ging. Sie fand heraus, auf welche Schule das Mädchen ging, in welcher Stadt sie lebte. Sogar ihren Namen brachte sie in Erfahrung. Still und heimlich beobachtete Mona die Gruppe, sie verlor sich in diesem Gesicht.
Sie war überzeugt, dass es Judith war.
Dass die Augenfarbe nicht stimmte, übersah sie.
Voller Freude schwärmte sie von diesem magischen Moment, sie bestand darauf, dass ich ihrem Instinkt vertrauen sollte. Von der Verbindung zwischen einer Mutter und ihrem Kind sprach sie. Egal wie viel Zeit vergangen war, seit sie Judith zum

letzten Mal im Arm gehalten hatte, das Band zwischen ihnen war gespannt. Mona war überzeugt davon, dass sie unser Kind wiedergefunden hatte.
Ich hatte damals nur den Kopf geschüttelt.
Ich liebte sie, ich glaubte ihr aber nicht.
Ich konnte nur die verzweifelte Mutter sehen, die sich Hirngespinsten hingab. Mona blieb mit ihren Gefühlen allein. Nach all den Jahren war ich müde, ich konnte nicht mehr, Monas Depression begleitete uns ständig, sie hatte uns beiden alle Kraft geraubt.
*Du bildest dir das nur ein,* sagte ich.
Mona wehrte sich.
*Nein, David.*
*Sie ist es.*
*Unsere Tochter, verdammt.*
Ich habe sie in den Arm genommen. Alles getan, was ich konnte, um sie zu beruhigen. Ich wollte, dass sie still ist. Mona sollte nichts mehr sagen. Nicht mehr über diese Frau im Café reden. Ich versuchte ihr klarzumachen, dass sie sich irrte. Sich verrannte. Mit letzter Kraft wollte ich unsere Beziehung retten.
*Bitte tu uns das nicht an, Mona.*
*Das macht uns kaputt.*
*Bitte hör auf.*
Für einen Moment brachte ich sie dazu, still zu sein.
Ich dachte, dass sie sich wieder beruhigt hatte, doch Mona ignorierte mich. Sie meldete sich krank und fuhr nach Leipzig. Wie besessen war sie, drei Tage lang wartete sie vor der Schule der jungen Frau, verfolgte sie durch die Stadt. Sie begleitete sie ungesehen bis nach Hause, verbrachte Stunden damit, zu klin-

geln und vor dem Haus zu warten. Am dritten Tag ließ man sie mit Gewalt entfernen. Security. Man legte ihr nahe, nicht wiederzukommen.
Mona fuhr nach Hause und weinte sich aus bei mir.
*Ich täusche mich nicht,* sagte sie.
Ich verzweifelte.
Flehte sie an, damit aufzuhören, fremde Leute zu belästigen.
Ich riet ihr, wieder ihre Tabletten zu nehmen.
Rang ihr ein Versprechen ab.
Ich hatte sie allein gelassen.
Wenig später sprang sie.

## SECHSUNDDREISSIG

MONA BRONSKI & DAVID BRONSKI

- *Every step I take, every move I make / I'll Be Missing You.*
- Das ist Puff Daddy, oder? Gemeinsam mit Faith Evans. Nummer eins der Hitparade.
- Nicht quatschen. Singen, Bronski.
- Keine gute Idee. Du machst das wesentlich besser als ich.
- Komm schon, Geliebter.
- Ich kann das nicht, Mona.
- Wenn du nicht mit mir singst, werde ich nie wieder mit dir schlafen.
- Ernsthaft?
- Schaue ich so aus, als würde ich scherzen?
- Du schaust atemberaubend aus.
- Aber?
- Dieses Lied. Es ist wunderschön, aber es macht mich traurig.
- Warum?
- Hast du mal auf den Text gehört? Einer stirbt, und der andere vermisst ihn. Bei jeder Bewegung, bei jedem Schritt. Das muss verdammt wehtun. Ich will dich nicht vermissen, Mona.

– Verstehe.
– Ich würde durchdrehen, wenn dir etwas passieren würde. Das würde ich nicht überleben, Mona.
– Doch, das würdest du.
– Da bin ich mir nicht so sicher, du bist alles, was ich habe.
– Das stimmt so nicht. Ab jetzt sind wir nämlich zu dritt.
– Wie meinst du das?
– So, wie ich es sage. Ab sofort musst du dich nicht nur um mich kümmern, sondern auch um dieses kleine Wesen in meinem Bauch.
– Nein.
– Doch, Bronski. Das wilde Leben ist jetzt vorbei, in ein paar Monaten heißt es Windeln wechseln und Kinderwagen schieben.
– Du bist schwanger?
– Schaut so aus, mein Lieber.
– Wahnsinn.
– Du strahlst. Freust dich also?
– Ja, verdammt noch mal, ich freu mich. Sehr sogar. Ein Baby. Wir beide. Komm her, Mona. Lass dich umarmen.
– Kann es selbst noch nicht glauben. Hab eben den Test gemacht.
– Kann man sich auf den verlassen?
– Ich habe drei gemacht. Ist nämlich ziemlich krass, das Ganze. Mutter werden. Das hatte ich eigentlich noch nicht auf dem Schirm.
– Wir schaffen das, Mona.
– Ich weiß nicht, ob ich die Kraft dazu habe. Ob ich das kann.
– Natürlich kannst du das. Gemeinsam bekommen wir das hin.

– Ein Kind großziehen. Wie soll das gehen? Verantwortung übernehmen, ich weiß gar nicht, ob ich das überhaupt will, David.
– Was redest du denn da? Natürlich willst du das. Still und heimlich haben wir uns das doch immer gewünscht.
– Aber ich dachte nicht, dass es so schnell gehen wird. Ich dachte, ich kann mich noch ein bisschen darauf vorbereiten.
– Du hast neun Monate Zeit dafür.
– Nur noch sieben, du Schlauberger. Außerdem habe ich das nicht so gemeint. Ich habe von Jahren gesprochen, nicht von Monaten.
– Verzeih.
– Ich weiß nicht, ob ich schon so weit bin.
– Ich verstehe dich, Mona.
– Tust du das?
– Ja. Ist auch für mich schwer vorstellbar, wie sich unser Leben verändern wird. Trotzdem freue ich mich.
– Ich habe Angst davor, David.
– Ich auch. Aber ich wünsche mir nichts mehr als eine Familie mit dir. Dafür würde ich sogar noch mit dem Singen anfangen. Wobei das für unser kleines Mädchen bestimmt nicht gut wäre.
– Unser kleines Mädchen?
– Ja. Sieht man doch an deinem entzückenden Bäuchlein, dass da kein ungezogener Junge wie ich drin sein kann.
– Da ist was dran. Ich bin auch für ein Mädchen. Aber nur, wenn ich den Namen aussuchen kann.
– Wie soll die Süße denn heißen?
– Judith.

- Das ist ein schöner Name.
- Findest du?
- Ist bereits beschlossene Sache. Von mir aus können wir gleich in den Laden laufen und ein paar hübsche Kleidchen kaufen. Außerdem müssen wir uns um einen Kindergartenplatz kümmern und einen Termin für den Geburtsvorbereitungskurs machen.
- Optimal. Kann ja eigentlich nichts mehr schiefgehen.
- Stimmt. Bleibt nur noch die Sache mit dem Singen.
- Du sagst es, Bronski.
- Ich kann es ja mal versuchen.
- Braver Junge. Dafür lieb ich dich.
- Ich dich auch, Mona.
- Na dann, vermiss mich mal.
- I try.
- *Every step I take, every move I make…*
- *I'll be missing you.*
- *What a life to take, what a bond to break…*
- *I'll be missing you.*

## SIEBENUNDDREISSIG

Anna wusste, dass Bronski in jeder Sekunde an sie dachte. An Judith. An Mona. Jeder Tropfen, der vom Himmel fiel, war ein Gedanke an sie. Sie sah es in seinem Gesicht. Seine Wut, die Verzweiflung, es bereitete ihm sichtlich Mühe, sich zurückzuhalten.
Anna stand neben Weichenberger im Regen.
Sie schaute zu, wie die beiden Särge von vier schwarz gekleideten Männern in das Familiengrab der Laufenbergs hinuntergelassen wurden.
Zuerst Zita. Dann Margit.
Überall standen Menschen unter Regenschirmen, Hunderte waren es, Freunde, Geschäftspartner, Schaulustige, Reporter, Kameraleute und Fotografen. Bronski und Svenja mitten unter ihnen. Sie dokumentierten das tragische Ende einer Familiengeschichte, sie hielten fest, wie Albert und Sophie nebeneinander am Grab standen und weinten. Tränen mischten sich mit Regentropfen, rannen ihren Wangen entlang. Offen gelebte Trauer, ein Vater und seine Tochter. Gefasst schüttelten sie unzählige Hände, nahmen Beileidsbekundungen entgegen. Das Finale einer großen Inszenierung war es.

*Er macht das richtig gut,* flüsterte Anna.

Weichenberger nickte nur. Er schien zu verbergen, was er dachte, vergeblich hatte Anna versucht zu erfahren, was er wusste. Er hatte nur Andeutungen gemacht, seltsame Fragen über David gestellt. Auch über Schultes Tod hatte er nicht viele Worte verloren. Äußerte sich nicht zu dem, was Anna über Laufenberg in Erfahrung gebracht hatte.

*Der Mann spielt uns allen etwas vor,* hatte sie gesagt.

*Kann sein,* hatte Weichenberger geantwortet. *Muss aber nicht.*

Es kam Anna so vor, als wollte er gar nicht hören, was sie ihm erzählte, als hätte er seine Meinung schon gefasst, als wüsste er bereits, was er wissen wollte. Obwohl sie sich in Tirol so prächtig verstanden hatten, führte jetzt kein Weg mehr zu ihm. Wortkarg stand er da und beobachtete.

*Ich interessiere mich nur für die Fakten,* sagte er.

Von den Theorien, die der tote Biker gesponnen hatte, wollte Weichenberger nichts hören. Dass es sich wohl nur um Vermutungen handle, sagte er und wischte alles vom Tisch, bevor Anna überhaupt auf den Punkt kommen konnte. So sehr sie es auch versuchte, ihn wieder auf ihre Seite zu ziehen, sie scheiterte. Da war nichts Kollegiales mehr, nichts Gemeinsames.

*Ich dachte, wir sind auf einer Wellenlänge,* sagte sie.

*Vielleicht haben Sie sich ja geirrt,* sagte er.

Anna war besorgt.

Sie verstand es nicht. Wie er das alles ignorieren konnte. Wie er so desinteressiert sein konnte. Sie hatte sich Hilfe erwartet, gedacht, dass sie ihn mühelos davon überzeugen konnte, Laufenberg auf den Zahn zu fühlen. Dass ihr Plan nicht funktionierte, irritierte sie. Dass Weichenberger seine Blicke nicht von Bronski abwandte.

Und dass er begann, diese Fragen zu stellen.
Anna ahnte allmählich, was los war.
Nach allem, was sie mittlerweile wusste, gab es für sie keinen Zweifel daran, dass dieser Mann, der da am Grab seiner Mutter und seiner Frau stand, ein Lügner war. Wahrscheinlich sogar ein Mörder. Was Bronski ihr alles erzählt hatte, ließ keinen anderen Schluss zu. Laufenberg hatte das Kind ihres Bruders entführt und großgezogen. Er war die Pest. Doch niemand wollte es sehen. Anstatt ihn ans Kreuz zu nageln, ließ man ihn ziehen und bedauerte ihn. Laufenberg war in Weichenbergers Augen unschuldig. Bronski war es aus irgendeinem Grund nicht. Anders konnte sie sich sein Verhalten nicht erklären.
*Was will Ihr Bruder von Laufenberg?*
*Was hat er vor? Muss ich mir Sorgen machen?*
*Wo ist Laufenbergs zweite Tochter?*
*Warum ist sie nicht hier?*
*Haben Sie Ihren Bruder noch im Griff?*
Anna schüttelte den Kopf.
Sie tat so, als wüsste sie nicht, wovon Weichenberger sprach. Sie verlor kein Wort über Judith. Darüber, dass sie mittlerweile wussten, dass Rebecca Laufenberg ihre Nichte war.
Bronskis Tochter.
Auch wenn Anna es ihm gerne erzählt hätte, was wirklich hinter der ganzen Sache mit dem verschwundenen Kind steckte, Bronski hatte sie gebeten, das nicht zu tun.
Er wollte zuerst mit Laufenberg reden. Herausfinden, wo er Judith hingebracht hatte.
Anna hielt sich daran.
Und Bronski zügelte seine Wut.
Er hatte ihr versprochen, Laufenberg nicht zu provozieren,

nicht auf dem Friedhof vor allen Leuten auf ihn loszugehen. Er verbarg seinen Hass. Anna schaute ihm zu, wie er widerwillig seinen Job tat.

Bis die letzten Trauergäste kondoliert hatten, war er nur der Fotograf, der sich trotz allem bemühte, besondere Motive einzufangen. Ein Foto nach dem anderen machte er. Prominente Trauergäste, die beinahe zusammenbrachen, das Meer aus Regenschirmen, Laufenberg und Sophie, wie sie weiße Rosen in das Grab warfen, Portraits von Menschen, die Svenja beim Weggehen befragte, Überblicke.

In einem kleinen Laubengang ganz in Annas Nähe setzte Bronski sich auf den Boden, spielte die Daten auf seinen Rechner und wählte mit Svenja die besten Bilder aus.

Seine neue Kollegin.

Mehr als das. Anna wusste es.

Der einsame Wolf war nicht mehr einsam.

Svenja und David.

Eine vernünftige Frau, die sich mit einem Irren einließ.

Anna mochte sie. Allein schon deshalb, weil die Chance bestand, dass Bronski nicht mehr allein bleiben würde. Egal, was daraus werden würde, es war wichtig, dass sie jetzt für ihn da war. Dass noch jemand außer Anna auf ihn achtgab. Beide waren sie dafür verantwortlich, dass er sich bis zum Ende der Beerdigung zurückhielt. Bis der letzte von Laufenbergs Trauergästen den Friedhof verließ.

Anna verfolgte jede seiner Bewegungen.

Bronski packte Kameras und Computer in den Fotorucksack. Dann ging er langsam und angriffslustig an ihr vorbei in die Nähe des Grabes. Sie konnte es nicht verhindern.

Bronski kam Laufenberg näher.

Zwischen ihm und dem Monster, das seine Tochter entführt hatte, lagen nur noch wenige Meter. Laufenberg schüttelte Hände. Sophie war bereits gegangen, sie war beinahe zusammengebrochen, man musste sie stützen. Mit einem Nicken hatte er sie verabschiedet, mit stoischer Ruhe nahm er die letzten Beileidsbekundungen entgegen.
Bronski blieb stehen und schaute ihm dabei zu.
Er durchbohrte ihn mit seinen Blicken.
Bis Laufenberg es merkte.
Einen kleinen Augenblick lang wandte er sich von der älteren Dame ab, die ihm mit der Hand gerührt über den Oberarm strich. Wie in Zeitlupe drehte Laufenberg seinen Kopf und schaute in Bronskis Richtung. Anna konnte alles genau sehen. Es war so, als hätte Laufenberg die ganze Zeit auf diesen einen Moment gewartet, als würde er ihn genießen. Diese zwei Sekunden, in denen er Bronski zuzwinkerte und seine Mundwinkel leicht nach oben zog.
Laufenberg grinste.
Und es war klar, was er damit sagen wollte.
*Ich habe dich gefickt, Bronski.*

# ACHTUNDDREISSIG

## ALBERT LAUFENBERG & DAVID BRONSKI

- Schön, dass du gekommen bist, David. War eine sehr würdige Verabschiedung, findest du nicht auch?
- Dafür wirst du bluten. Für alles, was du getan hast.
- Jetzt sofort? Willst du es gleich vor dem netten Polizisten dort drüben erledigen? Würde ihm bestimmt gefallen, wenn du hier auf mich losgehst.
- Wo ist sie? Wo hat dieser Scheißkerl sie hingebracht?
- Du meinst deinen Freund Kurt? Ein lieber Kerl, sehr motiviert, ich bin immer wieder erstaunt, wozu Menschen fähig sind. Ich meine solche, die eigentlich schon am Abgrund stehen.
- Du solltest mir jetzt besser sagen, was ich wissen will.
- Sonst? Prügelst du mich tot? Wir wissen doch beide, dass du dazu nicht in der Lage bist. Du bist eher der gelassene Typ, Gewalt steht dir nicht. Wobei ich natürlich verstehe, dass du das Bedürfnis hast, mir zu drohen. Das Schicksal hat dir wirklich übel mitgespielt.
- Dass dieser Bulle hier rumsteht, wird mich davon abhalten, dir wehzutun. Für das, was du unserer Familie angetan hast, wirst du bezahlen.

- Das werden wir ja sehen. Aber lass uns doch ein Stück gemeinsam gehen. Du könntest mich doch zu meinem Wagen begleiten, du musst nämlich wissen, ich liebe es, mit Freunden spazieren zu gehen. Beruhigt die Nerven, vor allem auf so einem hübschen Friedhof. All die Toten hier strahlen so viel Ruhe aus, oder?
- Sag mir, wo sie ist.
- Deine Tochter ist in Sicherheit.
- Wo, verdammt noch mal, ist sie.
- Dazu kommen wir gleich. Ich würde dir vorher gerne in meinem Wagen etwas zeigen, etwas wirklich Originelles, das ich für dich vorbereitet habe. Und außerdem interessiert es mich brennend, wie das Wiedersehen für dich war. Etwas kurz, wie ich gehört habe, aber doch bestimmt wunderschön, oder? Muss ein unbeschreibliches Gefühl sein, seinem eigenen Kind nach so vielen Jahren wieder zu begegnen.
- Was hast du ihr angetan?
- Nichts. Warum sollte ich ihr etwas angetan haben? Ich habe deine Tochter immer fair behandelt. Auch wenn sie nicht meine war, ich habe versucht, ihr ein guter und liebevoller Vater zu sein. Ist mir zugegebenermaßen nicht besonders gut gelungen, aber was soll's. Am Ende ist sie zweiundzwanzig Jahre alt geworden, das schaffen nicht alle, die das Pech haben, in solche sozialen Verhältnisse hineingeboren zu werden. Labile Mutter, depressiv, überfordert, abwesender Vater, Kinder solcher Eltern haben gewöhnlich keine Perspektiven.
- Ich soll mir diesen Dreck wirklich anhören?
- Das wäre von Vorteil, ja. Und vor allem gesünder für deine Tochter. Es ist wichtig, dass du begreifst, dass ich das alles

sehr ernst meine. Dass ich zu Dingen fähig bin, die du nicht für möglich hältst.
- Du drohst mir?
- Nein, ich möchte nur deine Aufmerksamkeit. Wie gesagt, ich würde dir gerne die Wahrheit sagen. Ist nämlich auch für mich befreiend, endlich reinen Tisch zu machen. Ich schleppe das alles schon so lange mit mir herum. War wirklich an der Zeit, ein bisschen Ordnung zu schaffen, die Dinge in die richtigen Bahnen zu lenken. Und für dich ein bisschen Licht in die ganze Sache zu bringen. Ich stelle mir das fürchterlich vor, keine Gewissheit zu haben, ständig im Dunklen zu tappen. Obwohl ich sagen muss, dass du dich gut geschlagen hast. Deine reizende Schwester auch. Ihr habt ein Stöckchen nach dem anderen aufgesammelt und euch euren eigenen Reim darauf gemacht. An dieser Stelle ein großes Kompliment dafür.
- Steck dir deine Komplimente sonst wohin und mach lieber deinen Mund auf. Ich weiß nicht, wie lange ich mich noch zurückhalten kann.
- Wenn ich dir einen Rat geben darf, solltest du das noch ein wenig durchhalten und deine Chance nutzen, um endlich Klarheit zu bekommen. Wir haben nämlich nicht viel Zeit, dein Freund Kurt könnte jederzeit einen Fehler machen und der Verantwortung, die ich ihm übertragen habe, nicht gewachsen sein.
- Was ist mit ihm? Wo hat er sie hingebracht? Und woher kennst du diesen Dreckskerl überhaupt?
- Sehr gute Fragen. Jetzt hast du das Spiel verstanden. Wir fangen also mit deinem Kollegen Kurt an. Es war wirklich ein Glücksfall, auf ihn zu treffen. Ein alkoholkranker, spiel-

süchtiger Freund des Mannes, den es galt, auf die richtige Spur zu bringen. Der perfekte Mitarbeiter. Er hat zwar ein paar Tage gebraucht, bis er sich dazu durchgerungen hat, mitzuspielen, aber letztendlich hat er alles perfekt umgesetzt. Der Mann war ein Geschenk. Als ich Erkundigungen über dich eingezogen habe, fiel er mir quasi in die Hände, niemand hätte sich besser als Handlanger geeignet als er.
- Er hat das Foto in der Wohnung platziert, richtig?
- Ja. Aber du darfst ihm bitte nicht böse sein, der Mann ist wirklich am Ende. Betrunken, sobald die Sonne aufgeht. Nur das Koks, das ich ihm gegeben habe, hält ihn im Moment auf den Beinen. Ein armer Teufel ist das. Er wird diese Geschichte wohl genauso wenig überleben wie mein alter Freund Schulte. Wie du vielleicht schon gehört hast, hatte er einen bedauerlichen Unfall. Jemand hat ihn einfach totgefahren. Ein schreckliches Gemetzel war das. Du hättest bestimmt tolle Portraits machen können, wenn du da gewesen wärst. Bizarre Bilder. Bekommt man nur schwer wieder aus dem Kopf, aber du kennst das ja.
- Du warst das?
- Ich würde es so niemals sagen. Aber ich bin nicht traurig darüber, dass er nicht mehr unter uns weilt. Seit zwanzig Jahren lag mir der Mann auf der Tasche, nur weil er mir hin und wieder einen Gefallen getan hat. Ein nimmersatter Schmarotzer, hat den Hals nie vollbekommen. Allein dafür, dass er diesen Kurt auf Schiene gebracht hat, habe ich ihm ein kleines Vermögen bezahlt.
- Warum erzählst du mir das alles?
- Ich möchte, dass man mich ernst nimmt. Schulte hat das leider nicht getan. Obwohl er so ein kreativer Kopf war. Er

hat mir damals sehr geholfen, als das mit meiner Mutter passiert ist. Wenn er nicht gewesen wäre, würde sich der nette Herr von der Polizei da drüben auf mich konzentrieren, und nicht auf dich.
- Was soll das heißen?
- Er war sehr interessiert an Ethnologie, Bräuche und Riten anderer Völker, tatsächlich sehr ungewöhnlich für einen Biker.
- Der Kopf deiner Mutter.
- Ja. Er hat ihn damals für mich abgetrennt und ausgekocht. Ich hätte es nicht übers Herz gebracht, ihr das anzutun. Er aber hat das Ganze konsequent durchgezogen. Eine Riesensauerei muss das gewesen sein, unvorstellbar, was er da geleistet hat. Er hat ihr den Skalp abgezogen, so wie du es vielleicht aus alten Indianerfilmen kennst, er hat alles an Haut und Fleisch weggeschnitten, was an dem Kopf dran war, den Rest hat er im Kochtopf erledigt. Hat Stunden gedauert, bis nur noch der Schädel übrig war.
- Er hat sie getötet?
- Nein. Er hat nur dafür gesorgt, dass ich ein kleines Souvenir behalten kann.
- Das mit dem falschen Alibi stimmt also. Die Zeitung auf dem Tisch, das Datum, du hast das alles arrangiert?
- Schulte, nicht ich. Auch hier hat er ganze Arbeit geleistet. Er hat da eine wirklich geniale Idee gehabt.
- Du warst es also. Hast deine eigene Mutter umgebracht.
- Auch das würde ich offiziell nicht bestätigen. Es war wohl eher ein bedauerlicher Unfall. Meine Mutter hat ein paar Dinge gesagt und getan, die wohl niemand einfach so hingenommen hätte. Zum einen wollte sie tatsächlich diesen

Tiroler Dorftrottel heiraten und damit die Zukunft der Firma aufs Spiel setzen, und zum anderen hat sie es nicht sonderlich begrüßt, dass meine Frau und ich ein Kind bekommen haben.
- Ihr habt also ein Kind bekommen. So nennst du das? Entführst mein Baby und sagst mir das ins Gesicht?
- Ja. Wir waren überglücklich, dass es endlich geklappt hat. So viele Jahre hatte meine Frau versucht schwanger zu werden, wir haben es immer und immer wieder versucht, aber es sollte nicht sein. Unsere Beziehung wäre beinahe daran gescheitert, aber siehe da, plötzlich fügte sich alles zum Guten. Wir haben Urlaub gemacht in Tirol. Hatten ein herrliches Haus gemietet in Kitzbühel, Margit war mit dem Zug nach Innsbruck gefahren und wollte einkaufen. Und dann war da plötzlich diese Frau. Und dieses kleine, hilflose Baby. Margit hat ganz spontan reagiert, sie hat sich in den nächsten Zug zurück nach Kitzbühel gesetzt und ist zu mir gekommen. *Schau mal, was ich da habe*, hat sie gesagt. Ein Mädchen. Ohne viele Worte haben wir uns umarmt und beschlossen, das Geschenk anzunehmen, das uns der Himmel gemacht hat.
- Der Himmel? Du mieses Dreckschwein.
- Ja, wir hatten wirklich großes Glück. Und wir haben dieses Glück angenommen. Schnell waren wir uns einig, dass unser Baby Rebecca heißen und bei uns aufwachsen soll. Mit viel Einfallsreichtum und Geschick haben wir es möglich gemacht, dass nie jemand misstrauisch wurde und Fragen gestellt hat. Wir waren während der Schwangerschaft viel auf Reisen, keiner hat am Ende daran gezweifelt, dass es unser Kind ist. Es lief alles gut. Es war ein Kinderspiel. Nur

meine Mutter hat Probleme gemacht. Sie wollte es einfach nicht akzeptieren, dass wir glücklich waren. Sie hat gesagt, dass sie sich um das Kind kümmern wird, weil ich dazu gar nicht fähig wäre. Verrückterweise hat sie mir irgendwann sogar vorgeschlagen, es mir abzukaufen. Sie wollte es ihrem Geliebten schenken, kannst du dir das vorstellen. Sie hat völlig die Kontrolle über ihr Leben verloren, es war offensichtlich, dass sie alles ruinieren würde. Gott sei Dank ist sie gestorben, bevor sie größeren Schaden anrichten konnte. War eine gute Entscheidung, die Firma steht so gut da wie noch nie. Ich expandiere. Und da wir die Gute nun endlich eingegraben haben, habe ich auch die nötigen Mittel dazu.

- Wegen des Geldes also. Deshalb sollte ich sie finden? Damit du erbst?
- Nicht nur. Das wäre zu einfach.
- Warum dann?
- Ein klein wenig Geduld noch. Wie versprochen werde ich dir jetzt in meinem Wagen etwas zeigen.
- Ich soll mit dir ins Auto steigen? Gerne. Dann werde ich dir endlich deine verfluchte Fresse einschlagen.
- Wirst du nicht. Wie du siehst, hat uns der nette Beamte die ganze Zeit begleitet. Er beobachtet uns immer noch. Wartet nur darauf, dass du einen Fehler machst. Ich habe ihn gut auf alles vorbereitet, ihm gesagt, dass du gewaltbereit bist, dass du mir höchstwahrscheinlich etwas antun willst, weil du aus irgendeinem Grund davon überzeugt bist, ich hätte deine Tochter entführt. Zudem habe ich ihm gegenüber auch meine Vermutung geäußert, dass du der Mörder meiner Mutter bist. Er hat das netterweise sehr ernst genom-

men. Deshalb ist er auch nicht allein gekommen. Wenn du genau hinsiehst, kannst du die uniformierten Kollegen da vorne sehen. Und die zwei Einsatzwägen da hinten, der Mann scheint wohl mit dem Schlimmsten zu rechnen. Und das bedeutet wohl, dass ich in Sicherheit bin.

– Drehst du jetzt völlig durch? Ich soll deine Mutter umgebracht haben?

– Ja, so habe ich mir das ausgedacht. Das wird das Finale. Aber jetzt steig erst mal ein, dann schauen wir uns schnell noch ein kleines Filmchen an. Dein Freund Kurt hat es gemacht. Ziemlich eindrucksvoll und effektiv, du wirst sehen. Wird dir gefallen, mein Lieber.

## NEUNUNDDREISSIG

Ich war verzweifelt und sprachlos und wütend.
Ich wollte, dass er still ist, dass er aufhört, all diese Dinge zu sagen. Ich wollte ihm den Mund zuhalten, ihm die Luft nehmen, ihm wehtun. In den zehn Minuten, in denen wir über den Friedhof spaziert sind, habe ich mir überlegt, was ich ihm antun könnte. Während ich neben ihm herging und hörte, was er mir erzählte, habe ich ihn geschlagen, ihn getreten, bis er nur noch dalag und wimmerte. In Gedanken habe ich ihm alle Finger gebrochen, ich habe seinen Kopf genommen und ihn gegen einen Grabstein geschlagen.
Je mehr er preisgab, desto mehr entglitt es mir.
Ich war so gewalttätig, wie ich es mir in meinen schlimmsten Alpträumen nicht ausmalen hätte können.
Albert Laufenberg sollte bezahlen.
Ich wünschte es mir.
Doch ich blieb ruhig.
Zwang mich, all die Wut und die Verzweiflung hinunterzuschlucken. Ich hörte weiter zu, anstatt ihm die Nase zu brechen. Ich stieg mit ihm in den Wagen, anstatt ihn zu würgen.
Ich war der Narr, den er ausgesucht hatte, für ihn zu tanzen.

Anna und Weichenberger schauten dabei zu.
Alles war so, wie er es geplant hatte.
Laufenberg saß neben mir und drückte mir ein iPad in die Hand.
Mit einem Grinsen im Gesicht drückte er auf Play.
Was ich die ganze Zeit über befürchtet hatte, geschah.
Der kleine Film, den er für mich hatte aufnehmen lassen, katapultierte mich aus der Bahn. Alles, was ich erhofft hatte, seit ich Judith in Hamburg gegenübergesessen war, löste sich auf. Die Hoffnung, die da war. Der Mut, den mir Svenja gemacht hatte. Alles verschwand. Es blieb nur der Schrecken, das Entsetzen in mir, und die Ohnmacht. Nichts tun zu können, es nicht ändern zu können, das Ende, das er für mich vorgesehen hatte.
Laufenberg hatte gewonnen. Mich in die Knie gezwungen, mich gedemütigt, mir gezeigt, dass er es war, der die Fäden in der Hand hielt. Niemand sonst. Er war das Böse, das mich verschluckte.
Seine Lust zu zerstören überrollte mich. Seine Freude daran, mir zu zeigen, wozu er fähig war. Seine perfide Art, Macht zu demonstrieren. Er genoss es. Mir dabei zuzusehen, wie ich aufgab. Mich sorgte. Fürchtete.
Vor diesem Mann, der das Video gemacht hatte.
Kurt Langer.
Sein Gesicht in Großaufnahme.
Er hielt das Handy in seiner Hand, filmte sich selbst.
Ich schaute in seine weit aufgerissenen Augen, ich sah, wie sich seine Lippen bewegten, hörte, was er mir sagte.
*Tut mir leid, Bronski.*
*Aber das hier hat sich so ergeben.*

*Ist nichts Persönliches. Hat nichts mit uns beiden zu tun.*
*Ich komme da nicht mehr raus.*
*Ich muss das hier tun, Bronski.*
*Pech für dich, Bruder.*
Er war betrunken. Hatte gekokst. Es war offensichtlich.
Wie er sprach, wie aufgekratzt er war, Kurt rotierte. Er entschuldigte sich, rechtfertigte, was er tat, er winselte um Verständnis, war im nächsten Moment aber wieder der kranke Mistkerl, der mir das alles antat. Der Mann, der Judith an den Haaren aus Hamburg weggezerrt hatte, um sie irgendwo einzusperren und mir zu drohen. Der Kollege von früher, dem ich so etwas nie zugetraut hätte.
Der Teufel, vor dem ich jetzt Angst hatte.
*Wenn es sein muss, lass ich sie krepieren, Bronski.*
*Ich habe nichts mehr zu verlieren, glaub mir.*
*Du solltest tun, was dieser Psychopath von dir will.*
*Dein Mädchen wird sonst nicht mehr aufwachen.*
*Wäre schade um sie.*
Judith.
Kurt drehte das Handy um.
Filmte, was da noch war.
Ich hörte nur noch seine Stimme.
Und sah, wie sie regungslos da lag.
In ihrem Unterarm die Leitung, die Kurt ihr gelegt haben musste, eine Infusion. Am Lampenschirm befestigt ein Beutel, Tropfen für Tropfen verschwand im Arm meiner Tochter, die mit Kabelbindern und Unmengen Klebeband auf den Tisch gefesselt war.
*Du weißt ja, ich war mal Krankenpfleger.*
*Bevor ich mit der Fotoscheiße angefangen habe.*

*Bevor mich der ganze Dreck kaputt gemacht hat.*
*Wir haben beide zu viel gesehen, Bronski.*
*Zu viele Tote.*
Ich hörte diesen Wahnsinnigen reden.
Und sah Judith.
Ich hatte keine Ahnung, wo er sie hingebracht hatte. Ob dieser Irre imstande war, sie am Leben zu halten. Ob er sie nicht ohnehin schon getötet hatte. Ob sie noch atmete.
Ich starrte auf ihren Brustkorb, versuchte zu sehen, ob er sich noch hob und senkte.
*Laufenberg will, dass du in den Bau gehst.*
*Du gestehst, dass du die Alte umgebracht hast.*
*Und ich wecke dein kleines Mädchen wieder auf.*
*Ist ganz einfach, Bronski.*
Er drehte das Handy wieder.
Judith war weg. Kurt wieder da.
Er hielt jetzt eine Flasche Schnaps in der Hand.
Er trank. Und drohte mir.
*Ich weiß nicht genau, was ich ihr gegeben habe.*
*Ob es zu viel war. Ich bin kein Arzt, Bronski.*
*Ich weiß nur, dass sie jetzt endlich still ist. Die Schnauze hält.*
*Dein Mädchen ist im Koma. Ist besser so. Dann redet sie nicht.*
*Ich will nämlich nicht reden.*
*Nicht mit deiner Tochter. Nicht mit dir. Nicht mit Laufenberg.*
*Ich will nur das verdammte Geld.*
*Also mach, was er sagt.*
*Dann ist alles gut.*
Kurz machte ich die Augen zu.
Dann drehte ich mich zu Laufenberg.
Er nickte nur. Deutete auf den Bildschirm.

Kurt machte weiter. Sagte ein Gedicht auf, das Laufenberg ihn gezwungen hatte, auswendig zu lernen.
*Geh, und sag dem Scheißbullen da draußen, dass du es warst.*
*Dann wird dein Mädchen überleben.*
Kurt trank.
Konnte das Handy nicht mehr halten.
Es fiel ihm aus der Hand.
Ich sah die holzgetäfelte Zimmerdecke.
Und wie Kurt sich bückte. Ich hörte, wie er fluchte.
Dann nahm er das Handy und stoppte die Aufnahme.
Der Bildschirm wurde schwarz.
Laufenberg nahm mir das iPad aus der Hand.
Ruhig und gelassen fuhr er mit dem Irrsinn fort.
*Dein Freund scheint nicht besonders zuverlässig zu sein.*
*Könnte sein, dass er das Ganze versaut.*
*Er scheint nervös zu sein.*
*Der Schnaps und das Kokain machen es auch nicht besser.*
*Du solltest die Sache also sehr ernst nehmen.*
*Und tun, was er sagt.*
Ich sollte mich zu einem Mord bekennen, den ich nicht begangen hatte. Ich sollte ins Gefängnis gehen, um meine Tochter zu retten.
*Es ist ganz einfach,* sagte er.
Laufenberg erklärte mir, was ich sagen sollte.
Dass ich damals schon daran geglaubt hatte, dass die Laufenbergs meine Tochter entführt hatten. Das war mein Motiv. Ich sei besessen gewesen von der Idee, dass Zita für alles verantwortlich gewesen war. Aus Verzweiflung hätte ich sie mit einem Kissen erstickt. Aus Wut ihr den Kopf abgeschnitten und ihn mit nach Hause genommen.

In meine Dunkelkammer.

*Die Polizei wird ihn dort finden,* sagte Laufenberg.

*Den Schädel, den der gute Schulte für mich präpariert hat.*

*Ich habe ihn bei meinem Besuch dort für die Polizei zurechtgelegt.*

*Als du auf der Toilette warst. Im obersten Regal ganz rechts.*

*Du gestehst und sagst ihnen, wo der Kopf ist.*

*Und wir wecken deine Tochter wieder auf.*

*So einfach ist das.*

Einmal grinste er mich noch an.

*Bestimmt wird sie dich im Gefängnis besuchen.*

*Du wirst sehen, das wird schön.*

Dann beugte er sich über mich und öffnete die Tür.

# VIERZIG

## KURT LANGER & JUDITH BRONSKI

- Hör auf zu schreien.
- Du sollst mich losbinden.
- Aufhören, habe ich gesagt. Sonst muss ich dich anders ruhigstellen. Ist zwar nicht meine Art, aber ich hau dir eine runter, wenn du mir weiter auf den Sack gehst.
- Was hast du mit mir gemacht? Wo sind wir hier?
- Du sollst still sein. Macht mich nervös, wenn du redest. Ich klebe dir den Mund zu, wenn du nicht sofort still bist.
- Bitte nicht. Ich werde nicht mehr schreien. Nicht den Mund zukleben. Ich werde ganz ruhig sein. Ich mache, was du sagst.
- Sehr gut. Ich kann sonst nicht denken. Kann mich nicht konzentrieren. Irgendetwas ist da schiefgelaufen.
- Sag mir bitte, was du von mir willst. Wir können über alles reden.
- Ich will nicht reden. Du solltest eigentlich schlafen. Nichts von dem ganzen Scheiß mitbekommen. Das war so nicht geplant. Die Dosierung war falsch, hätte eigentlich reichen müssen. Ich verstehe das nicht.
- Was gibst du mir da? Was ist das da in dem Beutel? Bist

du Arzt? Du hast keine Ahnung von dem, was du da tust, stimmt's?
- Ich war früher Krankenpfleger.
- Und wie lange ist das her? Es ist stümperhaft, wie du mir die Leitung gelegt hast. Ein Wunder, dass ich überhaupt noch lebe, du kannst mir doch nicht einfach Anästhetikum nach Gefühl verabreichen. Das ist doch irrsinnig.
- Du sollst den Mund halten, habe ich gesagt.
- Warum machst du das? Bitte sag mir einfach nur, warum du mich hierher gebracht hast. Und was du von mir willst.
- Ich bin nicht hier, um Fragen zu beantworten.
- Ich möchte doch nur wissen, was hier los ist.
- Und ich will nur mein Geld. Dann hau ich ab, und ihr könnt euren Scheiß alleine ausmachen.
- Erpressung? Du willst Geld? Er soll Lösegeld für mich bezahlen?
- Schwachsinn.
- Was ist Schwachsinn? Warum sollte ich sonst hier sein?
- Dein Vater bezahlt mich für das hier. Er ist es, der will, dass du hier bist.
- Albert Laufenberg? Er hat dir gesagt, dass du mich an den Haaren aus Hamburg wegzerren, mich betäuben, irgendwo fesseln und in ein künstliches Koma versetzen sollst?
- Ja.
- Dieses Schwein ist nicht mein Vater.
- Genau da liegt wahrscheinlich der Hund begraben. Darum macht er das wohl. Er scheint die Schnauze voll von dir zu haben.
- Was will er? Warum sollst du mich hier festhalten?
- Ich bin nicht die Auskunft, Mädchen. Wenn du wissen willst,

was in seinem kranken Hirn vorgeht, frag ihn und nicht mich.
- Ich habe Durst. Gib mir Wasser bitte.
- Kannst auch Schnaps haben. Das hilft, glaub mir.
- Wasser reicht, danke.
- Wie du meinst. Prost.
- Kannst du mir eine Hand freimachen? Damit ich trinken kann. Bitte. Ich schwöre dir, ich mache keine Probleme.
- Das ist genau das, was ich nicht wollte. Keine Komplikationen, keine Fragen, kein Losbinden, kein Gejammer, kein Geschrei.
- Ich werde nicht schreien. Ich will nur etwas trinken. Bitte. Nur einen Schluck. Mein Mund ist völlig ausgetrocknet.
- Von mir aus. Aber ich werde dich nicht losbinden. Also mach deinen Mund auf. Trink, oder lass es.
- Danke.
- Ich will nur meine Ruhe. Ich habe mit der ganzen Sache eigentlich nichts zu tun. Das ist nicht mein Krieg hier. Wir bringen das jetzt einfach friedlich hinter uns, dann verschwinde ich.
- Was ist, wenn ich zur Toilette muss?
- Einfach laufen lassen.
- Und wie lange sollst du mich hier festhalten?
- Weiß ich nicht. Wir beide sind so lange hier, bis dein richtiger Vater tut, was Laufenberg von ihm will.
- Du kennst ihn? Meinen richtigen Vater?
- Ja.
- Woher?
- Wir waren Arbeitskollegen vor zwanzig Jahren.
- Wirklich? Du bist auch Fotograf? Erzähl mir davon.

- Wir haben uns sehr gut verstanden damals. Bronski war einer von den Guten. Das hier hat er eigentlich nicht verdient.
- Was soll er für Laufenberg tun? Was will er von ihm?
- Kann ich dir nicht sagen.
- Bitte. Ich möchte es nur verstehen. Ist doch nur fair, dass ich Bescheid weiß, oder? Macht doch am Ende keinen Unterschied für dich, wenn du mir sagst, was los ist. Komm schon, wir unterhalten uns doch nur.
- Willst du noch einen Schluck?
- Ja. Aber langsam, bitte.
- So?
- Danke.
- Bronski soll für den Mord an deiner Großmutter ins Gefängnis gehen.
- Er hat Zita umgebracht?
- Nein. So etwas könnte Bronski nicht. Ist viel zu weich dafür. Wirkt zwar so, als wäre er ein harter Kerl, aber das ist er nicht.
- Aber warum sollte er einen Mord gestehen, den er nicht begangen hat?
- Wenn er es nicht tut, stirbst du.
- Was redest du da?
- Wenn Bronski sich weigert, muss ich leider diesen Beutel an die Lampe hängen. Das Giftzeug rinnt dann durch die stümperhaft gelegte Leitung in dich hinein und radiert dich aus. Noch einmal wirst du nicht aufwachen, versprochen.
- So etwas würdest du doch nicht tun.
- Doch, würde ich. Und weißt du auch, warum? Weil mein

Leben ohnehin im Arsch ist. Es ist völlig egal, ob ich dich auch noch töte.
- Auch noch? Du hast schon jemanden getötet?
- Ja.
- Wen?
- Du ziehst das wirklich durch, oder? Bin beeindruckt. Gefällt mir, dass du keine Angst hast. Ich erzähle dir, dass du vielleicht bald sterben wirst, und du willst mit mir plaudern. Willst wissen, was ich für Scheiße gebaut habe. Imponiert mir.
- Natürlich habe ich Angst. Aber was soll ich denn deiner Meinung nach machen? Wieder beginnen zu schreien? Soll ich weinen? Muss ich für dich zittern?
- Zittern wäre vielleicht eine gute Idee. Ich habe nämlich in den letzten Tagen Dinge getan, von denen ich niemals gedacht hätte, dass ich dazu fähig wäre. Ich habe Fehler gemacht. Schreckliche Fehler.
- Darf ich dich fragen, wie du heißt?
- Kurt.
- Was hast du getan, Kurt? Sag es mir. Du willst es doch loswerden, oder? Vielleicht ist es gut, wenn du darüber redest.
- Ich war gierig. Hätte das Kokain nicht nehmen sollen. Wenn ich es beim Saufen belassen hätte, wäre das wahrscheinlich alles nicht passiert. Ich wäre gar nicht dazu in der Lage gewesen. Ich hätte ihr das niemals antun können. Sie würde noch leben, und ich wäre jetzt kein Mörder.
- Wen hast du umgebracht?
- Seine Frau. Das Miststück, das dich damals entführt hat.
- Nein.

– Doch. Nachdem man die Alte gefunden hat, ist sie anscheinend zusammengebrochen. Sie wollte reden, zur Polizei gehen. Und Laufenberg wollte das um jeden Preis verhindern.
– Aber wie kann das sein? Alle sagen, es war Selbstmord.
– War es nicht. Ich habe sie in die Badewanne gelegt. Sie vorher mit Chloroform betäubt. Laufenberg hat mir gesagt, dass ich zu ihr ins Hotel gehen und ihr die Pulsadern aufschneiden soll. Er hat mich angekündigt, und sie hat mich erwartet. Sie dachte, dass ich ihr irgendwelche Unterlagen vorbeibringen will. Sie hat mir die Zimmertür aufgemacht, und ich habe sie umgebracht.
– Bitte sag mir, dass das nicht wahr ist.
– Das kann ich leider nicht. Was ich getan habe, lässt sich nicht mehr rückgängig machen. Ich habe ihr das Tuch mit dem Chloroform ins Gesicht gedrückt. So wie ich es bei dir gemacht habe. Sie war sofort weg. Ist zu Boden gegangen. Ich habe sie ausgezogen und ein Bad eingelassen. Dann habe ich die Rasierklinge genommen und ihr beide Unterarme aufgeschnitten. Ich habe ihre Finger auf die Klinge gedrückt, dann bin ich wieder gegangen. Sie ist verblutet, während ich in den nächsten Supermarkt gelaufen bin und Schnaps gekauft habe.
– Warum hast du das getan?
– Geld. Er hat mich gut dafür bezahlt.
– Wie viel Geld braucht es, um jemanden zum Mörder zu machen?
– Hunderttausend. Ist viel für einen wie mich. Und für das hier mit dir bekomme ich noch mal hundert. So eine Chance bekommt man nur einmal im Leben. Du entscheidest dich dafür oder dagegen.

- Du hast dich falsch entschieden.
- Ich weiß. Und hoffe, dass ich das alles vergessen kann. Ich werde mich in Südamerika in die Sonne legen und so lange saufen, bis ich mich nicht mehr an all das hier erinnere.
- Du weißt, dass das nicht geht.
- Ich kann es versuchen. Verschwinden und irgendwo neu anfangen.
- Das wird er nicht zulassen. Du weißt zu viel. Er hat sich doch nicht nur mein Ende bereits ausgedacht, sondern auch deines. Er will, dass du stirbst. Genauso wie ich.
- Sag so etwas nicht.
- Überleg doch mal, Kurt. Du bist eine Bedrohung für ihn. Dein Wissen kann ihn jederzeit ins Gefängnis bringen. Er muss damit rechnen, dass du ihn erpressen wirst. Immer und immer wieder. Jedes Mal, wenn das Geld knapp wird, könntest du bei ihm auf der Matte stehen, und er müsste bezahlen. Er wird dich nie wieder los, wenn er dich am Leben lässt. In seinen Augen bist du nur ein Parasit. Sobald du getan hast, was er von dir will, wird er dich fallen lassen. Es wäre also vielleicht klug, über Alternativen nachzudenken.
- Nichts von dem, was du sagst, wird passieren.
- Du wirst nicht an einer Leberzirrhose sterben, Kurt.
- Willst du dich mit mir anlegen? Glaubst du, dass es deine Situation verbessert, wenn du mir so etwas sagst? Ich sollte dich wieder ins Koma schicken, dann bist du endlich still und kannst keinen solchen Mist mehr reden.
- Ich möchte, dass du mich losbindest und gehen lässt.
- Denkst du, ich bin völlig verblödet?
- Wenn du verschwindest, bevor er sich um dich kümmern kann, hast du eine echte Chance, mit dem Leben davon-

zukommen. Wenn du bleibst, wirst du sterben. Du weißt, dass es so ist.
– Schwachsinn.
– Du musst nicht noch einen Mord begehen, Kurt. Das kann niemand von dir verlangen. Deshalb lass es bitte nicht so weit kommen. Mach mich los und hör auf mit dem Wahnsinn. Ich sehe doch, dass du ein guter Kerl bist. Dass du bereust, was du getan hast.
– Netter Versuch. Aber wir bleiben hier und warten.
– Worauf denn? Im besten Fall geht Bronski zur Polizei und stellt sich. Und dann? Lässt Laufenberg die Tochter laufen, die ihn ans Kreuz nageln kann? Er wird es nicht einfach so zulassen, dass ich zur Polizei spaziere und erzähle, was passiert ist. So wird es nicht kommen, Kurt. Er wird von dir verlangen, dass du mich tötest. Und dann wird er dich töten.
– Ich werde jetzt dafür sorgen, dass du still bist.
– Bitte tu das nicht.
– Doch, ich muss.

# EINUNDVIERZIG

Laufenberg hatte jede Sekunde des Schauspiels genossen.
Auch wenn es geregnet hatte, es war wunderschön gewesen.
Die vielen Trauergäste, die Beileidsbekundungen, die betroffenen Gesichter, die vielen aufmunternden Worte.
Es war alles so, wie er es sich vorgestellt hatte. Die beiden Särge, die in der Erde verschwanden, das Blumenmeer, für das er eine beachtliche Summe ausgegeben hatte, das Ende seiner Beziehung zu Margit, das Ende dieser unsäglichen Geschichte mit seiner Mutter, und die durchaus kreative Lösung, die er für das Problem mit seiner ersten Tochter und ihrem aufgebrachten Vater gefunden hatte.
Albert hatte die Ordnung wiederhergestellt.
Kurz blieb er noch am Steuer seines Wagens sitzen.
Er schaute zu, wie Bronski ausstieg und völlig verstört auf seine Schwester und den Polizisten zuging. Albert hatte nicht den geringsten Zweifel daran, dass Bronski alles dafür tun würde, um zu verhindern, dass seiner Tochter etwas zustieß. Er hatte dem aufgebrachten Wilden jeden Wind aus den Segeln genommen, ihm seinen Mut geraubt, er hatte ihm Angst gemacht. Angst, die ihn jetzt antrieb. Weil Bronski keine Ahnung hatte, wo Lau-

fenberg Rebecca hatte hinbringen lassen und wozu dieser Alkoholiker, der dabei war die Kontrolle zu verlieren, fähig war.
Kurt Langer hatte alles richtig gemacht. Er hatte Alberts Anweisungen befolgt und einen hübschen Film gedreht, etwas theatralisch zwar, vielleicht eine Spur zu emotional, aber äußerst effektiv.
*Geh, und sag dem Scheißbullen da draußen, dass du es warst.*
*Dann wird dein Mädchen überleben.*
*Und alles ist gut.*
Ein Märchen war es.
Eines, das Albert Laufenberg für Bronski geschrieben hatte.
Weil Albert Märchen liebte. Märchen ließen einen immer an ein Happy End denken, so düster die Welt auch war, in der das Schreckliche geschah, man hoffte immer auf einen positiven Ausgang. Dornröschen ist aus ihrem hundertjährigen Schlaf wieder aufgewacht, und dem armen Königskind wurde das Herz auch nicht herausgeschnitten.
Daran sollte Bronski glauben. Und das tat er auch.
Albert hatte es in seinen müden, verzweifelten Augen gesehen, als Bronski ausstieg, war da keine Gegenwehr mehr, nur noch Sorge. Beinahe rührend. Der Vater, der nach so vielen Jahren endlich sein verschollenes Kind wiedergefunden hatte und alles dafür gab, es endlich wieder in die Arme schließen zu können. Ein schöner Gedanke war es, der Bronski antrieb, der ihm den klaren Blick auf die Dinge verstellte. Laufenberg hatte ihm Hoffnung gemacht. Hoffnung, für die es aber in Wirklichkeit keinen Anlass gab. Albert hatte nämlich weitergedacht, als Bronski es konnte.
Er hatte alle Weichen gestellt.
Die richtigen Entscheidungen getroffen.

In dem Moment, in dem Rebecca herausgefunden hatte, dass alles eine Lüge war, hatte er begonnen, die Zukunft zu gestalten. Es war ein Glück, dass er das Testergebnis in die Hände bekommen hatte. Er hatte bereits geahnt, dass sie so etwas vorgehabt hatte. Dieses Praktikum im DNA-Labor. Diese Zweifel, die er schon seit Jahren in ihrem Gesicht sah. Es war nur eine Frage der Zeit gewesen, bis ihre Neugier alles zerstören würde. Deshalb war Albert in ihr Zimmer gegangen, als sie nicht da gewesen war. Er hatte alles durchwühlt. Und diesen Zettel gefunden. Da standen keine Namen, aber es war klar, worum es sich handelte. Ein Testergebnis.
Übereinstimmung in Prozentzahlen.
Es waren zu wenig.
Von einem Tag zum anderen veränderte sich alles.
Rebecca wusste Bescheid. Und Albert ging damit um.
Alles, wofür er ein Leben lang gearbeitet hatte, war in Gefahr. Seine perfekte Welt drohte einzustürzen, das Geheimnis, das er und seine Frau so lange gehütet hatten, war keines mehr. Albert war überzeugt davon, dass es nur eine Frage der Zeit war, bis Rebecca die ganze Wahrheit herausfinden würde. Sie hätte nicht aufgehört, Fragen zu stellen, und es war klar, dass Margit früher oder später zusammengebrochen wäre und die Wahrheit gesagt hätte. Sie hätte Rebeccas Druck niemals standgehalten.
Sie hätte ihre Fragen nicht beantworten können.
*Wer ist mein Vater?*
*Mit wem hast du damals geschlafen?*
*Mit wem hast du Papa betrogen?*
*Hattest du ein Verhältnis?*
Das hatte sie nicht.

Alberts Frau war immer loyal gewesen, sie hatte ihm nie einen Grund gegeben, ihr zu misstrauen. Sie hatte es ihm immer gedankt, dass er ihr damals ermöglicht hatte, dieses Kind anzunehmen.
Margit war immer auf seiner Seite gestanden.
Und er hatte sie geliebt.
Aber die Liebe reichte nicht aus, um alles dafür aufs Spiel zu setzen.
Sie hatten all die Jahre eine perfekte Ehe geführt, Margit funktionierte wie ein Uhrwerk, sie log und spielte die liebevolle Mutter. Und dass sie sechs Jahre nach der vermeintlichen Geburt von Rebecca wie durch ein Wunder noch ein eigenes Kind bekam, band Albert und Margit noch mehr aneinander. Alberts Traum vom eigenen Fleisch und Blut war in Erfüllung gegangen, das fremde Fleisch war plötzlich nicht mehr wichtig. Rebecca stand mit einem Mal in der zweiten Reihe, Albert entzog ihr seine Liebe. Seine Zuneigung verebbte. Rebecca löste sich auf. Mit den Jahren verschwand sie immer mehr aus seinem Leben, er hielt das Bild der glücklichen Familie nur aufrecht, weil er keine andere Wahl hatte.
Sophie war die geliebte Prinzessin.
Rebecca das geduldete Übel.
Als er die Chance bekam, dieses Übel loszuwerden, nutzte er sie.
Albert Laufenberg grinste zufrieden in sich hinein und startete den Wagen. Ohne sich noch einmal zu Bronski umzudrehen, fuhr er los. Guten Mutes verließ er das Friedhofsareal. Es würde alles so kommen, wie er es sich ausgemalt hatte.
Bronski würde endlich die Wahrheit sagen.
Die Polizei würde den Kopf in seiner Dunkelkammer finden.

Und die Medien würden darüber berichten.

*Der gebürtige Innsbrucker David Bronski war besessen von der Idee gewesen, Zita Laufenberg habe 1999 sein Kind entführt. Blind vor Wut hatte er vor einundzwanzig Jahren eine Unschuldige getötet.*

*Weil der vom Schicksal gebeutelte und depressive Fotograf Geld brauchte, hatte er nach all der Zeit den Tatort wieder betreten, Bilder der Leiche gemacht und sie gewinnbringend verkauft.*

*Erneut hatte er sich von dem schrecklichen Gedanken antreiben lassen, dass die Familie Laufenberg hinter allem steckte. Der Schmerz über den Verlust seiner Tochter hatte ihn dazu gebracht, Albert Laufenbergs Tochter zu entführen, und sie mit aller Wahrscheinlichkeit zu töten und verschwinden zu lassen.*

So ähnlich würde es in den Zeitungen stehen.

*Es waren die Taten eines Verzweifelten, den die berufliche und künstlerische Auseinandersetzung mit dem Tod und der Selbstmord seiner Frau in den Wahnsinn getrieben hatten.*

So würde man es sich erklären.

Am Ende war alles gut.

Wie im Märchen.

# ZWEIUNDVIERZIG

## DAVID BRONSKI & FRANZ WEICHENBERGER

- Was wollen Sie denn noch? Ich habe Ihnen doch bereits alles erzählt.
- Zuerst möchte ich mich bei Ihnen dafür bedanken, dass Sie uns gestattet haben, Ihre Wohnung zu durchsuchen. Hat alles sehr beschleunigt. Hier in Berlin einen Durchsuchungsbefehl zu bekommen, ist um einiges komplizierter als in Innsbruck.
- Sie haben den Schädel also gefunden?
- In Ihrer Dunkelkammer, so wie Sie es gesagt haben.
- Das ist doch Beweis genug, oder?
- Es ist auf alle Fälle ein Schritt in die richtige Richtung. Der Besuch in Ihrem Labor war absolut hilfreich. Sehr interessante Aufnahmen, die Sie da machen. Der Tod scheint es Ihnen angetan zu haben.
- Ich bin nicht hier, um über meine Fotos zu reden.
- In Ordnung. Lassen Sie uns wieder über den Schädel sprechen. Zur Stunde wird ein Zahnabgleich gemacht. Dürfte also nicht mehr lange dauern, dann haben wir die Gewissheit, dass es sich bei dem Schädel um jenen von Zita Laufenberg handelt.
- Sie haben daran gezweifelt? Was wollen Sie denn noch? Ich

präsentiere mich Ihnen auf einem Silbertablett, und Sie vergeuden Ihre Zeit damit, Protokolle zu schreiben und unnötige Fragen zu stellen.
- Das ist ein wichtiger Teil meiner Arbeit. So ein Geständnis sollte ja später vor Gericht wasserdicht sein, die Staatsanwaltschaft verlässt sich auf mich. Es wäre also gut, wenn wir alles noch einmal von vorne durchgehen könnten.
- Wenn es sein muss.
- Sie wirken sehr nervös auf mich. Fast scheint es mir, als hätten Sie es eilig. Was mich bei dem, was Sie in den nächsten Jahren vorhaben, doch etwas wundert. So oft wird sich für Sie demnächst nicht die Gelegenheit ergeben, ein gepflegtes Gespräch zu führen.
- Können wir jetzt endlich anfangen?
- Sie wollen wirklich auf das Recht verzichten, einen Anwalt zu diesem Gespräch hinzuzuziehen?
- Ich brauche keinen Anwalt.
- Wie Sie möchten. Dann können wir ja loslegen.
- Ich kann es Ihnen gerne noch hundertmal sagen. Ich habe Zita Laufenberg umgebracht. Ich habe sie mit einem Kissen erstickt.
- Warum haben Sie das getan? Woher kannten Sie sie?
- Ich dachte, dass sie etwas mit der Entführung meiner Tochter zu tun hatte. Ich war damals überzeugt davon.
- Sind Sie es jetzt nicht mehr?
- Nein.
- Wie sind Sie auf Frau Laufenberg gekommen? Woher wussten Sie, wo sie wohnt? Was hatten Sie herausgefunden? Was wussten Sie, was die Polizei damals nicht wusste? Hatten Sie Streit mit ihr? Wie kam es zu dem Mord?

- Ich weiß es nicht mehr.
- Ernsthaft? Sie wissen es nicht mehr?
- Ich kann mich an gar nichts mehr erinnern, was kurz vorher passiert ist. Ich weiß nur, dass ich sie getötet habe. Ich habe wohl alles erfolgreich verdrängt. Anscheinend gibt es so etwas. Ich habe im Netz recherchiert. Dissoziative Abspaltung, muss eine Schutzfunktion sein. Ein Trauma wird nicht verarbeitet, es wird abgespalten, irgendwo im Unterbewusstsein abgelegt, um ein normales Leben möglich zu machen.
- Habe ich schon mal gehört.
- Erst vor zwei oder drei Wochen fielen mir bestimmte Dinge wieder ein. Ich habe Bilder vor mir gesehen. Flashbacks. Innsbruck. Die Wohnung. Ihr Schlafzimmer. Und all das Blut.
- Muss schrecklich gewesen sein.
- War es. Ich konnte es nicht glauben. Ich musste herausfinden, ob ich das wirklich getan hatte oder ob alles nur ein Traum war.
- Klingt spannend. Fast so wie in einem Roman, den ich kürzlich gelesen habe. Ein Thriller von einem Tiroler Autor. Kennen Sie bestimmt. *Bösland* heißt das Buch.
- Kenne ich nicht.
- Sollten Sie lesen.
- Ich bin nicht hier, um mit Ihnen über Bücher zu reden. Ich bin hier, weil ich Ihnen sagen will, dass ich nach Tirol gefahren bin, um Gewissheit zu bekommen. Ich bin in die Wohnung eingestiegen und habe die Leiche im Bett liegen sehen. Da wusste ich, dass es wirklich passiert ist. Dass ich damals zum Mörder geworden bin.

- Können Sie mir auch sagen, warum Sie der Toten den Kopf abgeschnitten haben?
- Ich war wütend. Ich dachte, dass sie mir mein Baby weggenommen hat. Dass sie es war, die unsere Familie zerstört hat. Ich muss durchgedreht sein. Habe die Kontrolle verloren.
- Und warum haben Sie den Schädel aufbehalten?
- Ich weiß es nicht.
- Wenn Sie in den letzten Jahren in Ihrer Dunkelkammer standen und den Schädel zwischen den Flaschen mit den Chemikalien haben stehen sehen, müssen Sie sich doch gefragt haben, was es damit auf sich hat, oder? Der Schädel muss Sie doch daran erinnert haben, was Sie getan haben.
- Nein, das hat er nicht. Ich dachte immer, ich hätte ihn von einem Flohmarkt mitgenommen. So hatte ich das abgespeichert.
- Von einem Flohmarkt also?
- Ja.
- Wir haben keine Fingerabdrücke auf dem Schädel gefunden.
- Und?
- Wie kann das sein? Wenn Sie aufgrund einer dissoziativen Abspaltung nicht gewusst hätten, worum es sich dabei gehandelt hat, hätten Sie wohl kaum einen Grund gehabt, Ihre Fingerabdrücke abzuwischen.
- Ich habe keine Ahnung, wovon Sie da reden. Was Sie von mir wollen.
- Ich möchte, dass Sie mir erklären, wie Sie das damals gemacht haben. Wie haben Sie es angestellt, den Kopf abzutrennen. Wie lief das ab?

– Ich habe ihn abgesägt.
– Womit? Axt oder Säge?
– Säge.
– Welche Art von Säge? Handsäge? Fuchsschwanz? Japansäge? Elektrosäge?
– Fuchsschwanz.
– Sicher?
– Was soll das? Warum stellen Sie mir solche Fragen?
– Das sind entscheidende Fragen, wie ich finde. Die Antworten auf diese Fragen entscheiden darüber, ob Sie die nächsten zwanzig Jahre in einer Zelle verschwinden oder weiterhin hübsche Fotos für Ihre Zeitung machen. Deshalb weiter. Sie hatten die Säge also mitgebracht?
– Ja.
– Sie wussten also schon vorher, dass Sie Zita Laufenberg enthaupten werden? Sie haben sie in ihrer Wohnung aufgesucht und sie zur Rede gestellt. Sie wollten sie dazu bringen, die Wahrheit zu sagen. Dann ist das Ganze aus dem Ruder gelaufen, und Sie haben sie mit einem Kissen erstickt. Richtig?
– Ja, genau so war es.
– Das mit dem Ersticken kann ich nachvollziehen. Aber das mit dem Kopf macht leider wirklich absolut keinen Sinn.
– Ich habe mir damals bestimmt keine Gedanken darüber gemacht, ob es Sinn macht oder nicht. Ich war außer mir, so wütend, dass ich nicht mehr wusste, was ich da eigentlich tat. Ob Sie das nachvollziehen können oder nicht, spielt keine Rolle. Tatsache ist, dass ich einen Menschen umgebracht habe und dass ich nicht mehr mit meinem schlechten Gewissen leben will.

- Wir wissen beide, dass das völliger Unsinn ist.
- Unsinn?
- Das klingt alles so, als hätten Sie den Text eines schlechten Drehbuchs auswendig gelernt. Mit so einem Auftritt überzeugen Sie wirklich niemanden davon, dass Sie ein Mörder sind.
- Ich muss Sie überzeugen? Was stimmt nicht mit Ihnen? Sie sollten doch eigentlich Luftsprünge machen, oder? Froh und dankbar sein, dass ich zu Ihnen gekommen bin.
- Das bin ich nicht. Wenn ich nämlich alles ernst nehmen würde, was Sie mir so erzählen, würde ich mir sehr viel Arbeit für nichts machen. Ich würde mein Herzblut in die Sache legen, nur um am Ende festzustellen, dass Sie mich angelogen haben.
- Ich lüge nicht.
- Doch, tun Sie. Sie sind kürzlich zwar in Zita Laufenbergs Wohnung eingestiegen und haben dort die Tatortfotos gemacht, aber Sie haben nichts mit dem Mord zu tun. Sie haben sie weder erstickt, noch haben Sie ihr den Kopf abgeschnitten. Da bin ich mir sicher. Das einzige Rätsel, das es für mich hier noch zu lösen gibt, ist das, warum Sie eigentlich hier sind. Warum zur Hölle gestehen Sie einen Mord, den Sie nicht begangen haben?
- Ich kann mich gerne an Ihre deutschen Kollegen wenden. So wie es aussieht, ist die Tiroler Kriminalpolizei hier eindeutig überfordert.
- Da muss ich Ihnen widersprechen. Ich habe sehr große Freude an diesem Fall. Macht wirklich Spaß, mich zu fragen, was hinter den Kulissen wohl passiert sein mag. Wer oder was Sie dazu bewogen hat, dieses kleine Theaterstück

für mich aufzuführen. Ich nehme mal an, dass es Laufenberg war. Aber warum? Was will er von Ihnen? Warum hat er Sie bei mir angeschwärzt? Und weshalb verschwindet seine Tochter? Hat er etwas gegen Sie in der Hand? Erpresst er Sie? Worüber haben Sie am Friedhof mit ihm gesprochen? Was haben Sie sich da in seinem Wagen angesehen? Vielleicht wollen Sie sich ja doch dafür entscheiden, mit mir darüber zu reden.
- Sie wollen mich also nicht einsperren?
- Nein.
- Dann werde ich jetzt gehen.
- Es geht um Ihr Kind, richtig?
- Ich habe Ihnen nichts mehr zu sagen.
- Warten Sie bitte noch einen Moment. Ich kann Ihnen helfen. Sagen Sie mir, was Laufenberg getan hat. Ich werde dafür sorgen, dass er dafür zur Rechenschaft gezogen wird. Aber ich brauche Ihre Hilfe.
- Sie hatten Ihre Chance.
- Ich bin auf Ihrer Seite, Bronski.
- Schaut nicht so aus. Wenn Sie mir nicht glauben wollen, werde ich mein Problem eben anders lösen. Das war's dann. Schönen Tag noch.
- Bitte machen Sie jetzt nichts, das Sie später bereuen werden.
- Das kann ich Ihnen leider nicht versprechen.

## DREIUNDVIERZIG

Svenja lag neben Bronski in einem billigen Hotelzimmer. Sie hatte stundenlang auf ihn eingeredet. Ihm gesagt, dass er dabei war, durchzudrehen. Dass er unvernünftig und irrational handelte. Sie hatte Bronski bekniet, zurück zu Weichenberger zu gehen und ihm die Wahrheit zu sagen. Mit allen Mitteln hatte sie versucht, ihn davon abzuhalten, sich in Schwierigkeiten zu bringen.
*Bitte hör auf damit, David.*
*Das bringt doch nichts.*
*Du musst der Polizei sagen, was los ist.*
*Wenn du es nicht tust, wird sie sterben.*
Daran wollte er nicht glauben.
Er konnte nicht mehr klar denken.
Deshalb schrie Svenja ihn an.
*Du machst alles nur noch schlimmer.*
*Wenn du tust, was dieser Verrückte von dir will.*
*Er spielt mit dir, David. Begreifst du das nicht?*
Svenja versuchte alles, um ihm dieses Interview auszureden. Ihm klarzumachen, dass es völliger Irrsinn war, was er da vorhatte. Sie erklärte ihm, dass er nicht nur seinen Job riskierte,

sondern auch seine Glaubwürdigkeit aufs Spiel setzte. Wenn es öffentlich werden würde, was er angeblich getan hatte, würde man ihn mit anderen Augen sehen. Egal, was später in der Zeitung stehen würde, für viele würde er der Mörder bleiben, zu dem er sich für Laufenberg machen wollte.
*Das wird nicht gut ausgehen,* sagte Svenja.
*Auch für deine Tochter nicht.*
Doch Bronski bestand darauf. Er bat sie darum.
Flehte sie an, ihm zu helfen. Er küsste sie.
*Bitte, Svenja, du bist die Einzige, die mir helfen kann.*
*Ruf Regina an. Mach es möglich, bitte.*
Bronskis Plan war einfach.
Svenja sollte sein Geständnis aufschreiben.
Das Bekenntnis eines Getriebenen, die berührende Beichte eines Mörders. Exklusiv. Bronski brachte sie dazu, Regina anzurufen und ihr die Geschichte zu verkaufen. Svenja überredete ihre Chefredakteurin zu diesem ungewöhnlichen Schritt. Bronski wollte die Geschichte aus seiner Sicht erzählen. Bevor er abtreten würde, wollte er der Zeitung, der er verbunden war, noch einen Dienst erweisen, indirekt wollte er sich für die jahrelange Zusammenarbeit bedanken. Regina schluckte es.
Sie war zwar völlig verstört, fragte mehrmals nach, konnte und wollte nicht glauben, dass Bronski so ein Verbrechen begangen hatte. Aber dann besann sie sich auf ihre Auflage und schwenkte um. Gemeinsam mit Svenja plante sie den Aufmacher, sie besprachen die Art und Weise, wie sie die Geschichte ins Blatt setzen wollten.
Regina gab Bronski eine Plattform und Svenja die Möglichkeit, ihm zu helfen. Zur Sicherheit stellte sie Fragezeichen hinter seine Behauptungen. Sie ging alle Argumentationslinien

durch, bereitete sich auf mögliche Kritik der Polizei und der Staatsanwaltschaft vor.

Svenja log.

Spielte mit.

Es war ein Bauchgefühl, das sie antrieb. Sie wollte für ihn da sein, ihm glauben, dass Laufenberg Bronskis Tochter nach der Veröffentlichung des Artikels laufen lassen würde. Ein völlig irrsinniger Plan war es. Die Tat eines Verzweifelten, es war etwas vom Dümmsten, was er jemals gemacht und dem Svenja jemals zugestimmt hatte.

Trotzdem zog sie es mit ihm durch.

Sie führte ein Interview mit einem Mörder.

Svenja beschrieb das Treffen mit Bronski in allen Details, zeichnete einen Schuldigen, der sich auf dem Weg zum Galgen befand. Er beichtete bei einer Kollegin, bevor er in Untersuchungshaft ging. Er vertraute Svenja die Wahrheit an. Er wollte nicht mehr mit seiner Schuld leben, ein Befreiungsschlag war es.

Die perfekte Story. Wunderbar illustriert mit Bildern aus Bronskis Fotoalbum. Selfies, die er in den letzten Jahren gemacht hatte, Babyfotos von Judith. Svenja arbeitete alles dramatisch auf. Sie hoffte, dass alles so kommen würde, wie Bronski es sich ausgemalt hatte. Wenn Laufenberg Judith freilassen würde, sollte sie die nächste Bombe platzen lassen.

*Du wirst es nicht bereuen,* sagte er.

Svenja redete sich ein, schon bald die Wahrheit erzählen zu können. Alles über Judith, über ihre Entführung vor einundzwanzig Jahren, alles über Laufenbergs Helfer, über Schulte, über Kurt, der Judith erneut entführt hatte. Und alles über den Fotografen David Bronski, der nie aufgehört hatte, an das Unmögliche zu glauben und ein falsches Geständnis abgegeben hatte, um ein Verbrechen aufzuklären.

Svenja bereitete schon alles vor.

Sie schrieb die Geschichte bereits im Voraus. Wie besessen tippte sie alles in ihren Rechner. Das Geräusch der Tasten beruhigte sie. Dass eigentlich nichts schiefgehen könne, dachte sie. Wahnsinnig war sie. Einem Himmelfahrtskommando hatte sie zugestimmt.

Mit Vollgas raste sie auf den Abgrund zu.

Svenja wollte beides. Erfolg und Liebe.

Sie sprach dieses Wort zwar nicht aus, aber es war ihr in den Sinn gekommen. Heimlich träumte sie davon. Von weiteren Titelseiten und romantischen Spaziergängen in Mecklenburg. Hand in Hand durch grüne Wälder. Nackt im See. Lachend und unbeschwert. Svenja wollte es. Sie setzte alles auf die Geschäftstüchtigkeit ihrer Chefin, auf die Gier und Sensationsgeilheit der Leser. Für rationale Gedanken war kein Platz mehr zwischen der Sorge und der Angst um Judith. Während die Zeitung gedruckt wurde, betete sie, hoffte, dass es die richtige Entscheidung war, diesem Psychopathen zu vertrauen, ihm zu geben, was er wollte.

Sie und Bronski rannten im Kreis und warteten.

Gemeinsam zählten sie die Minuten.

Bis zum Erscheinen des Artikels.

Und auch die Minuten und Stunden danach.

Sie warteten auf einen Anruf von Laufenberg, auf ein Lebenszeichen von Judith. Bronski hatte getan, was von ihm verlangt wurde, jetzt war Laufenberg an der Reihe. Er hatte versprochen Judith freizulassen. Er hatte Bronski Hoffnung gemacht, um ihm diese Hoffnung kurze Zeit später wieder zu nehmen.

Ein weiterer Schlag war es.
Laufenberg war unerreichbar.
Und erbarmungslos.
Svenja und Bronski versuchten ihn anzurufen, doch da war nur die Stimme auf seiner Mobilbox. Auch in seiner Firma wollte man nichts wissen, Laufenberg sei unterwegs, hieß es. Er habe alle Termine abgesagt, hätte sich wahrscheinlich für den Rest der Woche auf seinem Schloss zurückgezogen.
Hinter dicken Mauern mit einer Zeitung und einem Glas Rum in der Hand.
Ein fettes Grinsen in seinem Gesicht.
Das war das Ende.
Ernüchterung machte sich breit.
Und Ohnmacht.
*Das war's,* sagte Bronski.
Svenja nickte.

# VIERUNDVIERZIG

## ANNA DRAGIC & DAVID BRONSKI

- Reiß dich zusammen, Bronski.
- Ich kann nicht mehr.
- Das ist jetzt der falsche Moment, um aufzugeben. Dein Mädchen wartet da draußen auf dich. Hör auf zu jammern und komm jetzt.
- Was willst du von mir, Anna?
- Du sollst dich an dieses beschissene Video erinnern. Wie hat der Raum ausgesehen, in dem sie lag? Was ist dir aufgefallen? Besondere Möbel? Bilder an den Wänden? Fenster? Du musst doch irgendetwas gesehen haben, das uns sagen könnte, wo sie ist.
- Wie oft denn noch, Anna. Da war nichts.
- Denk nach, Bronski.
- Es könnte überall aufgenommen worden sein. Hamburg, Leipzig, Innsbruck. Vergiss es. Da waren keine Geräusche, die uns verraten, wo er sie versteckt hat, keine Gebäude vor dem Fenster, die uns sagen, wo wir suchen müssen. Er könnte sie an hunderttausend verschiedene Orte gebracht haben.
- Könnte er nicht. Es muss eine von Laufenbergs Immobi-

lien sein, eine seiner Wohnungen, er geht bestimmt kein Risiko ein.
- Bravo, Anna. Dann haben wir sie quasi ja schon gefunden. Wir konzentrieren unsere Suche also auf eine seiner Wohnungen. Wie viele hatte er noch mal? Achthundert waren es, glaube ich. Schränkt die Suche ja schon mal ordentlich ein.
- Du gibst also auf? Ziehst deinen Schwanz ein?
- Was soll ich denn deiner Meinung nach noch tun?
- Sie suchen und finden. Du hast jetzt lange genug den Märtyrer gegeben. Komm zu Verstand und setz deinen Arsch in Bewegung.
- Ich habe alles gemacht, was er von mir wollte. Jetzt ist er am Zug. Wir können nur noch hoffen, dass er sie gehen lässt.
- Er wird sie nicht gehen lassen. Begreif das endlich. Für Laufenberg geht es um alles. Vermögen und Freiheit. Es muss dir doch mittlerweile klar sein, dass man mit ihm keine Geschäfte macht. Er ist gerade dabei, das ganze Schiff zu versenken, auf dem wir sitzen. Dieser Scheißkerl hat alles richtig gemacht. Er hat dich vorgeführt.
- Ich weiß.
- Du hast es vergeigt, mein Lieber.
- Ich bring ihn um.
- Bravo. Das wäre dann der nächste Fehler, den du machen würdest. Sogar unser Freund Weichenberger wäre dann bereit, dich wegzusperren.
- Was soll das, Anna? Geht es dir besser, wenn du mich fertigmachst?
- Du hättest auf mich hören sollen. Ich habe dir gesagt, dass mit diesem Kerl etwas nicht stimmt. Warum hast du nicht einfach deine Klappe gehalten? Warum dieses verblödete

Interview? Uns wäre eine andere Lösung eingefallen. Wir hätten uns das alles sparen können.
- Was denn?
- Dass man mit dem Finger auf uns zeigt. Ganz Deutschland denkt jetzt, dass du ein Mörder bist. Und ich die Schwester des Mörders. Keine Ahnung, wie wir das jemals wieder gerade bügeln können.
- Svenja kümmert sich darum, sobald Judith in Sicherheit ist.
- Unfassbar, dass sie bei diesem Wahnsinn mitgemacht hat. Diese Frau muss ganz schön auf dich stehen, dass sie sich auf so etwas einlässt.
- Es war einen Versuch wert. Hätte ja sein können, dass es funktioniert.
- Du bist und bleibst ein Träumer, David.
- Mag schon sein. Trotzdem glaube ich, dass das alles für etwas gut war.
- Und wofür bitte?
- Laufenberg denkt, dass ich in Polizeigewahrsam bin, richtig?
- Ja. Und?
- Er rechnet also nicht damit, dass wir bei ihm auftauchen werden.
- Wir werden nicht bei ihm auftauchen, David.
- Doch, das werden wir. Ich zumindest. Dass du dich ab jetzt raushalten möchtest, verstehe ich natürlich. Mich aber hält nichts mehr auf, Anna. Ich werde diesem Drecksack einen Besuch abstatten. Und ich werde so lange bleiben, bis er mir sagt, was ich wissen will.
- Er wird dich wohl kaum freiwillig auf sein hübsches Anwesen lassen.

– Ich werde ihn bestimmt nicht fragen.
– Du willst einbrechen?
– Wenn es sein muss, werde ich das machen, ja.
– Und du glaubst ernsthaft, dass ich dich alleine gehen lasse?
– Nein. War mir klar, dass du mitkommst.
– Du bist so ein Spinner, Bronski. Eigentlich sollte ich dir ordentlich in den Arsch treten, anstatt mich noch weiter in die Scheiße zu reiten.
– Hab dich auch lieb, Anna. Wobei du es dir wirklich überlegen solltest. Du hast mehr zu verlieren als ich. Dein Mann bringt mich um, wenn etwas schiefgeht.
– Ist schon gut, Robert ist einiges gewöhnt.
– Na dann. Holen wir uns das Schwein.
– Holen wir uns das Schwein.

## FÜNFUNDVIERZIG

Anna hätte Bronski niemals alleine gelassen.
Sie blieb an seiner Seite, trieb ihn an, forderte ihn heraus, sie verhinderte, dass er sich seiner Ohnmacht hingab und die letzte Chance verpasste, einen Teil seines alten Lebens wieder zurückzubekommen.
*Egal wie,* hatte Anna gesagt.
*Wir ziehen das durch.*
*Aber auf meine Weise, Bronski.*
*Keine Diskussionen.*
Anna kannte das Temperament ihres Bruders. Sie wollte verhindern, dass er in seiner Wut auf Laufenberg losging, bevor sie etwas erfahren hatten, was ihnen weiterhalf. Sie mussten den Vorteil nutzen, den sie hatten. Laufenberg rechnete nicht mit ihnen, er wähnte sich in Sicherheit, in seinen Augen war er der Sieger, er würde endlich erben. Der vermeintliche Mörder seiner Mutter hatte gestanden und war im Gefängnis, seine gestohlene Tochter war verschwunden, und seine Frau hatte sich glücklicherweise umgebracht. Niemand mehr konnte ihm etwas anhaben, keiner an seinem Glück kratzen. Laufenberg hatte keinen Grund mehr, vorsichtig zu sein. Anna zwei-

felte keine Sekunde daran, dass es ihnen gelingen würde, in sein Reich einzudringen und ihn zur Rede zu stellen.
*Irgendwie bekommen wir das hin*, sagte sie.
Bronski nickte.
Anna zuliebe hatte er Svenja angelogen.
Er hatte ihr nicht erzählt, was sie vorhatten. Bronski sollte verhindern, dass sie auf die Idee kommen könnte, mitkommen zu wollen. Beiden war klar, dass Svenja es getan hätte.
*Diese Frau ist ein Glücksfall für dich*, hatte Anna gesagt.
*Aber aus dieser Nummer lassen wir sie raus.*
*Ist besser für sie, glaub mir, Bronski.*
Svenja sollte sich nicht auch noch strafbar machen. Die Probleme, die sie sich bereits mit der Chefredaktion eingehandelt hatte, reichten für die nächsten paar Monate. Regina war inzwischen von der Polizei kontaktiert worden, man hatte ihr gesagt, dass sie Müll gedruckt hatte, Bronski hatte gelogen, er und Svenja waren untergetaucht.
Regina war außer sich. Anna war dabei gewesen, als er mit seiner Chefin telefoniert hatte. Bronski hatte alles auf seine Kappe genommen, Regina angefleht, Svenja zu verschonen und auf Konsequenzen zu verzichten. Er bat sie um Geduld. Wenn sie es schaffte, die Schmach und den Spott der Kollegen von den anderen Medien zu ertragen, würde es sich für sie lohnen. Innerhalb der nächsten vierundzwanzig Stunden sollte sie die perfekt recherchierte Story geliefert bekommen, Regina würde dann in ihrem Blatt den wahren Täter und alle Hintergründe präsentieren.
Bronski lehnte sich sehr weit aus dem Fenster.
Anna bewunderte ihn beinahe für seinen Mut.
*Du kannst dich auf mich und Svenja verlassen*, hatte er gesagt.

Regina fluchte.
Aber sie akzeptierte es.
Was hätte sie auch anderes tun sollen.
Sie verließ sich auf die beiden.
Bronski und Svenja würden alles wieder in Ordnung bringen. Die Bösen würden entlarvt und eingesperrt, die Guten würden entlastet und freigesprochen werden. So hatten es sich die beiden ausgedacht.
Anna schüttelte nur den Kopf. Sie machte sich sogar lustig darüber. Hörte nicht auf, Bronski damit aufzuziehen. Auf dem Weg zum Schloss erinnerte sie ihn immer wieder daran, dass er etwas selten Dämliches gemacht hatte, und dass man wohl in zwanzig Jahren noch davon reden würde, dass er nicht schlau genug war, um einen Mord zu gestehen und dafür verhaftet zu werden.
*Ich habe es verdient,* sagte Bronski.
*Hast du,* sagte Anna.
Sie grinste.
Bronski parkte.
Ein paar hundert Meter entfernt von Laufenbergs Anwesen stiegen sie aus dem Wagen. Anna steckte sich ihre Pistole in den Hosenbund, auf keinen Fall wollten sie unbewaffnet auf Laufenberg treffen. Anna und Bronski waren dabei, Gesetze zu brechen. Sie waren sich einig, diskutierten nicht, keiner hielt den anderen davon ab, sich in Schwierigkeiten zu bringen. Sie taten so, als wäre es das Normalste auf der Welt, dass sie auf einen Baum kletterten und über eine Mauer stiegen. Lautlos suchten sie den perfekten Platz, um auf das Grundstück zu gelangen. Bronski stieg voraus. Anna war hinter ihm. Er zog sie nach oben. Dann sprangen sie.

Kamen an in Laufenbergs Welt.

Wiese, Wald, irgendwo im Hintergrund das Schloss.

Es war dunkel, nur die Wege waren beleuchtet, sie konnten sich unbemerkt bewegen. Wie sie in das Schloss kommen wollten, wussten sie noch nicht. Ein Fenster einschlagen, eine Tür aufbrechen, sie vertrauten darauf, dass ihnen etwas einfallen würde, dass keiner sie aufhalten und daran hindern würde, Laufenberg in seinem Schlafzimmer oder in seiner hübschen Bibliothek zu überraschen.

Bronski hatte bei seinem Besuch im Schloss kein Security-Personal gesehen, Laufenberg vertraute wahrscheinlich darauf, dass die dicken Mauern Eindringlinge abhielten. Schlossmauern, Gartenmauern.

Alarmanlage.

*Sie wird um diese Zeit bestimmt nicht an sein,* sagte Anna.

*Bevor nicht alle schlafen, wird er sie nicht aktivieren.*

*Hoffentlich.*

Völlig planlos waren beide. Aber beherzt und entschlossen.

Alle Zeichen standen auf Angriff, nicht auf Rückzug. Deshalb schlichen sie weiter durch den Park, näherten sich dem Schloss von hinten, scannten die Umgebung. Da waren keine Kampfhunde, keine Wächter, kein Alarmsignal. Da war nur ein hell erleuchtetes Poolhaus hinter einer sanften Hügelkuppe. In den Hang gebaut, ein architektonisches Highlight, ein wohltuender Kontrast zu dem alten Gemäuer.

*Was zur Hölle ist das,* fragte Bronski.

*Das ist ein Glücksfall,* sagte Anna.

Sie lächelte. Und forderte Bronski auf, genauer hinzusehen.

Vor ihnen im Licht stand Laufenberg. Durch die riesige Fensterfront konnten sie ihn sehen. Nackt tänzelte er am Beckenrand entlang. Es schien, als würde er ein Lied vor sich hin summen, er machte den Eindruck, als würde er völlig in sich ruhen. Anna und Bronski standen hinter mächtigen Bäumen und schauten Laufenberg dabei zu, wie er sich eine Schwimmbrille aufsetzte und seelenruhig in den Pool stieg.

Laufenberg rechnete nicht mit Besuch. Völlig ungestört drehte er ein paar Runden, wahrscheinlich war er durch einen unterirdischen Gang vom Schloss ins Poolhaus gelangt, bestimmt hatte er darum gebeten, nicht gestört zu werden.

Er war offensichtlich allein.

*Besser geht nicht,* flüsterte Anna.

Bronski nickte und folgte ihr.

Sie näherten sich. Bemerkten die offene Schiebetür.

Anna zögerte nicht, zog die Waffe, betrat leise das Poolhaus. Vorsichtig schaute sie sich um und legte sich hin. Auf eine Liege in der Nähe des Beckens. Sie machte es sich gemütlich und zielte auf ihn. Der Lauf der Pistole folgte Laufenberg durch das Wasser.

Bronski machte sich bereit.

Laufenberg schwamm.

Vierzig Sekunden lang noch.

Dann tauchte er auf.

## SECHSUNDVIERZIG

### DAVID BRONSKI & ALBERT LAUFENBERG

– Schönes Schwimmbad, Arschloch.
– Was zur Hölle macht ihr hier?
– Wir müssen dringend miteinander reden, Albert.
– Raus hier, oder ich rufe die Polizei.
– Kannst du gerne machen. Aber Tatsache ist, dass die sich nicht für mich interessieren. Ich habe einen Mord gestanden, aber sie haben mir nicht geglaubt. Die haben mich wieder nach Hause geschickt. Unfassbar, oder? Dein Plan hat trotz meiner Mitwirkung nicht funktioniert.
– Geh mir aus dem Weg.
– Nein.
– Gib mir ein Handtuch, verdammt noch mal.
– Träum weiter.
– Raus hier, habe ich gesagt.
– Ganz ruhig, Albert. Bevor wir hier beginnen, uns anzuschreien, möchte ich ein paar Dinge klarstellen. Also hör gut zu. Und vor allem, schau genau hin. Wie du siehst, hat Anna eine Waffe in der Hand. Solltest du jetzt also eine falsche Bewegung machen, wird sie abdrücken. Sie wird dich nicht töten, aber sie wird dir in dein Bein schießen oder

in deine Schulter vielleicht. Du wirst zu Boden gehen und Blut verlieren. Viel Blut. Anna hat sich nämlich schon den ganzen Tag darauf gefreut, dir wehzutun. Ich rate dir also, dich nicht vom Fleck zu rühren. Keinen Zentimeter, hast du verstanden?
- Was wollt ihr von mir?
- Diese Frage ist eine Provokation, aber weil ich nicht möchte, dass das Ganze hier unnötigerweise eskaliert, erkläre ich es dir gerne noch mal. Nach unserem letzten Gespräch ging ich davon aus, dass wir eine Vereinbarung hatten. So wie es aussieht, hast du dich aber nicht an diese Vereinbarung gehalten. Und wie du dir vorstellen kannst, macht mich das sehr wütend. Um ganz ehrlich zu sein, wärst du bereits tot, wenn es nach mir gehen würde. Nur Anna hast du es zu verdanken, dass du immer noch unverletzt hier herumstehst. Ich musste ihr versprechen, mich zurückzuhalten.
- Aber es läuft doch alles nach Plan. Ich weiß nicht, was das hier soll. Als ich den Artikel gelesen habe, habe ich deinem Freund doch sofort gesagt, dass er sie freilassen soll.
- Hast du nicht.
- Aber wenn ich es dir doch sage.
- Du lügst, Albert. Weil du Angst hast. Hör auf, uns Märchen zu erzählen, so viel Zeit haben wir leider nicht. Es geht jetzt nur darum, dass du uns eine einzige Frage beantwortest. Und zwar schnell. Wo ist Judith?
- Darf ich mir etwas anziehen?
- Nein. Du sollst mir einfach nur sagen, wo sie ist.
- Das kann ich leider nicht tun.
- Ich sehe, dass Annas Arm zuckt. Besser, du redest jetzt. Sie wird sonst schießen. Auf deine Kniescheibe vielleicht.

Du wirst nie wieder richtig laufen können, wenn die Kugel den Knochen zerschmettert. Du wirst es ein Leben lang bereuen, dass du so stur warst. Also, gib mir die Adresse und es ist gut. Anna wird bei dir bleiben, bis wir sicher sind, dass Judith wohlauf ist. Wenn du die Wahrheit sagst, wird dir also nichts passieren.
- So habt ihr euch das ausgedacht? Ihr kommt hier an und bedroht einen nackten Mann? Ihr glaubt tatsächlich, dass ihr damit etwas erreicht?
- Du hast noch zehn Sekunden, Albert.
- Die Drohungen kannst du dir sparen. Deine Schwester wird nämlich nicht schießen. Dafür ist sie zu schlau. Sie weiß, dass ihr gar nichts mehr von mir erfahren werdet, wenn ihr mich jetzt verletzt. Je länger sie auf mich zielt, desto schlimmer wird die Situation für dein Mädchen. Nicht auszudenken, was dein Freund Kurt mit ihr machen wird, wenn ich mich nicht gesund und munter bei ihm melden werde.
- Sie ist also noch bei ihm?
- Wer weiß.
- Wer sagt mir, dass sie nicht schon längst tot ist?
- Niemand. Du musst mir wohl oder übel vertrauen. Ich bin es nämlich, der hier die Zügel in der Hand hält. Daran hat sich nichts geändert. Und auch nicht daran, dass ich dir sagen werde, was passieren wird. Du hast zwei Möglichkeiten, das hier zu beenden, David. Entweder du schlägst mir jetzt den Schädel ein und verpasst damit die letzte Chance, dein Mädchen wiederzusehen. Oder du hältst dich zurück und ich kümmere mich darum, dass dein obdachloser Freund die Finger von ihr lässt. Ich werde ihn anrufen und ihm sagen, dass er sie gehen lassen soll.

- Warum solltest du das tun?
- Weil ich kein Unmensch bin. Ich habe sie großgezogen, ich würde es niemals über das Herz bringen, ihr etwas anzutun.
- Du hast sie entführen und betäuben lassen.
- Weil ich wollte, dass sie nichts von alldem mitbekommt. Sie soll weiterhin ein unbeschwertes Leben führen, oder? Deshalb werdet ihr beide jetzt auch von hier verschwinden. Noch habt ihr die Gelegenheit dazu. Wenn ihr sofort mit diesem Unfug aufhört, werde ich euch auch nicht anzeigen, wir werden einfach so tun, als wäre nichts passiert.
- Du schätzt die Situation völlig falsch ein, Albert. Du hast keine Vorstellung davon, was gleich mit dir passieren wird, wenn du nicht kooperierst.
- Klingt sehr dramatisch. Berührt mich irgendwie, was du sagst. Ich kann mir durchaus vorstellen, wie verzweifelt du bist und wie sehr du mich verachtest. Es muss wirklich ärgerlich für dich sein, dass du dich jetzt zurückhalten musst.
- Ich werde mich nicht zurückhalten.
- Was denn dann?
- Ich werde dir mit meiner Faust ins Gesicht schlagen.
- Ahhhhh. Bist du wahnsinnig? Meine Nase.
- Wo ist meine Tochter?
- Das hättest du nicht tun sollen.
- Ich mache es gleich noch mal, wenn du nicht redest.
- Das war ein Fehler, Bronski. Ein schwerer Fehler.
- Du sollst mir sagen, wo mein Kind ist.
- Darf ich mich hinsetzen?
- Von mir aus. Wird die Sache nicht besser machen.
- Ahhhhh.

- Ich höre erst auf, wenn ich weiß, was du mit ihr gemacht hast.
- Das ist jämmerlich. Auf einen wehrlosen Mann einzutreten, der mit einer Waffe bedroht wird. Das ist das Letzte.
- Mag sein. Aber am Ende ist es so, dass du für das alles hier verantwortlich bist. Du mieser Drecksack willst es nicht anders.
- Kurzzeitig dachte ich tatsächlich, du wärest ein kultivierter Mensch. Aber nein. Du bist ein Prolet, ein Schläger, genauso strohdumm und einfältig, wie ich ursprünglich angenommen hatte.
- Ach, Laufenberg.
- Ahhhhh. Verdammt. Wenn du so weitermachst, hat die Polizei endlich einen Grund, dich zu verhaften. Schwere Körperverletzung, das reicht für ein oder zwei Jahre.
- Bei Körperverletzung wird es nicht bleiben. Ich bring dich um, wenn du nicht sofort dein arrogantes Maul aufmachst. Du sagst mir jetzt, wo meine Tochter ist, oder ich werde so lange zuschlagen, bis du nur noch winselst.
- Du willst also, dass ich dir die Wahrheit sage? Kann ich gerne machen. Bin mir aber nicht sicher, ob du damit umgehen kannst.
- Rede.
- Einverstanden. Da ich annehme, dass das Ganze hier nicht gut für mich ausgehen wird, werde ich die Gelegenheit nützen und ehrlich zu dir sein. Mit großem Vergnügen werde ich ein bisschen Licht in deine traurige Welt bringen.
- Du solltest jetzt zum Punkt kommen.
- Na gut. Wir beginnen mit Kurt. Du hast ja mitbekommen, dass er für ein paar Scheine seine Freundschaft zu dir ver-

raten hat. Ich würde sagen, einen besseren Kandidaten hätte ich nicht finden können, um dich vorzuführen. Er war so folgsam, er hat sogar meine Frau für mich umgebracht.
- Was hat er?
- Klingt verrückt, oder? Dass jemand bereit ist, für ein bisschen Geld ein Menschenleben auszulöschen. Hätte nicht gedacht, dass es so einfach sein würde, sie loszuwerden. Meine Margit. Sie hat leider die Nerven verloren. Kann natürlich passieren in solchen Extremsituationen, aber gut ist das natürlich nicht. Wäre doch fatal gewesen, wenn sie alles verdorben hätte. Nur wegen dieses fürchterlichen Kindes. Nur weil sie es sich damals unbedingt eingebildet hat. *Kauf dir doch lieber ein paar Schuhe*, habe ich zu ihr gesagt. Aber nein, sie wollte dieses Baby. Unglaublich, oder? Beinahe hätte mir diese Göre alles versaut. Dieses Dreckskind. Wenn ich an diese Augen denke, wird mir schlecht. Ich habe sie gezwungen, Kontaktlinsen zu tragen, ansonsten hätte ich diesen Anblick nicht ertragen all die Jahre.
- Sei still.
- Mir ist klar, dass du das nicht hören willst. Aber deine missratene Tochter hat uns allen das Leben schwergemacht. Obwohl wir alles für sie getan haben, hat sie mein Vertrauen missbraucht. Anstatt dankbar für das zu sein, was wir ihr ermöglicht haben, hat sie alles in Frage gestellt. Sie hat unsere Familie auseinandergerissen und kaputt gemacht.
- Du willst es nicht anders.
- Aaaaahhhhhh.
- Sag mir einfach, wo sie ist, dann hast du es hinter dir.
- Ist schon in Ordnung. Ein paar Tritte in den Magen ver-

krafte ich noch. Kurz halte ich noch durch, versprochen. Es ist mir nämlich wichtig, dass du noch über eine Sache Bescheid weißt, bevor hier der Vorhang fällt. Es wäre wirklich zu schade, wenn du es von jemand anderem erfahren würdest.
- Du spielst mit deinem Leben, Laufenberg.
- Ist mir klar. Aber ich kann nicht anders. Ich bin so gespannt auf dein Gesicht. Ich möchte unbedingt wissen, ob du es auch so toll findest wie ich.
- Wovon redest du, du verdammter Irrer?
- Es geht um deine Frau.
- Was ist mit ihr?
- Du sollst wissen, was ich mit ihr gemacht habe.
- Was zur Hölle soll das?
- Ich habe sie gefickt.
- Hast du nicht.
- Doch, Bronski. Ich habe euch beide gefickt.

## SIEBENUNDVIERZIG

Ich wollte, dass er sein dreckiges Maul hielt.
Kein schlechtes Wort mehr über die Frau, die ich geliebt habe.
Keine Sekunde länger wollte ich es ertragen, trotzdem hielt ich mich zurück. Ich wollte wissen, was ihm so wichtig war, dass er bereit war, noch weitere Schläge und Tritte zu ertragen. Auch wenn ich mir sicher war, dass er mich wieder täuschen wollte, hörte ich ihm zu. Ich wollte erfahren, was er über Mona wusste. Der Gedanke war zwar absurd, aber ich musste herausfinden, ob er sie getroffen hatte.
Ob etwas zwischen den beiden passiert war.
Ich verstand nicht, warum er sie ins Spiel gebracht hatte.
Irgendetwas stimmte hier nicht.
Laufenberg erzählte es mir.
Seelenruhig und mit einem Grinsen im Gesicht sagte er mir, dass Judith ihm damals von der Frau berichtet hatte, von der sie in Berlin angesprochen worden war. Laufenberg hatte mitbekommen, dass Mona wie durch ein Wunder einen Volltreffer gelandet hatte, dass sie nach Leipzig gefahren war und vor seinem Anwesen nach Judith Ausschau hielt.
Sofort sorgte er dafür, dass sie von der Bildfläche verschwand.

Judith hatte begonnen, Fragen zu stellen, sie hatte sich emotional in die Sache verstrickt. Es war notwendig geworden, dass er sich um die Sache kümmerte. Er suchte eine Lösung für sein Problem.
Laufenberg ließ Mona und mich überwachen.
Er musste verhindern, dass sich seine Welt mit unserer vermischte. Was ihm all die Jahre gelungen war, sollte auch für die folgenden gelten.
Sein Verbrechen sollte unentdeckt bleiben.
Laufenberg machte es möglich.
Unter Schmerzen, aber trotzdem mit großem Vergnügen beichtete er, was er getan hatte. Er sprach über die Ungeheuerlichkeit, die er sich ausgedacht hatte, darüber, dass er eine Vereinbarung mit Mona getroffen hatte. Er war beeindruckt davon, wie Mona auf seinen Vorschlag reagiert hatte, er schwärmte davon, wie selbstlos sie ihren Beitrag dazu geleistet hatte, damit Rebecca weiterhin ein unbeschwertes Leben führen konnte.
*Mona war wirklich brav,* sagte er.
*Eine richtig gute Mutter.*
*Ein bisschen dumm vielleicht, dafür aber umso folgsamer.*
Laufenberg warf mir seine dreckigen Sätze ins Gesicht.
Es waren Demütigungen.
Was noch gut war, zerbarst.
*Deine Frau hat keine Sekunde lang an sich selbst gedacht.*
*Die gute Mona hat es einfach durchgezogen.*
*Wir haben uns prächtig verstanden.*
Begeistert erzählte er mir, dass er zu der Zeit damals einen Krimi gesehen hatte, der ihn nachhaltig beeinflusst hätte. Der Täter in dem Film hatte eine grandiose Idee gehabt, er war

Visionär und seine Methode äußerst effektiv. Das könne er auch, hatte Laufenberg damals zu sich selbst gesagt und die fiktive Handlung eines engagierten Drehbuchautors Wirklichkeit werden lassen. Ein grausamer Plan war es.
Perfekt umgesetzt.
Laufenberg war stolz auf das, was er getan hatte.
Er offenbarte mir jedes Detail.
*Lass dir das auf der Zunge zergehen,* sagte er.
Ich war wie gelähmt.
Malte mir aus, was er skizzierte.
Ich sah vor mir, wie sie dieses Telefon in die Hand nahm.
Schulte hatte es kurz vorher unbemerkt in ihre Handtasche gelegt. Ein billiges Klapphandy mit Wertkarte.
Mona hatte keine Ahnung, wie es in ihren Besitz gekommen war. Warum es klingelte. Und was der Mann von ihr wollte, dessen Stimme sie plötzlich hörte.
Ein völlig Fremder drohte ihr.
Machte ihr klar, dass sie in ein Wespennest gestochen hatte.
*Sie werden sterben,* sagte er.
Und Mona starb.

## ACHTUNDVIERZIG

### MONA BRONSKI & ALBERT LAUFENBERG

- Frau Bronski. Schön, dass ich Sie erreiche.
- Wer spricht da?
- Ein Freund der Familie, würde ich sagen. Wir beide haben einiges zu besprechen.
- Was soll das? Wie kommt das Telefon in meine Handtasche? Wer zur Hölle sind Sie? Und woher kennen Sie meinen Namen?
- Ich möchte Sie zu einem kleinen Spaziergang einladen. Unterwegs werde ich gerne all Ihre Fragen beantworten.
- Ein Spaziergang?
- Sie sind gerade am Alexanderplatz, richtig?
- Woher wissen Sie das?
- Sie werden jetzt Richtung S-Bahnhof gehen und dann die Karl-Liebknecht-Straße entlang. Bis vor zur Torstraße.
- Warum sollte ich das tun?
- Weil Sie neugierig sind. Weil Sie unbedingt wissen wollen, was ich Ihnen gleich erzählen werde. Also gehen Sie los. Sie werden sehen, wir werden uns bestens verstehen, alles wird sich in Wohlgefallen auflösen.
- Ich werde jetzt auflegen.

- Werden Sie nicht. Außer es ist Ihnen egal, was mit Ihrer Tochter passiert.
- Mit meiner Tochter?
- Das Mädchen in dem Café. Ich muss Ihnen wirklich ein Kompliment machen, es ist unglaublich, dass Sie sie unter all den Millionen Menschen da draußen erkannt haben. Ist eigentlich unmöglich. Aber man sagt Müttern ja so einiges nach. Faszinierend ist das.
- Was passiert hier?
- Wie gesagt, wir unterhalten uns. Wichtig ist aber, dass Sie dabei nicht stehen bleiben. Nur wenn Sie weitergehen, werden Sie die Wahrheit erfahren. Sie dürften nach all der Zeit ja ziemlich neugierig sein, oder?
- Was haben Sie mit meinem Baby gemacht?
- Ich? Sie waren es doch, die sich gegen ein Leben mit Ihrer Tochter entschieden haben. Muss schlimm sein, wieder daran erinnert zu werden, dass man als Mutter gescheitert ist.
- Sie mieses Schwein.
- Ich verstehe, dass Sie wütend sind. Trotzdem wird alles, was nun passiert, Konsequenzen haben. In den nächsten Minuten haben Sie das Schicksal Ihrer Tochter in der Hand. Sie entscheiden, ob Ihr kleines Mädchen leben oder sterben wird.
- Was reden Sie denn da? Wer sind Sie überhaupt?
- Ich bin der Mann, der Ihre Tochter töten wird, wenn Sie nicht tun, was ich Ihnen sage. Also beruhigen Sie sich bitte. Ansonsten lege ich auf, und Sie werden es sein, die für alles verantwortlich ist, was passieren wird. Sie werden sich ein Leben lang Vorwürfe machen, dass Sie es nicht verhindert haben.

- Dass ich was nicht verhindert habe?
- So weit sind wir noch nicht, Mona. Wir sollten erst über ein paar grundsätzliche Dinge reden.
- Welche Dinge denn? Ich verstehe das alles nicht.
- Ich habe mich über Sie informiert. Schrecklich, was Sie durchmachen mussten. Wie man mir berichtet hat, haben Sie anscheinend sehr darunter gelitten, dass Sie Ihre Tochter damals weggegeben haben, oder?
- Ich habe sie nicht weggegeben.
- Doch, Mona. Sie haben das Liebste, das Sie hatten, einfach einer wildfremden Frau in die Hände gedrückt. Sie haben Ihr Baby im Stich gelassen, ihm das Schlimmste angetan, das man jemandem antun kann. Sie haben Ihre Tochter ausgesetzt wie ein Tier, das man nicht mehr haben will.
- Das stimmt nicht. So war das nicht.
- Sie sollten akzeptieren, dass Ihre Tochter großes Glück hatte. Sie konnten sich ja selbst davon überzeugen, dass eine schöne Frau aus ihr geworden ist. Etwas störrisch und eigensinnig zwar, aber klug. Sie hat sich ordentlich entwickelt, meine Frau und ich, wir haben uns liebevoll um Ihr Kind gekümmert, während Sie sich Ihren Stimmungsschwankungen hingegeben haben. Es ist wohl eine Tatsache, dass wir durch unseren Einsatz und unsere Fürsorge das Schlimmste verhindert haben. Wir haben Ihrer Tochter auf gewisse Art und Weise das Leben gerettet und ihr eine unbeschwerte Kindheit ermöglicht. Wenn ich mich daran erinnere, wie viele Nächte wir nicht geschlafen haben, werde ich ganz wehmütig. Wir haben unsere Kleine mit Liebe überschüttet, ihr gegeben, was sie von Ihnen leider nicht bekommen hat.

- Arschloch.
- Wenn wir es nüchtern betrachten, muss man einfach sagen, dass Sie eine jämmerliche Mutter waren. Sie haben auf allen Linien versagt.
- Ich höre mir das nicht länger an. Ich werde jetzt zur Polizei gehen. Sie werden für all das bezahlen, was Sie uns angetan haben.
- Ach, kommen Sie. Warum zeigen Sie nicht einfach Größe und nehmen es hin, wie es ist. Sie sind nicht geschaffen für dieses Leben. Ich denke wirklich, dass es besser für Sie ist, einen Schlussstrich unter alles zu ziehen. Sie belasten Ihre Umwelt, Ihr Mann leidet darunter, dass Sie so labil sind. Er hat doch bestimmt schon lange die Nase voll, oder? All die Jahre an der Seite einer psychisch kranken Frau, das hält niemand auf Dauer aus. Keiner erträgt das. Nur aus Mitleid ist er bei Ihnen geblieben.
- Es reicht. Ich lege jetzt auf.
- Das werden Sie nicht. Und Sie werden auch nicht stehen bleiben. Immer schön weitergehen, Mona. Oder wollen Sie, dass ich wütend werde? Ihre Tochter müsste dann nämlich für Ihr egoistisches Verhalten bezahlen.
- Wo ist sie?
- Sie hat Hausarrest. Ich musste sie leider einsperren. Sie kam ja völlig aufgelöst aus Berlin zurück, das Treffen mit Ihnen hat sie völlig verwirrt. Sie hat mir erzählt, dass Sie ihr Flöhe ins Ohr gesetzt haben. War keine gute Idee, Mona. Sie stören nämlich das natürliche Gleichgewicht. Die Ordnung in unserer Familie. Deshalb ist es so wichtig, dass Sie mir jetzt gut zuhören.
- Was wollen Sie von mir?

– Ich hätte gerne, dass Sie eine Entscheidung treffen. Aus freien Stücken. Ich mache Ihnen ein Angebot, und Sie entscheiden, ob Sie es annehmen wollen. Sie können den Schaden begrenzen, ein kleines Opfer bringen und dafür sorgen, dass Ihre Tochter weiterhin ein halbwegs gutes Leben führt. Wäre nur fair, finde ich. Sie wären das Ihrem kleinen Mädchen eigentlich schuldig.
– Wem ich etwas schuldig bin und wem nicht, entscheide nur ich.
– Nicht so bockig, bitte. Sie haben sich schließlich selbst in diese Position gebracht. Sie hätten es auf sich beruhen lassen können, aber nein, Sie mussten ja unbedingt nach Leipzig kommen und herumschnüffeln. Das alles könnte sich zu einem großen Problem für mich auswachsen, wenn wir beide nichts dagegen unternehmen.
– Was Sie von mir wollen, will ich wissen.
– Ich hätte gerne, dass Sie sich umbringen.
– Bitte was?
– Wenn Sie an der Ecke Torstraße – Mollstraße ankommen, werden Sie dort einen Club besuchen. Am Eingang werden Sie einen Freund von mir treffen. Schulte heißt er. Ist ein etwas ruppiger Kerl, aber sehr verlässlich. Er wird Sie als Begleitung mit nach oben nehmen, Sie werden sehen, tolles Ambiente, ein Ort zum Wohlfühlen. Sehr exklusiv und diskret, nur für Mitglieder.
– Haben Sie eben gesagt, dass ich mich umbringen soll?
– Ja. Es ist wirklich die beste Lösung. Außerdem würde Ihnen die Alternative noch weniger gefallen. Das schlechte Gewissen, mit dem Sie weiterleben müssten, würde Sie kaputt machen.

– Wovon reden Sie?
– Noch einmal ganz langsam, damit es keine Missverständnisse gibt. Entweder Sie sterben, oder Ihre Tochter stirbt.
– Das meinen Sie nicht ernst, oder?
– Doch, das tue ich. Ich bin sehr klar in meinen Vorstellungen. Deshalb ist es auch wichtig, dass Sie mir jetzt ganz genau zuhören, ich werde das alles kein zweites Mal sagen.
– Sie sind doch völlig verrückt.
– Aber nein. Machen Sie sich keine Sorgen. Die Sache ist ganz einfach. Sollten Sie nicht kooperieren, werde ich Ihre Tochter töten. Sie lassen mir dann keine andere Wahl.
– Was Sie da sagen, ist ungeheuerlich.
– Ist es nicht.
– Sie sind ja geisteskrank.
– Na ja. Das ist vielleicht etwas übertrieben. Wobei ich zugeben muss, dass es ein durchaus krasser Schritt wäre. Ich denke aber, es wird mir leichtfallen. Es wird mir sogar Freude bereiten. Trotz all der Jahre, die wir zusammen verbracht haben, sind Rebecca und ich uns nie wirklich nahe gekommen. Sie blieb mir immer fremd. Wäre also kein allzu großer Verlust für mich. Ich wollte es früher ja nie wahrhaben, aber es macht tatsächlich einen Unterschied, ob es ein leibliches Kind ist oder nicht. Meiner anderen Tochter könnte ich so etwas nämlich niemals antun. Bei Rebecca hingegen werde ich wie gesagt keine Sekunde zögern.
– Warum machen Sie das mit mir?
– Weil ich mir ausgemalt habe, was passieren wird, wenn Sie sich dafür entscheiden, Ihrem Mann oder der Polizei von unserem Gespräch zu erzählen. Die ganze Sache wird dann nicht länger geheim bleiben können. Rebecca wird auf

einem Gentest bestehen, sie wird herausfinden, dass wir sie ein Leben lang angelogen haben. Selbstverständlich wird sie sich dann von uns abwenden und die Polizei auf mich und meine Frau hetzen. Wie Sie sicher verstehen werden, muss ich dieses Szenario mit allen Mitteln verhindern. Also entweder *Sie* lösen das Problem und verschwinden für immer aus dem Leben Ihrer Tochter. Oder *ich* lasse Ihre Tochter verschwinden.
- Nein.
- Doch. Sollten Sie in fünfzehn Minuten nicht tot sein, werde ich nach Hause eilen, in Rebeccas Zimmer gehen und sie bitten, mit mir einen kleinen Ausflug zu machen. Ich werde einen Schürhaken einpacken und mit ihr in den Grunewald fahren. Dort werde ich sie in unserer wunderhübschen Jagdhütte erschlagen. Ich werde mit dem Schürhaken so lange auf sie eindreschen, bis sie sich nicht mehr rührt. Einmal, zweimal, dreimal, wenn nötig auch zehnmal. Niemand wird sie da schreien hören. Und niemand wird sehen, wie mein Freund Schulte und ich die Leiche später in den Kofferraum seines Wagens laden werden. Ich verspreche Ihnen, Ihre Tochter wird in einer Müllverbrennungsanlage in Polen enden, wenn Sie nicht tun, was ich von Ihnen will.
- Bitte nicht.
- Das Kind, das Sie lieben, wird tot sein. Und Sie werden es sein, die sie auf dem Gewissen hat. Sie werden keinen glücklichen Tag mehr in diesem Leben haben.
- Wie können Sie nur so grausam sein.
- Ist ganz leicht.
- Sie werden Ihre Strafe dafür bekommen.

– Glaube ich nicht. Ich bin bisher in meinem Leben immer ganz gut durchgekommen mit meinen Schweinereien. Und das wird sich auch jetzt nicht ändern. Ich habe wirklich an alles gedacht. Und nicht das Geringste zu befürchten.
– Ich kann das nicht.
– Doch, Sie können. Wie ich sehe, sind Sie bereits vor dem Club angekommen. Schulte erwartet Sie bereits. Der Mann in der hübschen Lederjacke links von Ihnen.
– Wo sind Sie, verdammt noch mal?
– Das ist nicht wichtig. Es ist nicht vorgesehen, dass wir beide uns kennenlernen. Schulte übernimmt ab hier. Wir werden uns jetzt verabschieden, Sie werden ihm das Telefon geben und mit ihm nach oben gehen. Sie werden nicht auffallen, mit niemandem sprechen, und sobald Sie den Club betreten haben, werden Sie so tun, als hätten Sie auch mit Schulte nichts zu schaffen. Sie werden das ganz alleine durchziehen, gelassen und entspannt auf die Dachterrasse gehen, Sie werden dort über die Brüstung steigen und springen. Sie werden nicht darüber nachdenken, ob Sie es tun sollen oder nicht. Dafür haben Sie keine Zeit, Mona. Wenn Sie nämlich nicht in fünf Minuten hier unten auf der Straße liegen, werde ich mich auf den Heimweg machen, und Ihre Tochter wird sterben.
– Bitte, bitte nicht.
– Sie bekommen nur diese eine Chance. Das Einzige, das Ihre Tochter retten kann, ist Ihr Suizid. Ist im Vergleich zu dem, was Sie Ihrem Kind sonst antun würden, eigentlich halb so schlimm. Außerdem warten im Grunde doch alle schon längst darauf. Ihr Mann fragt sich bestimmt schon seit Jahren, wann es so weit ist. Es wird eine Erleichterung für ihn

sein, wenn Sie endlich verschwinden und ihm die Chance auf ein normales Leben ermöglichen.
- Nein. Das ist nicht wahr. So ist das nicht.
- Doch, Mona. Und tief in Ihrem Inneren wissen Sie, dass ich recht habe. Sie tun allen einen Gefallen, wenn Sie das Drama jetzt beenden.
- Ich will nicht sterben.
- Augen zu und durch, Mona. Sie werden dieses kleine Opfer nicht umsonst bringen. Rebecca wird unversehrt bleiben, sie wird nichts von alldem mitbekommen, das verspreche ich Ihnen.
- Judith. Sie heißt Judith.
- Von mir aus. Wenn es Ihnen wichtig ist, dann eben Judith. Fakt ist, sie wird leben, wenn Sie springen.
- Ich kann das nicht.
- Wie Sie wollen. Dann werden Sie eben beide sterben. Ich werde Ihr kleines Mädchen töten, und Schulte wird sich um Sie kümmern. So oder so ist hier die Reise für Sie zu Ende.
- Bitte, nicht.
- Machen Sie's gut.
- Nicht auflegen, bitte.
- Sie haben exakt fünf Minuten.
- Nein, nein, nein.
- Die Zeit läuft, Mona.

# NEUNUNDVIERZIG

*Schlag endlich zu.*
Ich habe Monas Stimme gehört.
*Tu es einfach,* hat sie gesagt.
*Mach schon, David.*
*Schlag ihn tot.*
Dann prügelte ich auf ihn ein.
Ich hatte ihre Stimme im Ohr. Und sah, wie sie tot vor mir lag. Monas wunderschönes Gesicht. Das Foto in meinem Wohnzimmer. Ich strich in Gedanken mit meinen Fingern über ihre Wange. Ich konnte ihre Haut riechen. Ihre Haare. Ich sah, wie sie aufwachte neben mir an einem Frühlingstag. Mona war schwanger, sie war glücklich und stolz auf ihren Bauch. Wir freuten uns auf das Leben zu dritt.
Wir umarmten uns. Liebten uns. Für immer.
An dieses Gefühl erinnerte ich mich.
Und schlug ihn.
Ich wollte Mona zurück.
Mit jedem Schlag wollte ich ungeschehen machen, was er getan hatte, ich wollte ausradieren, was passiert war. Wie ein Rausch war es, in den ich mich flüchtete. Was ich fühlte, war plötzlich

unendlich laut, es deckte alles zu, schaltete die Vernunft aus, legte die Menschlichkeit in mir lahm. Ich wollte ihm wehtun, ihm für immer sein dreckiges Maul stopfen, ich wollte, dass Laufenberg spürte, was ich in all den Jahren gespürt hatte. Schmerz. Ohnmacht. Verzweiflung.
Er sollte bluten und wimmern. Der Mann, der uns das alles angetan hatte, sollte sterben. Ich trat ihn. Annas verzweifelte Versuche, mich davon abzuhalten, mein Leben wegzuwerfen, scheiterten.
*Du bringst ihn um,* schrie sie.
*Hör auf damit, David.*
*Bitte tu das nicht.*
*Komm zu dir, verdammt noch mal.*
Ich hörte sie nicht. Spürte sie nicht. Anna wollte mich von ihm wegziehen, doch ich stieß sie zur Seite. Meine Wut ließ sich nicht mehr einsperren, meine Fäuste bestraften ihn, verletzten ihn, trommelten auf ihn ein. Was ich mein ganzes Leben lang vermieden hatte, passierte plötzlich. Nie war ich in eine Prügelei verwickelt gewesen, noch nie zuvor hatte ich zugeschlagen. Jemandem absichtlich körperliche Schmerzen zuzufügen, war mir bis zu diesem Moment fremd gewesen. Dieses Gefühl kannte ich nicht, dass ich diese unsichtbare Grenze jemals überschreiten würde, war nicht vorgesehen gewesen. Schlag für Schlag verschwand ich im Abgrund. Es wurde dunkel um mich.
Da war nur noch Laufenberg. Seine Haut, die aufplatzte. Seine Rippen, die brachen. Die Ungeheuerlichkeiten, die er mir offenbart hatte, die mich dazu brachten, alles zu vergessen, was mir wichtig war.
Ich wollte es nicht, aber ich tat es.

Laufenberg hatte etwas in Gang gesetzt. Es überrollte mich, drängte mich dazu, immer noch einen Schritt weiter zu gehen. Die letzten Zweifel daran, ob es richtig war, was ich tat, verwarf ich. Da war nur noch Hass. Offene Wunden, die klafften. Erinnerungen. Und Gewalt.

Mona starb vor meinen Augen, während ich Laufenbergs Kopf an den Haaren nach oben zog, um ihn dann mit Wucht auf den Fliesenboden zu schlagen. Ich sah, wie sie auf der Straße lag, wie sie überfahren wurde. Ich sah sie springen, die Angst in ihren Augen, ihre Verzweiflung. Ich las ihre Gedanken und hörte, was sie noch sagen wollte, bevor sie über die Brüstung geklettert war.

Bevor sie aus meinem Leben verschwand.

*Ich habe es für unser Mädchen getan.*

*Du schaffst das auch ohne mich, David.*

*Du musst sie finden. Sie beschützen.*

*Vor ihm.*

Albert Laufenberg.

Nackt lag er vor mir.

Er wehrte sich nicht mehr. Er hatte beschlossen, das Opfer zu sein und mich zum Täter zu machen. Irrsinnigerweise spielte ich mit. Alles, was er gesagt hatte, trieb mich an. Was er getan hatte. Was er mir mit größtem Vergnügen erzählt hatte. Bis zum Ende manipulierte mich dieser Mann, er behielt nach wie vor die Kontrolle über alles, er zog die Fäden.

Laufenberg wusste, dass es Anna irgendwann gelingen würde, mich zu überwältigen und davon abzuhalten, ihn zu töten. Bis auf ein paar Platzwunden und Prellungen hatte er nichts zu befürchten. Ich war es, der eingesperrt werden sollte, nicht er. Ich war es, der der Welt erklärt hatte, dass ich seine Mut-

ter umgebracht hatte. Und ich sollte auch der Entführer seiner Tochter sein. Im besten Fall auch ihr Mörder.
David Bronski.
Der Fotograf, der rotsah.
Es galten keine Regeln mehr, an die ich mich hielt.
Alle Dämme waren gebrochen. Laufenberg sollte aufhören zu atmen. Nie wieder sollte er etwas sagen, jemandem etwas antun. Weil er geschwiegen hatte, sollte er bezahlen. Er hatte uns nicht verraten, wo Judith war. Anna und mir war irgendwann klar gewesen, dass er es um jeden Preis für sich behalten wollte. Laufenberg schützte seine Welt, er hatte mein Leben zerstört, um seines zu retten. Er war bereit, sich von mir halb totschlagen zu lassen.
Er pokerte. Grinste. Provozierte mich.
Ich prügelte weiter auf ihn ein.
Dachte kurz noch an Svenja.
Daran, dass sie mich verurteilt hätte, wenn sie mich so gesehen hätte.
Nie wieder hätte sie ein Wort mit mir gesprochen, nie wieder hätte sie mich berühren wollen, Svenja hätte Angst vor mir bekommen, hätte diese Hände, mit denen ich Albert schlug, nie wieder auf sich spüren wollen. Ich sah vor mir, wie sie angewidert den Kopf schüttelte. Svenja, wie sie mich anflehte, damit aufzuhören.
Während mich Mona weiter antrieb.
*Mach weiter, David.*
*Schlag zu.*
Ich nickte nur.
Meine Hände zitterten.
Ich hatte mich von allem verabschiedet.

Was mit mir passieren würde, war mir egal.
Laufenberg sollte leiden.
An dem krepieren, was er verursacht hatte.
Er hatte mir alles genommen.
Ich wollte auch ihm alles nehmen.
Doch dann klingelte das Telefon.

# FÜNFZIG

## JUDITH BRONSKI & DAVID BRONSKI

- Ich hasse Krankenhäuser.
- Tut mir leid, dass ich erst jetzt komme.
- Wo warst du denn so lange?
- Bei der Polizei. Sie haben mich stundenlang vernommen. Ich konnte nicht weg, bitte verzeih mir.
- War verdammt knapp, habe ich gehört. Anscheinend hast du ihn beinahe umgebracht. Er soll ganz schön was eingesteckt haben.
- Hat er.
- Das freut mich.
- Ich war so wütend. Verzweifelt. Ich dachte, dass ich dich nie wiedersehen werde.
- Wir hatten wohl beide Glück.
- Wenn du mich nicht angerufen hättest, wäre ich jetzt nicht hier. Fünf Minuten später und Laufenberg hätte aufgehört zu atmen. Wir hätten uns in den nächsten zwanzig Jahren nur in irgendeinem versifften Besucherraum sehen können.
- Das wäre schade gewesen.
- Wäre es.
- Obwohl er es eigentlich verdient hätte.

- Hätte er.
- Ich bin trotzdem froh, dass du es nicht getan hast. Und auch, dass Kurt mir mein Telefon dagelassen hat. Irgendwie habe ich es wohl gespürt, dass du in der Klemme steckst.
- Woher hattest du meine Nummer?
- Von deiner Chefin. Ich habe in der Redaktion angerufen und gesagt, dass es um Leben und Tod geht. War im Nachhinein gesehen ja gar nicht ganz falsch.
- Ich bin dir sehr dankbar.
- Gern geschehen.
- Wie lange musst du denn noch bleiben?
- Noch einen Tag zur Beobachtung. Schadet aber nicht, wenn man bedenkt, was dieser Psychopath alles in mich hineingepumpt hat. Dass ich noch lebe, ist ein Wunder, haben die Ärzte gesagt.
- Ja, das ist es. Ein Wunder.
- Weinst du?
- Nein.
- Natürlich weinst du. Erstaunt mich. Nach dem, was du mit Albert gemacht hast, dachte ich, dass du einer von den harten Jungs bist.
- Normalerweise mache ich so etwas nicht.
- Normalerweise? Ich muss also keine Angst vor dir haben?
- Nein, musst du nicht.
- Hat mir deine Freundin auch gesagt, als sie hier war, um das Interview mit mir zu machen.
- Sie ist nicht meine Freundin.
- Doch, das ist sie. Und ich denke, du kannst froh sein, dass du sie hast. Svenja hat mir nur Gutes über dich erzählt.
- Hat sie?

- Sie muss zwar ganz schön irre sein, wenn sie sich mit dir einlässt, aber mein erster Eindruck sagt mir, dass sie eine von den Guten ist.
- Ja, das ist sie. Kannst dich darauf verlassen, dass sie deine Geschichte nicht verdrehen wird. Svenja ist wirklich gut in ihrem Job.
- Du auch. Habe dich gegoogelt. Mir deine Bilder im Netz angesehen. Scheinst ein guter Fotograf zu sein.
- Du verstehst etwas davon?
- Nein. Würde ich aber gerne. Ich habe es immer gehasst, Medizin zu studieren. Albert wollte, dass ich das mache, nicht ich. Am liebsten würde ich damit aufhören. Etwas ganz anderes machen.
- Das kannst du. Laufenberg wird sich nie wieder in dein Leben einmischen. Man wird ihn für viele Jahre wegsperren, du musst dir keine Sorgen mehr machen.
- Das hat auch dieser Polizist aus Tirol gesagt. Weichenberger. Er war vorhin hier. Sagte, dass er zuversichtlich ist, ihn nicht nur wegen Kindesentführung dranzukriegen. Früher oder später wird er ihm auch die Morde an seiner Mutter und an seiner Frau nachweisen können. Er rechnet fest damit, dass er Kurt finden und ihn dazu bringen wird, auszusagen. Dann geht Albert Laufenberg endgültig unter.
- Weißt du, wo er hin ist? Kurt, meine ich. Hat er etwas gesagt? Angedeutet, was er vorhat?
- Er sprach von einem Strand in Südamerika. Aber ich denke nicht, dass er es so weit schafft. Der Mann ist völlig am Ende. Irgendwie hat er mir leidgetan.
- Er hat dich entführt. Dich beinahe umgebracht. Und er tut dir leid?

- Ja. Im Gegensatz zu dem Mann, der ein Leben lang behauptet hat, mein Vater zu sein, hat Kurt ein Gewissen. Was er getan hat, belastet ihn. Man könnte sagen, er hat seine Seele dem Teufel verkauft. Aber er hat es Gott sei Dank noch rechtzeitig begriffen. Das war wahrscheinlich auch der Grund, warum er mich hat laufen lassen.
- Wenn Weichenberger ihn nicht findet, dann werde ich es tun.
- Das musst du nicht. Der arme Kerl wird sich ohnehin zu Tode saufen. Sein Leben ist zu Ende. Unseres fängt gerade erst an.
- Wahrscheinlich hast du recht.
- Wobei Weichenberger noch etwas gesagt hat. Etwas über dich.
- Und das wäre?
- Du musst wohl mit einer Anklage wegen Körperverletzung rechnen. Er sagt, die besonderen Umstände würden aber für dich sprechen. Du hast das schließlich ja nur deshalb gemacht, weil du mich retten wolltest.
- Könnte man so sehen.
- Er sagt, du sollest dir einen guten Anwalt nehmen.
- Das werde ich. Musst dir keine Sorgen machen, Judith.
- Judith?
- Oh, verzeih. Rebecca natürlich.
- Nein. Judith ist gut. Ich denke, ich kann mich daran gewöhnen.
- Ist für uns beide nicht ganz leicht, das alles.
- Ist es nicht, nein.
- Laufenberg hat mir erzählt, dass er deine Mutter umgebracht hat.

- Ich weiß. Kurt hat sie mit Chloroform betäubt, sie im Hotel in die Badewanne gelegt und ihr die Pulsadern aufgeschnitten.
- Ich meinte deine richtige Mutter. Mona. Die Kellnerin, die dich damals in Berlin angesprochen hat.
- Nein. Das hat er nicht.
- Doch.
- Was ist das nur für ein Unmensch.
- Ich dachte immer, dass sie es selbst getan hat. Ich dachte, dass sie dieses Leben nicht mehr ausgehalten hat. Dass sie keine Kraft mehr hatte, sich nach dir zu sehnen. Dass sie mich allein gelassen hat.
- Erzähl mir von ihr.
- Sie war der wunderbarste Mensch, den ich kenne. Liebevoll, witzig, sie war eine Kämpferin. Mona hat immer daran geglaubt, dass du zurückkommst. Du warst ihr wichtiger als alles andere sonst. Und das hat er ausgenützt.
- Wie meinst du das?
- Ich möchte dir nur sagen, dass sie dich geliebt hat. Von der ersten Minute an. Bis zu dem Moment, in dem sie gestorben ist.
- Wie hat er es gemacht?
- Das musst du nicht wissen.
- Doch, das muss ich. Du hast mir in der Kneipe doch erzählt, dass sie von einem Hochhaus gesprungen ist. Wie kann er sie umgebracht haben?
- Er hat sie dazu gezwungen. Sie musste springen.
- Er hat ihr gedroht?
- Mona hatte keine Wahl.
- Warum nicht?

- Sie musste sich entscheiden. Du oder sie.
- Bitte sag mir, dass das nicht wahr ist.
- Das kann ich leider nicht.
- Dieses Schwein. Hat die Menschen immer schon dazu gebracht, das zu tun, was er von ihnen wollte. Er hat einen gegen den anderen ausgespielt. Seit ich denken kann, war das so.
- Das tut mir alles so leid, Judith.
- Mir auch.
- Dich wiederzusehen war alles, was ich mir gewünscht habe. Ich wollte nichts anderes auf der Welt. So lange Zeit. Und jetzt sind wir hier. Einfach so. Du und ich.
- Schön ist das.
- Darf ich deine Hand halten?
- Meine Hand?
- Ich dachte nur ... Dass ich vielleicht ... Ach, ich weiß nicht, was ich dachte. Auf keinen Fall möchte ich dich unter Druck setzen.
- Das machst du nicht. Fühlt sich nur irgendwie komisch an.
- Klar. Verstehe ich.
- Obwohl wir ja jetzt eigentlich eine Familie sind, oder?
- Sind wir, ja.
- Dann wäre das mit der Hand doch irgendwie in Ordnung.
- Wäre es.
- Dann nimm sie bitte.
- Jetzt?
- Du hast einundzwanzig Jahre lang darauf gewartet, oder?
- Das habe ich.
- Na dann.

Und nun.
Ausatmen.
Zur Ruhe kommen.

Und eine Mail schreiben.
Ich freu mich über euer Feedback.
aichnerbernhard@gmx.at
Bin gespannt.
Gerne antworte ich euch.

Und außerdem freu ich mich,
wenn ihr mir folgt.
**Auf Facebook oder Instagram.**
*www.facebook.com/Bernhard.Aichner.Autor*
*www.instagram.com/bernhardaichner*
Wir sehen uns dort.

Alles Liebe.

Sollte diese Publikation Links auf Webseiten Dritter enthalten,
so übernehmen wir für deren Inhalte keine Haftung,
da wir uns diese nicht zu eigen machen, sondern lediglich auf
deren Stand zum Zeitpunkt der Erstveröffentlichung verweisen.

Dieses Buch ist auch als E-Book erhältlich.

Penguin Random House Verlagsgruppe FSC® N001967

2. Auflage
Copyright © Bernhard Aichner by btb Verlag
in der Penguin Random House Verlagsgruppe GmbH,
Neumarkter Straße 28, 81673 München
Umschlaggestaltung: semper smile, München,
nach einem Entwurf von Thomas Raab
Umschlagmotiv: © www.fotowerk.at, Ursula Aichner
Satz: Uhl + Massopust, Aalen
Druck und Einband: GGP Media GmbH, Pößneck
Printed in Germany
ISBN 978-3-442-75784-8

www.btb-verlag.de
www.facebook.com/btbverlag